MAMÁ ME DIJO QUE NO FUERA
UNA NOVELA DE JUSTICE SECURITY
POR
T. M. BILDERBACK

TRACUCCIÓN POR

JORGE EDUARDO ROSALES TROCHEZ

TABLA DE CONTENIDO

Para Papá
Porque Te Amo

Capítulo 1

Chris Gunther flotaba en las nubes. Tenía un carro, un nuevo trabajo y una cita esta noche con la chica más linda de toda la escuela Junior.

A Chris le encantaba cuando un plan se realizaba.

Había tenido licencia de conducir desde su cumpleaños número dieciséis, pero no había podido encontrar un carro que estuviera a su alcance, hasta ayer. Sus padres habían sido claros: no le comprarían un carro. Pero si encontraba uno que pudiera pagar, ellos cubrirían el seguro. Y, encontró uno: un Volkswagen Beetle 1968. Era azul oscuro, estaba en perfectas condiciones y sólo tenía 57,000 millas recorridas. Había sido propiedad de una señora soltera (así se referían a ella sus padres – *una vieja perra lesbiana,* fue la descripción de Chris) en sus 70 años que ya no podía conducir más. Pidió sólo mil dólares por él.

Chris presionó a su padre hasta que éste accedió a ir a checar el carro. Le dio su aprobación, Chris dio el dinero a la señora y, ¡Eso fue todo! O al menos así pensó.

"Reglas del juego, hijo," dijo su padre. "Tu madre y yo pagaremos el seguro ahora, pero tú eres responsable de los otros gastos. Los gastos de las placas, el combustible y las reparaciones tú los cubres. Si te ponen una infracción, la responsabilidad del seguro recae en ti también – no estamos hechos de dinero, lo sabes."

"Está bien papá. No me pondrán una infracción," dijo él.

"Creo que es tiempo que consigas un trabajo, también. De hecho los carros cuestan dinero...y tienes gastos de universidad en los que debes pensar también."

"Papá, soy un estudiante con altas calificaciones. Tendré becas."

"Y eso es grandioso, hijo. Pero las becas no cubren todo. Generalmente, sólo cubren los pagos mensuales de enseñanza. Los libros, el alimento, el dormitorio y las fiestas son todos extras. Podemos ayudarte con algo de todo eso, pero ayudaría más si tuvieras algo de dinero propio."

"¡Papaaá! ¡Yo no voy a fiestas!"

"Por ahora no. Espera a que llegues a la Universidad. Sabrás a que me refiero." Sonrió picarescamente a Chris mientras decía eso.

Y aunque Chris odiaba admitirlo, su padre tenía razón. Él necesitaba dinero.

De regreso a casa, se detuvo en McDonald's. Ahí les hacía falta personal, y, después de una breve entrevista, lo contrataron. Comenzaría el sábado, veinte horas a la semana por un poco más del salario mínimo.

Luego, hoy en la escuela, la había pasado con algunos amigos. Éstos estaban en el pasillo frente a su armario, esperando asistir a la última clase del día. Hugh hablaba de su carro, y se burlaba del Beetle de Chris, mientras que Lance se apoyaba en los armarios escuchándolos. Lance codeó a Chris y a Hugh. Cuando lo miraron, tenía la mirada fija en el pasillo. Ambos se volvieron para ver qué era lo que había llamado su atención.

La nueva chica, Amanda King, caminaba por el pasillo en dirección hacia ellos. Amanda se había transferido a Glenwood High a principio del año desde otra escuela de la ciudad. Era una chica muy linda, con cabello oscuro y largo y una maravillosa sonrisa. Todos los chicos de Glenwood estaban fascinados con ella, y entre todas las chicas, había algunas que la odiaban y otras que pensaban que era genial.

Los tres chicos se quedaron viéndola. Parecía buscar a alguien. Miró en la dirección de los chicos, se sonrió, y se dirigió justo hacia ellos. Se detuvo frente a Chris y sonrió tímidamente.

"¿No eres tú Chris Gunther?" preguntó.

"Eeh...sí, hola," tartamudeó él. No podía apartar sus ojos de los de ella.

"Tenemos clase de Química juntos," dijo ella.

"Sí, es cierto," respondió él.

"Escucha, mi hermano me contó sobre esta fiesta en la casa de un amigo mañana por la noche. Me preguntaba si te gustaría ir conmigo."

"Yyy... ¿yo?"

Ella sonrió tontamente. "Seguro, tú. De todos los chicos que he visto aquí hasta ahora, tú pareces ser el más dulce. Y el más atractivo." Amanda se sonrojó un poco. "Realmente me gustaría salir contigo. Quiero decir, si tú quisieras ir conmigo."

"Bueno, eh…sí, ¡Me encantaría!"

Ella sacó una hoja de papel de su libreta y escribió durante un minuto. "Este es mi número de teléfono. Llámame esta noche y hablaremos. Me tengo que ir o llegaré tarde a la clase. ¡Aa…adiós!" Dijo adiós con la mano mientras caminaba de regreso al pasillo.

Chris y sus amigos la observaban mientras se alejaba por el pasillo.

"¡Compaaadre!" dijo Hugh, asombrado.

"¡Eres afortunado!" dijo Lance

Chris miró el papel que Amanda le había dado. En él, le había escrito su número de teléfono. Bajo el número, ella había dibujado un corazón atravesado por una flecha.

Chris finalmente se llenó de valor para llamar a Amanda esa noche.

"¿Hola?" dijo ella al contestar.

"Hola, Amanda. Soy yo," dijo él.

"¡Ooh, hola Chris! Me alegra que hayas llamado."

"A mí también. Yo sólo…bien, no importa."

"¿Sólo qué?"

Chris vaciló. "Sólo que no puedo creer que una chica tan agradable y linda como tú haya querido que llamara…me refiero a que, no soy ninguna estrella de futbol o algo así. Sólo soy un tipo común."

Ella rio. "Y yo sólo soy una chica común, Chris. Como, duermo, hago tareas, voy a la escuela. Y no creo ser tan bonita."

"¡Pero lo eres! Contestó él. "Todos los chicos de la escuela babean por ti…quiero decir, todos arden por ti."

"No me interesan todos los chicos, Chris. Sólo me interesa lo que piensa *uno*. Y ese eres tú, tontito."

Las siguientes dos horas se la pasaron hablando de cosas que normalmente hablan los chicos de dieciséis años. Cuando colgaron, acordaron que Chris la recogería a las seis y media de la siguiente noche, y que conseguirían algo de comer. Luego, se dirigirían a la fiesta. El hermano de ella, Steve, los esperaría allí.

Chris bajó a contarle a sus padres sobre los planes de mañana en la noche. Su madre desconfiaba un poco en cuanto a dejar que los chicos fueran a una fiesta, aun cuando el hermano mayor de Amanda fuera con ellos.

"Esa no es manera de divertirse, Chris," dijo ella. "No creo que debas ir."

"¡Mamá, todo estará bien!" dijo Chris.

Sorprendentemente, su padre se puso de su lado. "Yo creo que él debe ir. Le hemos enseñado lo bueno, y es un chico responsable." Y a Chris le dijo, "Pero no pases de la media noche, hijo. Comienzas a trabajar al día siguiente, y necesitarás el descanso."

Chris se rio. "¡Gracias, Papá! Regresaré a la media noche, y tendremos cuidado."

Al siguiente día en la escuela, Lance y Hugh le tomaron el pelo a Chris todo el día por su cita del viernes por la noche con Amanda. Le hicieron preguntas sobre lo que habían hablado por teléfono la noche anterior.

"¿Le contaste sobre la muñeca inflable en tu closet?" Le preguntó Hugh.

"Lo que quiero saber es," dijo Lance, "¿Cuánto le pagaste para que ayer pretendiera que tú le gustas?"

"Saben," dijo Chris, "ustedes dos son realmente poca cosa."

"Recuerda," dijo Hugh, "no te amargues por pequeñeces."

"Y no pases pensando en lo que te amarga," finalizaron Chris y Lance juntos. Todos rieron.

Chris cerró su armario y Amanda estaba detrás de la puerta de éste. Enmudeció de inmediato, y Lance y Hugh se callaron rápidamente.

"Todo lo que pido," dijo ella a Chris, con un tono sensual bajo, "es que no les digas a ellos lo que tú y yo hicimos con la muñeca inflable. ¿Quieres acompañarme hasta la clase de Química?"

Ella tomó su mano y lo condujo por el pasillo. Lance y Hugh ululaban y silbaban a Chris mientras él y ella se alejaban.

"Eso fue muy genial Amanda. Gracias."

"Es un placer, señor."

"Escucha, mis padres quieren que esté de regreso a la media noche. ¿Está bien contigo?"

"Claro, yo debo regresar a las once, así que es perfecto."

Habían llegado al aula de Química.

"Amanda, gracias por pedirme que saliéramos. Creo que sabes que yo no habría reunido el valor para pedírtelo."

"Yo no sé si debas agradecérmelo, Chris. Yo no me considero una gran cosa o algo más. Pero, si te hace sentir mejor, me tomó tres semanas reunir valor para pedírtelo." Ella se inclinó para besarlo en la mejilla. "Así que, gracias por no permitir que me viera como una idiota."

Chris no tenía idea de lo que había pasado en clase ese día. Continuó tocando su mejía y riendo como un tonto.

A las seis y veinte de esa noche, se detuvo frente a la casa de Amanda y caminó hacia la puerta de enfrente. La madre de ella abrió y lo invitó a la sala. El padre de Amanda estaba allí y se paró para estrechar la mano de Chris.

"Amanda bajará en un momento," dijo la madre de ella mientras abandonaba la sala.

"Me cuenta Amanda que comienzas un trabajo mañana," dijo el padre de ella.

"Sí, señor," dijo Chris. "Comienzo en McDonald's mañana al mediodía."

"Bien, hijo, todo lo que puedo decir es que no te avergüences de tu empleo. No hay nada malo con trabajar en los servicios de comida. Mi primer empleo fue en el restaurante de mariscos Kenzie como lavaplatos. El empleo no era grandioso, pero me proporcionaba un sueldo...y ahí conocí a la madre de Amanda. Ella trabajaba como mesera a medio tiempo los fines de semana."

"Papá, deja de aburrir a mi pareja con asuntos del pasado," dijo Amanda desde la puerta de la sala.

"¿Aburrir? ¡Vaya!" dijo su padre juguetonamente. "¡Por Dios, yo tenía que caminar quince millas descalzo a mi trabajo en esos días...sobre la nieve!"

"Mientras escuchaba a Robert Palmer y a George Michael en su walkman Sony," dijo con humor la madre mientras entraba a la sala. Besó a su esposo y dijo, "Ahora, ¿por qué no te callas y dejas que se vayan estos chicos?

A él se le pusieron sus ojos en blanco. "Sí, querida," dijo en tono humilde. Esto provocó algunas risas en Amanda y Chris. Él le dijo a Chris, "Mantenla segura y regrésala a casa a las once, hijo. Fuera de eso, que se diviertan los dos."

"Sí, señor," dijo Chris.

"¡Mira eso, Amanda!" dijo su padre. "El caballero muestra respeto a viejos decrépitos como nosotros."

"Ay, Papi, ya basta," dijo Amanda. Abrazó a ambos padres. "Regresaremos a las once. No hablo por Steve – yo no soy la guardiana de mi hermano."

"Adiós, chicos," dijo la madre de Amanda mientras los jóvenes cruzaban la puerta. Chris abrió la portezuela del pasajero para Amanda.

"¡Que caballero!"

Chris se sonrojó. "No dejes que se sepa el secreto – tengo que pensar en mi reputación."

Ella se rio mientras él cerraba la portezuela del auto. Él se subió al auto y partieron.

"Así que, mi caballero amigo, ¿A dónde me llevará a cenar esta noche?" preguntó Amanda, fingiendo una voz arrogante.

"Para vergüenza, a...Kenzie's."

Amanda rompió en risa. "¡Ah, guauu, espera que le diga a Papá-le va a encantar!"

Chris rio también. "Es el único restaurante donde uno puede sentarse y que puedo pagar hasta que comience a generar algún dinero mañana. Tengo el presentimiento que muy pronto estaré harto de hamburguesas y papas fritas."

"Está bien, Chris. Realmente no tengo hambre. Mi estómago está lleno de mariposas."

"El mío también. Pero eso es bueno."

Llegaron a Kenzie's. El estacionamiento no estaba completamente lleno, pero había muchos carros allí. Entraron y se sentaron en un cubículo para dos. Ordenaron comida ligera y té helado.

El ambiente de Kenzie's era definitivamente orientado a mariscos. Las redes de pescar colgaban del techo. Dentro de las redes había estrellas de mar, como si fueran la presa del día. Peces aguja, peces sierra y hasta un tiburón de seis pies, todos disecados, colgaban de varios puntos en las paredes. Inexplicablemente, un par de cuernos largos de toro tejano colgaba de la pared sobre la caja registradora.

"¿Conoces la historia detrás de esas cosas en las paredes?" preguntó Amanda a Chris.

Él negó con la cabeza.

"Papá me contó todo sobre ellos. Por supuesto, ¿Sabes que Kenzie es una mujer, no?"

Chris asintió, y dijo, "también he oído que es muy bonita."

"Es bonita y es una señora realmente aventurera, según Papá. Todo lo que está sobre las paredes son cosas que ella atrapó mientras trataba de convertirse en una pescadora comercial."

"¿Qué hay con los cuernos sobre la caja registradora?"

Amanda se rio. "¡Atrapó un toro en el mar también! Papá dijo que un transbordador que transportaba algunos animales de granja se hundió en la bahía hace algunos años, y que Kenzie atrapó al toro en sus redes de pesca. Aparentemente, el toro nadó hacia su bote de pesca y sus patas se enredaron en la red. Es una de las últimas cosas que atrapó antes de abrir el restaurante. Papá dijo que Kenzie es una de las pocas personas que conoce, que puede transformar cualquier cosa en algo bueno."

Terminaron su alimento. Chris dejó propina a la mesera, y pagaron en caja. Se tomaron de la mano mientras se dirigían al auto.

Mientras conducía, Chris le preguntó a Amanda, "Así que, ¿Dónde es esta fiesta a la que vamos?

"Steve dijo que es en el apartamento de su amigo. Me dio la dirección, y me dijo que nos encontraríamos allí aproximadamente a las ocho. Está en la Cuarta Calle."

"¡Eso está a solo una cuadra de la Hollow!" dijo Chris. "¿Crees que sea seguro?"

Hooker Hollow, oficialmente conocida como la Tercera Calle, tenía un nombre apropiado. Prostitutas, proxenetas, traficantes de drogas y criminales de todo tipo frecuentaban los bares, centros de adultos y hoteles baratos que estaban a ambos lados de la calle.

"Steve dijo que el apartamento de su amigo está en una parte segura de la Cuarta. Tienes que ir bien adentro de la ciudad antes de que la Hollow sangre."

Chris respiró hondo. "Espero que él tenga razón."

"Chris, tengo que ir, al menos por unos minutos. Si no lo hago, Steve les dirá a mis padres que yo nunca me presenté, y estaré en problemas. Pensarán que eres un violador loco o algo por el estilo."

Chris pensó por un minuto. "De acuerdo Amanda. Pero vayamos al cine u otra parte cuando terminemos. Realmente tengo un mal presentimiento sobre esto."

"Yo también. Definitivamente no nos quedaremos mucho tiempo."

Chris estaba en la Cuarta. El edificio de apartamentos estaba en la cuadra de los números dos mil setecientos. Encontró la dirección y un lugar donde estacionarse casi en frente del edificio. En lo que él y Amanda salían del carro y entraban, no notaron el Cadillac con ventanas polarizadas con el motor encendido aparcado tres autos adelante.

El edificio de apartamentos no tenía portero, pero sí tenía un elevador. Entraron a este.

"¿Cuál es el número de apartamento?" preguntó Chris.

"309."

Chris presionó el botón del tercer piso.

Cuando el elevador se abrió, pudieron oír la música alta. Al caminar hacia el 309, el volumen de la música se hizo más alto. Se vieron uno al otro, y Chris ya resignado tocó la puerta del apartamento. Se aferró fuertemente a la mano de Amanda.

Cuando la puerta se abrió, la música los golpeó casi con fuerza física. Venía de un CD de una banda rock popular alternativo y sonaba casi hasta el punto de distorsión del sistema. El tipo que abrió la puerta comenzaba los veinte años, con una cola trenzada en su cabello. Se veía confundido, luego su cara mostró reconocimiento.

"Eres Amanda, ¿verdad?" dijo él con bastante fuerza como para ser escuchado aún con la música.

Ella asintió.

"Soy Jeff. Entra. Steve está cerca del sofá."

Al entrar al apartamento, los asaltó el olor amargo a mariguana, junto con un aroma que no pudieron identificar. Había algunas ocho personas más sentadas por todas partes de la pequeña sala del apartamento. El hermano de Amanda estaba sentado en el suelo en el extremo del sofá, fumando un cigarro de mariguana. Las mesas alrededor estaban cubiertas con papel de envoltura, mariguana, pipas, pipas para fumar mariguana y bolsas con polvo blanco. Los ojos de los adolescentes se ensancharon al ver a todos lados, luego Amanda ubicó a su hermano.

Muy enojada, caminó a grandes pasos hacia él y de una manotada le arrebató el cigarro de su mano. Chris se quedó dónde estaba.

"¿Qué diablos crees que haces?" le gritó a su hermano. "¡Tú sabes hacer cosas mejores!"

Mientras Amanda le gritaba a su hermano, Chris oyó que alguien tocaba a la puerta del apartamento. Jeff, quien estaba detrás de Chris y se reía por la furia de Amanda, se volvió para abrir la puerta. Chris casi le dijo que se detuviera, pero Jeff comenzó a abrir la puerta. Al hacerlo, la puerta se abrió de golpe. Cinco hombres en trajes de trinchera de cuero y oscuros entraron rápidamente. El primer hombre en entrar agarró a Jeff y puso una pistola automática en su frente.

"Hola, idiota," dijo el primer hombre. "Esteban te manda su amor." Y le disparó a Jeff.

Nadie más que Chris oyó la expresión y el disparo debido a lo alto de la música y a la discusión de Amanda. Los otros cuatro hombres se dispersaron y sacaron armas automáticas de sus abrigos. Apuntaron y rociaron balas por la habitación. La habitación estalló con vidrios rotos, drogas, efectos personales, partes humanas y sangre. A Chris lo alcanzaron tres balas, dos en los pulmones y una en el cuello que destrozó su columna vertebral. Amanda fue alcanzada cuatro veces por la espalda, con dos balas partiendo su corazón. La cabeza de su hermano Steve explotó por el impacto de una bala. Todos los demás en la habitación fueron muertos por la acción rápida de las armas.

Dos últimos pensamientos cruzaron por la mente de Chris mientras su sangre se esparcía alrededor. El primero fue, que eso no podía pasar - tenía que trabajar al siguiente día. El segundo, que su madre le había dicho que no viniera.

CAPÍTULO 2

Justice Security Incorporated tenía su propio edificio en una calle de tres vías en una de las mejores partes de la ciudad. Esta estructura de seis pisos ocupaba una porción grande de una cuadra, con área de estacionamiento para visitantes, con un área verde con jardín en el lado sur que lucía como un parque. El edificio mismo fue construido con paredes de concreto reforzado de tres pies de grosor. Cada ventana estaba hecha con vidrio grueso a prueba de balas, incluyendo la puerta de entrada a visitantes. El edificio se extendía seis pisos bajo tierra. Los últimos tres pisos subterráneos eran usados como área de almacenamiento vehicular y alojaba vehículos blindados y a prueba de balas que eran usados como equipo de protección para transportar y defender a los empleados o a los clientes. El siguiente nivel subterráneo era la armería. Había todo tipo de armas en esta armería climatizada, desde revólveres y pistolas automáticas hasta morteros, misiles lanzados desde tierra y lanzamisiles al igual que armas para penetrar blindaje. Había tantas armas y munición ahí para derrocar al gobierno de un país pequeño si se presentaba un contrato de tal naturaleza...y algo así habían hecho ellos por dos veces hacía un par de años bajo un contrato gubernamental ultra clasificado. El piso arriba de la armería se usaba para almacenar expedientes. Este piso contenía archivos de documentos, computadoras, almacenamiento de datos y áreas de investigación que se necesitaban para ejecutar y completar los contratos de los clientes. El último nivel subterráneo era un garaje de estacionamiento para empleados y se accedía a él por una entrada a nivel de la calle contenida por una puerta de acero fuerte y gruesa empotrada en las paredes de concreto del edificio.

A nivel de la calle, el primer piso estaba formado por el área de recepción, la cafetería, la seguridad del edificio y el área de descanso de los visitantes. El segundo y el tercer piso estaban formados por las oficinas de los empleados, salas de conferencias, salas de reuniones más pequeñas y los servicios administrativos. El cuarto piso alojaba oficinas ejecutivas y la sala de información. El quinto piso era para alojar invitados y el último piso contenía apartamentos residenciales para gente del más alto nivel de la compañía. El techo del edificio tenía una pista de aterrizaje para helicópteros, equipada con dos helicópteros de operación negros reforzados con blindaje y equipados con tecnología sigilosa siempre listos a volar en forma inmediata. La compañía también poseía dos aviones jets y dos aviones de carga grandes que se guardaban en una pista aérea al sur de la ciudad.

Justice Security había sido creada unos pocos años atrás por cuatro amigos de universidad, quienes quedaron como los directores y únicos accionistas de la compañía.

Joey Justice, cuyo nombre se le dio a la compañía, era un hombre indefinido. Con una altura de cinco pies y diez pulgadas, tenía pelo oscuro y ojos café intensos los que generalmente no omitían nada. Él había fundado la compañía con la idea de proveer servicios de seguridad apegados a la justicia, como su nombre lo sugería. Estaba muy enamorado de la dama en su vida, quien también era cofundadora de la compañía.

Misty Wilhite, la dama en la vida de Joey, tenía cinco pies y cinco pulgadas de altura. Tenía pelo castaño hasta los hombros y ojos color verde. Era extremadamente atractiva, pero daba golpes de puño que podían tumbar a una persona con el doble de su tamaño. Ella, también, estaba muy enamorada de Joey, y compartía su idea de la seguridad y la justicia. No se habían casado, porque ninguno sentía que era necesario, aunque ambos habían discutido el asunto a menudo.

Dexter Beck el genio residente de las computadoras. Con una pulgada más alto que Misty, Dexter era subestimado por sus antagonistas en forma contínua. Al final le mostraban comprensión, porque Dexter también era un artista marcial maestro que utilizaba varios métodos de autodefensa. Los sistemas de informática y de seguridad utilizados por Justice Security fueron creados, programados por y recibían mantenimiento de, Dexter.

Percival "King Louie" Washington era el cuarto miembro fundador de Justice Security. Louie medía seis pies cuatro pulgadas, y poseía una contextura muscular muy imponente. También era muy inteligente y muy astuto. El color de su piel era como el de una barra de chocolate y mantenía su cabeza afeitada. Los otros tres miembros fundadores le habían dado el sobrenombre de 'King Louie' en sus primeros años de universidad debido a su desafortunado parecido con el personaje de caricatura en la película 'El Libro de la Selva'. No era algo racial y Louie lo sabía...era igual que si hubiera tenido una nariz grande, por lo que lo habrían apodado 'Baloo'. Además, cualquier otro nombre era mejor que Percy, el nombre que le habían dado.

Cada mañana durante la semana a las nueve, los cuatro socios se reunían en la sala de información para discutir casos actuales y recurrentes. Si por alguna razón no podían llegar ahí personalmente, se enlazaban a la reunión a través de un sistema de alimentación satelital. Era un requisito de los cuatro, porque ello mantenía informados a todos en la compañía del estado de casos manejados por cada uno de los socios, por si alguien más deseaba participar para completar un caso, o si se necesitaba pagar una fianza o hacer un rescate. Puesto que sus casos los habían hecho viajar por todo el mundo hasta a algunas situaciones algo peligrosas, los pagos de fianzas y los rescates eran una necesidad.

La compañía a menudo hacía contratos con el gobierno de los Estados Unidos y la mayoría de esos contratos eran de secreto máximo. Los contratos domésticos estaban a cargo de un enlace gubernamental, un agente asignado a la oficina local del FBI. Su nombre era Marcus Moore. Los contratos en el exterior para el gobierno eran normalmente asignados a ellos por miembros de alto nivel de la Casa Blanca, y supervisados y asistidos por cualquier agente de la CIA que estuviera en un área en la que la compañía de seguridad estuviera operando.

Sin embargo, Justice Security no se limitaba a contratos de gobierno. Tener un lucro en casos de gobierno era algunas veces difícil, así que la compañía a menudo prestaba sus servicios a empresas privadas y a individuos. Joey les recordaba a sus socios, y a la gente que trabajaba para él, que los clientes de la compañía no les traían casos pequeños. Cada caso representaba personas, y esas personas necesitaban ayuda y no ser desatendidas...no importaba cuanta ganancia potencial representara. Aquellos que pudieran pagar, lo hacían...aquellos que no, no tenían por qué ser tratados de forma diferente. Una vez Joey tomó un caso de un niño de doce años que estaba siendo intimidado en la escuela y asignó a un equipo de cinco miembros para que se hiciera cargo del asunto...el pago que la compañía recibió fue un trabajo artístico fabuloso que el niño hizo, junto con unas cuantas rocas pulidas de su colección. Joey conservó los dibujos, que fueron enmarcados y colgados en las paredes de su oficina y Misty dejó para ella las rocas pulidas e hizo que fabricaran collares con ellas.

En la reunión informativa de esa mañana, todos los cuatro socios estaban presentes. Había alimento para desayunar en una mesa de pared, y cada quien tomaba lo que le apeteciera. Al sentarse en la mesa de conferencia grande, Joey comenzó la reunión.

"Buenos días, muchachos."

Hubo respuestas entre dientes.

"Supongo que yo comienzo. Perdimos otro contrato internacional ayer."

Dexter lo quedó viendo.

"Déjame adivinar. ¿Jim Dandy ofreció un precio más bajo que nosotros?"

Joey asintió. Jim Dandy Security era su rival directo. Jim Dandy había sido amigo de ellos en la universidad, pero rechazó entrar a la compañía con ellos. En lugar de eso, había abierto un servicio de seguridad como competencia para ellos, y se había inmiscuido en los negocios de la compañía en cada oportunidad. Dexter y Louie nunca habían preguntado, pero pensaban en secreto que todo ello tenía que ver con Misty y el hecho de que ella se había enamorado de Joey.

Louie dijo, "Me alegra. No me place andar entre el lodo en alguna jungla o ser escupido por camellos de nuevo."

Joey se rio. "Esta era seguridad para una estación científica en La Antártida."

"Entonces por Dios que me alegra que no la hayamos conseguido. Dejen que Dandy se congele el trasero."

"Vaya Louie, te verías bien como pingüino," dijo Dexter con gracia.

"No, no como pingüino," dijo Misty. "Se vería mejor como morsa que como pingüino."

"Tengo tu morsa justo aquí, pequeña," dijo Louie con seriedad burlesca.

Todos rieron.

Dexter dijo, "tengo casi terminado ese trabajo de seguridad para las computadoras del banco. Haré que mi grupo lo pruebe hoy. También tengo que diseñar la seguridad de la exposición de perros, pero eso no debe tomar mucho tiempo en lo absoluto – un par de horas, máximo. Mientras mi grupo hace las pruebas, yo comenzaré lo de la exposición de perros."

"¿Louie?" Preguntó Joey.

"Tengo el campeonato de boxeo organizado. Pueda que tenga que romperme la cabeza, porque no logro que esos cabezas de coliflor entiendan el por qué ellos deben tenerlo...piensan que pueden hacerse cargo de cualquier cosa. Debo mostrarles el por qué están equivocados."

"Suena divertido," dijo Joey.

"Me los voy a comer con cuchara."

"Rieron de nuevo."

Misty dijo, "Joey y yo tenemos una reunión a las diez en punto con Marcus, en relación con el contrato del cartel de la droga, después una reunión a las diez y treinta con algunos clientes potenciales. Parece que sus hijos fueron muertos en una fiesta a unas cuantas cuadras en la Hollow."

"¿De qué manera nos involucra eso?" Preguntó Dexter.

"Parece una guerra de drogas, y los chicos eran espectadores inocentes. Sabremos más después que nos reunamos con los clientes," contestó Misty.

"¿Alguien más tiene algún otro asunto?" Preguntó Joey.

"Todos negaron con la cabeza.

"Okay, como algo personal: Tenemos una carta de Nuestro Pequeño Príncipe. Aún desea que vayamos a África de vacaciones. Promete que la pasaremos bien, nos extraña y manda sus saludos a todos."

Nuestro Pequeño Príncipe era el Príncipe Charles Kimbrough Ugambe de la pequeña nación africana Kalumbar. Kalumbar fue forjada a partir de Kenya y Tanzania y su nombre se da como un homenaje a una vieja película. Habían conocido a Ugambe en la universidad cuando Louie se encontró con algunos hombres de la fraternidad metiéndose con Ugambe. Los hombres estaban ebrios y reunían el valor para dar una paliza al estudiante africano. Louie "les mostró el error de su proceder", y los socios se hicieron amigos cercanos del Príncipe. Ugambe era ahora el líder de la pequeña nación, y a menudo venía a Los Estados a visitar a sus amigos pero ellos nunca habían estado en su país.

"Suena como que realmente quiere que vayamos," dijo Dexter. "Tal vez deberíamos pensarlo."

Todos hicieron sonidos de aprobación general.

"Si eso es todo, tengo que llegar al centro de convenciones. Esos boxeadores no sabrán lo que los golpeó," dijo Louie. Se levantó de la mesa.

Dexter se levantó también. "Si, yo también debo ver a un hombre en relación a algunos perros."

"No les hagas saber que estás en lo de las correas y collares, Dex," dijo Joey.

"Ven acá, Fido," dijo Misty.

"Ustedes dos son *tan* divertidos," dijo Dexter mientras salía por la puerta.

"Ven a la armería, Dexter," dijo Louie mientras lo seguía. "Estoy seguro que tenemos collares anti pulgas ahí. Debes tener algo de protección si estás con perros."

Joey y Misty rompieron en risa y se dirigieron a sus oficinas.

Cuando el elevador se abrió en el cuarto piso, lo primero que se veía era el escritorio de recepción. Durante horas laborables, el escritorio lo ocupaba Jessica Queen, la secretaria ejecutiva compartida por los cuatro socios. Jessica era eficiente y práctica. Actuaba como operadora de la base cuando los socios estaban fuera de la oficina y se consideraba a sí misma la niñera de ellos. Un par de años atrás, los socios habían decidido ofrecerle a Jessica una participación en la compañía como socia, pero ella la había rechazado. Les agradeció, pero quiso dejar abiertas las opciones "en caso de cansarse de limpiarle la nariz a ellos."

Detrás del escritorio de Jessica estaban las cuatro oficinas. A su derecha estaba una pequeña sala de espera y el pasillo que conducía a la sala de información. Cuando aparecieron Joey y Misty por el pasillo, Jessica se preparó para darles sus mensajes.

"Buenos días, gente," dijo Jessica. "Joey, tienes un mensaje del señor Dandy."

"¿En serio? ¿Y que tiene que decir el señor Dandy?"

"Cito, 'Buen día, Joey. Tengo muchas ganas de visitar la Antártida. Me gustaría que tú también pudieras.'"

"Bastardo."

Jessica se sonrió. "Misty, tú también tienes un mensaje del señor Dandy."

"Por favor léemelo, Jessie," contestó Misty.

"De nuevo, cito, 'Eres más bella que una reina sirena.'"

"¡Eso es tan dulce!"

"Espero que se asfixie con eso," murmuró Joey.

Misty guiñó un ojo a Jessica y dijo, "¿Está el gran Joey Justice un poquito celoso?"

"Por supuesto que no. Solo espero que su 'sirena reina' lo arrastre hasta el fondo."

El elevador timbró. Cuando las puertas se abrieron, salió un hombre con un traje estilizado de tres piezas con un portafolio.

Joey sonrió al reconocerlo. "¡Marcus Moore! ¿Y cómo está nuestro agente del FBI favorito esta mañana?" Se dieron la mano.

"Hola Misty. Hola Jessica. Estoy algo cansado, Joey. Ha sido una semana interesante."

"Oímos que tuviste algo de emoción en el almacén del ferrocarril la semana pasada," dijo Misty.

"Sí, un poco. Pero resultó bien," contestó Marcus.

"Yo diría que hacer una redada de un círculo de secuestro dentro del departamento de policía es más que una emoción," dijo Joey. "Buena atrapada, Marcus."

"Tengo que darle todo el crédito a Nicholas Turner. Él tiene...bueno, adentro él tiene información sobre muchas cosas ahora."

Joey sacudió su cabeza lamentándolo. "Me habría gustado que él viniera a trabajar para nosotros. Podríamos usar algo positivo en este momento."

Marcus alzó su portafolio. "Tal vez yo pueda ayudar con eso."

"Entonces vamos a mi oficina," dijo Joey. "Jessy ¿podrías retener las llamadas para mí y para Misty por un momento?"

"Eso está en la descripción de mis funciones, jefe," contestó ella.

"¿Qué haríamos alguna vez sin ti Jessie? Dijo Misty.

"Los miembros masculinos de esta organización se marchitarían y morirían," dijo Jessica con humor.

El grupo se rio mientras caminaba hacia la oficina de Joey.

Marcus envidiaba la oficina de Joey. Ocupando una esquina del edificio de seguridad, el local era amplio y espacioso. Cada pieza del mobiliario en el local fue escogido no solo para la vista, sino que también para comodidad. A la izquierda estaba un mueble bar completo con fregadero y a la derecha había varios libreros. Frente a los estantes había un área cómoda para reuniones, con dos sofás, un sofá pequeño para dos y dos cómodas sillas reclinables alrededor de una mesa de centro. El escritorio era grande y funcional, con dos terminales de computadora, una pelota de baseball firmada por cada miembro de los Yankees de Nueva York y una fotografía enmarcada de Joey y Misty. Había cuatro sillas para clientes dispuestas de diferente manera alrededor del escritorio. El espacio de las paredes estaba decorado con dos dibujos enmarcados hechos por un cliente de doce años y con varias pinturas originales enmarcadas. Toda la madera era de nogal oscuro. Era un área de trabajo cómoda, pero funcional.

Joey hizo un gesto a Marcus para que tomara una de las sillas para clientes. Joey se sentó detrás del escritorio y Misty arrastró una silla para sentarse a su lado. Marcus puso su portafolio sobre el escritorio y lo abrió.

"Bien, amigos, dejen que me ponga mi sombrero oficial de 'enlace gubernamental'," dijo Marcus. "Todo lo que les cuento ahora está catalogado como 'ultra secreto'. La distribución está limitada a la condición de 'sólo si se necesita saber' en caso de aceptar el contrato. Si escogen declinar el contrato, la divulgación de la información compartida con ustedes está cubierta por el acuerdo de Seguridad Nacional que ustedes dos han firmado."

Los dos socios asintieron. "Entendido," dijo Misty.

Marcus tomó una carpeta de archivos de su portafolio. "El Buró está extremadamente preocupado por las guerras del cartel de drogas Mexicano. Parecen haber comenzado cuando un caballero llamado Esteban Fernández se hizo cargo de uno de los cárteles. Como ustedes probablemente saben, el gobierno Mexicano ha tenido que ocuparse de mucha violencia despiadada, incluyendo varias decapitaciones. El señor Fernández parece estar determinado a tomar el control de todas las transacciones de drogas que pasan por México. Normalmente, el Buró le daría seguimiento a la situación, y nada más. Pero creemos que el señor Fernández ha extendido sus operaciones a terreno Estadounidense. Esa es nuestra preocupación." Abrió la carpeta y se la pasó a los socios. "Estas son fotos de la escena del crimen de una masacre que se llevó a cabo justo aquí en la ciudad. De lo que podemos recopilar, cuatro o cinco sicarios entraron a un apartamento de la Cuarta Calle y dispararon a todo mundo allí con poderosas armas automáticas, Uzis probablemente. Como pueden darse cuenta por las fotos, fue una ejecución particularmente espeluznante."

Joey y Misty intercambiaron miradas.

"Tenemos una reunión con unos clientes potenciales a las diez y treinta," dijo Joey. "Aparentemente ellos son los padres de una pareja de las víctimas en ese mismo lugar."

Marcus asintió. "Los Gunthers y los Kings. Lo sé – yo les aconsejé que vinieran donde ustedes. El hijo de dieciséis años de los Gunthers y los dos de los Kings estaban presentes en el apartamento. Puesto que hubo chicos involucrados, casi se los envié a Nicholas, pero luego el Buró propuso este contrato que coincide con los intereses de los padres. Sentí que tu empresa estaría mejor equipada para ello. Y dado que este no es un contrato abierto a ofertas, quise que ustedes tuvieran la primera opción."

"¿Qué especifica el contrato?" Preguntó Misty. "¿Qué exactamente se nos pide hacer?"

"Investigar las matanzas. Traernos prueba sólida de que Fernández ordenó el ataque. Una vez que tengamos eso, el Buró puede coordinar con Homeland Security, la NSA y la CIA para derrocarlo."

"¿No puede tu gente hacer eso?" Preguntó Joey. "Quiero decir, nos encantaría el trabajo pero, ¿no sería mejor en todos los sentidos que el Buró encontrara su propia prueba?"

"Seguro que lo sería. El problema con hacerlo nosotros mismos es que ninguno de los que interroguemos abrirá la boca para decirnos algo. Sin una causa probable o una prueba sustancial, ningún juez librará autorizaciones para micrófonos ocultos. Sin micrófonos ocultos ni testimonios de personas, estamos limitados a información que podamos confirmar visualmente. Estos tipos descubrirán la vigilancia del FBI en un santiamén...sin mencionar el hecho de que gente como Fernández a menudo tiene gente en los entes de la ley que ha sido, ya sea sobornada o coaccionada a brindar información. Tu organización no tiene ninguna de esas restricciones. Probablemente tú tienes contactos que pueden indicarte la dirección apropiada. Tienes operativos que pueden infiltrarse en el cártel sin ser identificados como ejecutores de justicia. Puedes usar cualquier medio que sea necesario para interrogar individuos sin preocuparte por la constitución. También tienes las agallas para hacerle la guerra a él, si es necesario. Los Gunthers y los Kings te brindarán las razones para ser agresivo en tu investigación. Nadie excepto nosotros, mi Director Asistente y el Director mismo sabrán que realmente trabajas para el gobierno."

"Marcus, tú sabes que tendremos que informar a Dexter, Jessica y Louie. A cada uno lo ponemos al tanto de cada caso que tomamos, por si fuera necesario que alguien más se encargue," dijo Joey.

"No tengo problema con eso siempre y cuando ellos entiendan los requisitos de 'ultra secreto'."

"¿Qué compensación ofrece el contrato?" preguntó Misty.

Marcus mencionó una cantidad relativamente alta. "Por supuesto, sus gastos son extras. Me enviarán un detalle cuando hayan completado la asignación." Extrajo un paquete de varios papeles. "Ahí está el contrato. Todo está especificado ahí."

Los socios lo leyeron rápidamente. Se vieron uno al otro, y por la telepatía que la mayoría de las parejas desarrollan, ambos firmaron.

"Haremos lo que podamos, Marcus," dijo Misty.

Marcus metió el contrato en su portafolio. "Buena suerte, amigos. Si puedo ayudar, háganmelo saber." Salió de la oficina.

"¡Santo cielo!" Dijo Joey. "Nunca hemos ido tras un cártel de la droga antes. Casi deseo no haber tomado el trabajo...Tengo la impresión que esto va a ser extremadamente peligroso."

"Lo sé. Pero, Joey, realmente no vamos tras el cártel. Todo lo que debemos hacer es encontrar la prueba. Después de eso, el gobierno se hará cargo."

"Misty, ¿realmente crees que será así de fácil? Sé que..." Se oyó un toque en la puerta de la oficina. Segundos después entró Jessica y se aproximó al escritorio.

"Las personas de la cita de las diez-treinta están aquí," les dijo ella. Puso una carpeta en el escritorio de Joey. "El personal de Dexter envió toda la información relevante. Está en el expediente."

"Gracias Jessie," dijo Joey. "Danos cinco minutos para examinar el expediente, luego hazlos pasar."

"Sí señor," dijo ella con resignación.

Cuando Jessica salió, Joey se volvió hacia Misty. "¿Cómo puede una persona hacer que un 'si señor' suene como un 'púdrete'?

Misty se rio. "Ella nos ama a todos, Joey, y lo sabes. Sólo te toma el pelo."

Joey sonrió. "Lo sé. Ella sabe que yo haré lo mismo con ella. Sólo que no sabe cuándo."

Revisaron la carpeta. Contenía información financiera, artículos noticiosos sobre el tiroteo, notas y reportes de la policía de la ciudad, resultados de autopsias y fotografías de la escena del crimen y de los chicos en sus tiempos felices. Joey y Misty notaron el reporte de autopsia de los dos chicos de dieciséis años y del de veinte años hijo de los King. El personal de Dexter había sido meticuloso.

El informe toxicológico de los chicos de dieciséis años indica que no había presencia de drogas en su sistema, aunque en el del resto si era positivo," dijo Misty.

"El carro del hijo de los Gunther fue encontrado frente al edificio," dijo Joey.

"La autopsia revela que ambos habían comido hacía menos de veinte minutos, probablemente en Kenzie's a juzgar por el contenido de sus estómagos."

"Dos chicos en una cita. Probablemente se detuvieron a recoger al hermano de la hija de los King o algo así, y estaban en el lugar equivocado a la hora equivocada."

Alguien tocó a la puerta de la oficina. Unos segundos después, Jessica la abrió. Detrás de ella había cuatro personas. Mientras pasaban a la oficina, Jessica hizo las presentaciones.

"Señor y señora Gunther, señor y señora King, ellos son Joey Justice y Misty Wilhite." Todos se dieron la mano. "¿Necesitará algo más señor Justice?"

"No, Jessica, gracias," contestó Joey.

"Por favor," dijo Misty. "¿No querrían sentarse en el área de espera?" Les indicó el área donde estaba el sofá. Todos tomaron asiento.

"Antes de comenzar, a Misty y a mí nos gustaría darles nuestras condolencias a todos ustedes. Lamentamos la pérdida de sus hijos, y nos damos cuenta que la herida nunca se cerrará completamente. Estamos aquí para ustedes, y deseamos de todo corazón ayudarles, si podemos. Como parte de nuestro personal tenemos a un psiquiatra, y todos ustedes son bienvenidos a solicitar su ayuda cuando lo deseen, sin ningún costo."

"Eso es muy fino de su parte, señor Justice," dijo el señor Gunther.

"Lo hacemos con gusto, señor. Misty y yo hemos conversado mucho sobre tener hijos, y ninguno de nosotros podemos imaginar por lo que ustedes han pasado. ¿Qué podemos hacer para ayudar?"

King le indicó a Gunther con la cabeza que podía tomar la palabra.

"Nos gustaría que usted encontrara a quienquiera que haya hecho esto," dijo King.

Joey asintió.

"Luego nos gustaría que usted se asegurara de que se haga justicia."

"¿Qué tipo de justicia busca usted, señor Gunther?" preguntó Misty.

Gunther miró hacia el suelo. En voz baja dijo, "Lo que realmente nos gustaría es que ustedes los maten."

"Señor Gunther, usted sabe que no ejecutamos personas," dijo Misty.

Gunther asintió. "Nos bastará con que sean llevados a la policía."

Joey asintió. "Cuéntenos sobre esa noche. ¿Cómo terminaron en ese apartamento?"

La señora King habló. "Era su primera cita. Iban a comer afuera y luego a encontrarse con mi hijo en esa fiesta." Sollozó en un pañuelo de papel. "Yo no sabía que Steve los llevaría a...No sabía que él..." Comenzó a llorar en silencio.

"Le dije a Chris que no fuera a esa fiesta. Le dije que esa no era forma de divertirse," dijo la señora Gunther.

"Si me permite," interrumpió Joey, "las recriminaciones no tienen lugar aquí. Solo sucedió. Nadie pudo haberlo predicho. Nuestro trabajo es hallar a la gente que lo hizo, y presentarlos, de ser posible."

Gunther alzó la vista hacia Joey. Joey le asintió con la cabeza.

"Misty tiene razón. Nosotros no ejecutamos personas. Eso *no* significa que no contestaremos al fuego si ellos disparan primero. Y cuando contestamos al fuego, disparamos a matar."

"El agente Moore dijo que sus honorarios eran razonables," dijo el señor King. "¿Podemos discutirlo?"

"Por supuesto," dijo Misty. "Nuestros honorarios serán..." y mencionó la cantidad. "Dejaré que ustedes decidan cómo dividírselo."

"¿Qué hay sobre los gastos?" preguntó el señor Gunther. "La mayoría de los investigadores privados solicitan sus gastos además de sus honorarios."

"Aunque muchos de nosotros poseemos licencias privadas, somos más una compañía de seguridad. Los gastos están incluidos en los honorarios. Deseamos ayudarles no, dejarlos en quiebra," dijo Joey. "Si los honorarios les son aceptables, iremos al escritorio de mi secretaria para que firmen algunos formularios."

"*Les* diremos que ya tenemos una pista sobre los sicarios. No podemos decir más por ahora, pero por favor siéntanse cómodos de saber que vamos hacer todo lo que podamos," dijo Misty.

Gunther miró a King quien asintió con la cabeza. "Son honorarios razonables, señor Justice...Señora Wilhite. ¿Qué necesitan de nosotros?"

"Sólo sus firmas. Vengan conmigo por favor. Aquí está el número de teléfono de nuestro psiquiatra. Si alguien de ustedes decide llamarlo, por favor háganle saber que no hay cargo."

CAPÍTULO 3

Después que los clientes se fueron, Joey y Misty regresaron a su oficina. Cuando la puerta se cerró, Misty se volvió hacia Joey.

"Así que ya comenzó. Guauu, ¿por dónde comenzamos, Joey?"

"No estoy seguro, cariño. Quiero revisar ambos expedientes de nuevo. Tal vez nos den algo con que comenzar."

Extrajeron los expedientes y se acomodaron en uno de los sofás para leerlos.

Cuando Louie llegó al centro de convenciones, la primera cosa que vio fue su operario principal, Turk Wendell, parado afuera de las puertas de entrada.

"Pensé que estabas cuidando al retador, Turk," dijo Louie. "¿Qué haces afuera?"

"El representante me sacó, hombre," contestó Turk. "Dijo que a *nadie* se le permitía estar adentro mientras el hombre está entrenando."

Sacudiendo su cabeza, Louie dijo, "Ven conmigo, hombre." Abrió la puerta y se dirigió a los camerinos. Turk lo siguió. Cuando llegó a la habitación asignada al retador, Louie abrió la puerta. El retador estaba acostado sobre una mesa mientras su entrenador le daba un masaje. Su representante estaba sentado en un taburete a unos cuantos pies de distancia. Louie simuló una pistola con su mano y le apuntó al retador.

"Pumm. Estás muerto, hombre."

El representante, Chuck Simons, dio un salto y comenzó a dirigirse hacia Louie.

"¿Qué diablos hacen aquí adentro?"

"Simons, eres un tonto. Pude haber sido cualquier persona de la calle, entrado aquí con un arma y haberle ahorrado una pelea al campeón. Sacas a mi hombre de aquí y no tienes protección para nada. No he visto que los puños detengan las balas."

"¿Qué hará tu hombre, Washington? ¿Recibir una bala por mi boxeador?"

"Si es necesario, puedes apostar tu trasero. Para eso se nos paga."

El retador, Mike Swanson, se sentó y le dijo a Louie, "Hombre, no necesito a un tonto debilucho para que evite que me disparen. Tú no me agradas Washington. Tú eres un marica."

De repente, con palabras entrecortadas y precisas, Louie dijo, "Disculpa, ¿Marica?"

Sólo Turk sabía que Swanson había enojado a Louie regiamente.

"Eres un viejo marica. Un hijo de puta debilucho."

"¿Tal vez te gustaría expresar ese sentimiento en otro lugar Swanson? ¿En el cuadrilátero quizá en cinco asaltos?"

"Hecho, hijo de puta. Te voy a dar una paliza que ni siquiera tu mamá te va a reconocer."

"Dame cinco minutos para encontrar los guantes, Swanson. A Simons le dijo, "Arréglalo, hombre. Parece que debo poner en evidencia a un hermano. Ya tienes a un socio de entrenamiento. Turk, quédate con este hijo de puta ignorante, ¿Quieres?"

Louie salió del lugar para buscar guantes de boxeo.

Dexter entró al gimnasio de la escuela secundaria que patrocinaba la exposición canina, para buscar al operario principal, Charlie Li, quien estaba siendo amonestado por una mujer muy grande de pelo azul. Junto a la mujer estaba un perro Bulldog. El bulldog jadeaba y se veía muy feliz.

"Y, algo más," dijo la mujer de pelo azul, "¿Qué clase de agente de seguridad es usted? Quiero saber cómo fue que mi perro apareció *ebrio*, y ¡Quiero saberlo ahora!"

"Disculpe," dijo Dexter, "¿Qué sucede?"

Pelo azul miró a Dexter de pies a cabeza. "Y ¿Quién es usted?"

Mi nombre es Dexter Beck. Estoy a cargo de la seguridad en esta exposición."

"Bueno, hay algunas cosas que debo decirle," dijo ella.

Dexter alzó una mano. "Un momento, por favor. Charlie, ¿Están todas las cámaras instaladas?"

"Aún necesito instalar dos en el gimnasio, y la del área de la perrera."

"Entonces no dejes que yo te atrase."

Charlie asintió casi con alivio. "Sí, señor." Y se fue.

El bulldog se levantó, balanceándose ligeramente.

Dexter se volvió hacia Pelo azul. "Ahora, ¿Cuál parece ser el problema, señora?"

"Alguien le ha dado *cerveza* a mi bulldog campeón inglés, señor Beck. ¡Ahora tengo un perro ebrio, y quiero saber que va a hacer al respecto!"

"Bueno, señora, puedo..." Dexter dejó de hablar y miró hacia abajo.

El bulldog se estaba meando en su pierna.

"Mira esto, Misty," dijo Joey, quien leía entrevistas de la policía hechas entre los residentes del área.

Ella miró lo que él estaba leyendo.

"Al menos dos residentes reportaron un Cadillac aparcado frente al edificio con el motor encendido," dijo él. "Lo describen como último modelo, azul oscuro o negro con ventanas polarizadas."

"¿Número de placas?" preguntó ella.

Joey leyó. "No. Pero en la mayoría de las veces, la gente ve cosas que no registran en el momento pero que quedan en sus memorias. Creo que debemos hablar con esta gente."

"Vamos, entonces."

Mientras salían él le dijo a Jessica a donde iban, y que podría comunicarse con ellos por los teléfonos celulares si era necesario.

"Alertaré a los medios," bromeó Jessica.

En el camino hacia los elevadores, Joey abrió su teléfono celular.

"¿A quién llamas?" Preguntó Misty.

"A Hank. Quiero que esté atento a nuevos rostros hispánicos."

Hank era Hank McFeely. Era propietario de un bar en Hooker Hollow llamado "McFeely's". McFeely's, comúnmente conocido como "McFeeme's", era un lugar violento que servía bebidas fuerte a clientes duros, y tenía una reputación de poder proveer cualquier cosa que una persona buscara. Se producían peleas regularmente allí.

El teléfono fue contestado. "McFeely's."

"¿Hank?"

"Sí."

"Soy Joey Justice. ¿Cómo estás?"

"¡Joey, idiota! ¡Estoy muy bien, qué bueno oírte!"

"Hank, necesito un favor."

"Sólo dilo, Joey."

"¿Podrías estar al tanto de cualquier gente hispánica nueva que aparezca en tu bar?"

"Es gracioso que lo preguntes. Aquí ha estado un par de ellos durante las últimas tres noches. Siempre toman un trago, solo se llevan entre ellos y beben tiros de ron."

"¿Causan problemas?"

"No. Como dije, se llevan sólo entre ellos. Sin embargo, los he visto muy de cerca. Tienen una mirada cruel, y sé que siempre andan armados."

"Hazme otro favor, Hank. Si aparecen esta noche, házmelo saber enseguida, ¿Podrías?" Le dio a Hank su número personal de teléfono celular.

"Con gusto, Joey."

Colgaron.

El elevador se abrió en el garaje de empleados y la pareja salió. Cada uno de los socios tenía un Nissan sedán del año para uso personal. Cada uno de los sedanes estaba equipado con llantas a prueba de pinchadura, vidrios a prueba de balas y suficiente blindaje para detener la mayoría de las armas ligeras. La pareja escogió uno y salieron del edificio de seguridad.

Mientras conducían, se tomaban de las manos y hablaban de cosas no relacionadas a los negocios. La pareja estaba profundamente enamorada y lo habían estado desde que se conocieron en la universidad. A menudo hablaban sobre matrimonio, pero ninguno tenía prisa...aunque ambos sabían que nunca existiría otra persona para ninguno de ellos.

Cuando llegaron al apartamento de la Cuarta Calle, Joey aparcó el Nissan y se volvió hacia Misty.

"Esto es lo que pienso, nena," dijo él. "Entrevistamos a los testigos que vieron el Cadillac. Si aún no pueden recordar mucho del carro, les diremos que algunas veces la mente almacena más información de la que puede recordar conscientemente. Luego les preguntamos si les importaría someterse a hipnosis para ver si pueden recordar más. ¿Te suena bien?"

"De sueño."

"Chica lista."

"Sí. Pero soy *tu* chica lista."

Salieron del carro. Joey presionó el botón de defensa en su llavero. Si alguien manoseara el carro y la alarma fallara en asustar a quien fuera que lo hiciera, después de treinta segundos, el exterior del carro se electrificaría con cincuenta mil voltios de carga y se deshabilitaría el sistema de ignición completamente.

"¿A quién buscamos?" preguntó Misty mientras entraban al edificio.

"Al señor y la señora Vincent Bercik. Se encuentran en el primer piso, apartamento uno cero uno."

Llegaron al apartamento. Misty tocó la puerta. Después de un rato, oyeron arrastre de pasos detrás de la puerta, y se dieron cuenta que alguien los veía por la mirilla.

"¿Quién es?" Dijo una voz débil desde adentro del apartamento.

Joey alzó su tarjeta de presentación hasta la mirilla. "Joey Justice y Misty Wilhite. Somos de Justice Security. Nos gustaría hablarle un momento, si podemos."

"¿Puede mover la tarjeta de presentación?" Dijo la voz.

Joey movió la tarjeta y vio directamente a la mirilla. Después de un momento, oyeron que se abrían varias cerraduras, y la puerta se abrió. Una dama mayor se paró en el umbral.

"¡Realmente es usted! Dijo ella. "¡Lo vi en las noticias televisivas hace dos meses!"

Joey sonrió ligeramente. "Recuerdo eso. Las noticias del Canal 7, ¿No es cierto?"

"¡Correcto! ¿Y quién dijo usted que era esta dama hermosa?"

"Ella es una de mis socios, Misty Wilhite. ¿Será usted la señora Bercik?"

"Sí, lo soy. ¿No quieren pasar adelante?"

"Gracias, señora," dijo Misty con una sonrisa.

Misty y Joey entraron al apartamento. Las paredes estaban cubiertas con fotografías, muchas de las cuales eran en blanco y negro o de color marchito. Cachivaches y marcos de fotos cubrían casi toda superficie disponible. Muebles viejos pero de apariencia cómoda ocupaban la sala. El apartamento tenía el olor cercano a humedad por estar largo tiempo cerrado al aire exterior.

"¿No quieren sentarse?" preguntó la señora Bercik.

"Gracias señora Bercik," dijo Joey.

Joey y Misty se sentaron en el sofá. La señora Bercik se sentó en una cómoda silla reclinable.

"Señora Bercik...," comenzó Misty.

"Por favor llámeme Marlene."

Misty le sonrió a la dama anciana. "Sí, señora. Joey y yo hemos sido contratados para investigar los asesinatos de arriba y su nombre apareció en los reportes policiales."

"Oh, yo le dije a la policía que no sabía nada sobre eso," dijo la señora Bercik. "Vince y yo veníamos de visitar a mi hermana. Nunca oímos ni siquiera disparos."

"Pero usted mencionó haber visto un Cadillac aparcado en el bordo de la calle con el motor encendido," dijo Misty.

"Sí, así es. Pero no vimos a nadie entrar o salir del carro, y no pudimos ver adentro. Las ventanas eran muy oscuras tal como se ven en las limusinas. Sólo di un vistazo rápido. Vince estaba teniendo un mal día y mis manos estaban llenas de cosas."

"¿Cree que su esposo podría recordar el auto, Marlene?" Preguntó Joey.

"Señor Justice, mi esposo no puede recordar si desayunó esta mañana. El padece de Alzheimer's."

"Lo siento. No lo sabía," dijo Joey.

"No hay razón para que lo supiera. Algunos días son mejores que otros."

"Lo que nos gustaría sugerir, Marlene, si usted lo desea," dijo Misty, "es que tenemos un calificado..."

Un hombre anciano con un andador entró a la sala arrastrando los pies. Tenía una mirada decidida en su rostro.

"Tengo razón en eso, Teniente," dijo el hombre. "El área está casi segura."

"Oh, Vince," dijo la señora Bercik. Ella se levantó, tomó al hombre de su brazo y lo condujo hacia la silla que estaba disponible. ""Querido, no tienes que asegurar el área. La guerra terminó."

"¡Soy el Sargento Bercik para ti soldado!" Contestó bruscamente el señor Bercik mientras se sentaba. "¡Y hay Vietcongs por toda el área! ¡Y Pinky tiene treinta!"

"Sólo cálmate, Vince. Los Congs no te atacarán hoy."

"¿Cong?" dijo el anciano. "¿De qué habla usted, señora? ¿Y quién es usted?"

La señora Bercik dio un suspiro mientras acomodaba a su esposo en la silla. "Soy tu esposa, querido. Marlene." Y a Joey y a Misty les dijo, "Lo siento, está teniendo uno de sus malos días de nuevo."

El señor Bercik habló de nuevo, "¡No estoy teniendo un mal día! ¡Pinky tiene treinta!"

"No conocemos a nadie que se llame Pinky, Vince," dijo la señora Bercik.

"Marlene, lo que proponemos es que usted se someta a hipnosis," dijo Misty. "Creemos que usted podría recordar más detalles de esa manera acerca del Cadillac."

"¿Cadillac?" dijo el señor Bercik. "Un maldito carro caro. No puedo pagarlo con el sueldo de un Sargento. Pinky tiene treinta."

"Lo siento, señorita Wilhite," dijo la señora Bercik. "No veo cómo puedo dejar solo a Vince hoy para eso. Me gustaría ayudar, pero puede ver cómo está él."

Joey dijo, "Eso está muy bien, señora Bercik. No creo que necesitemos hacer eso después de todo. Creo que su esposo nos ha dado lo que necesitábamos saber."

Misty miró a Joey, confundida. "¿Lo hizo?"

"Pinky tiene treinta. El Servicio de Limusinas de Pinky. Las placas son numeradas."

El rostro de Misty mostró comprensión, "¡Oh Dios mío! ¡Tienes razón!"

"¿Qué quieren decir?" Preguntó la señora Bercik.

"Su esposo ha estado repitiendo el número de placas del Cadillac. Pinky tiene treinta quiere decir el carro número treinta de la flota del Servicio de Limusinas de Pinky. Por eso íbamos a pedirle a usted que se sometiera a hipnosis...Queríamos el número de placas del carro," contestó Joey. "Puede ser una pista en los asesinatos." Joey se levantó del sofá y se paró frente al señor Bercik. Se paró en atención e hizo un repentino saludo intenso al señor Bercik. "Buen trabajo, Sargento."

Bercik contestó el saludo. "No fue nada, Teniente."

Misty también se había levantado. Le dio la mano a la señora Bercik. "Muchísimas gracias por su tiempo, señora." Se aproximó al señor Bercik, se inclinó y lo besó en la mejía. "Y gracias por saber lo que necesitábamos averiguar."

El señor Bercik se ruborizó, "Eso es muy amable de su parte, señora, pero soy casado, y amo a mi esposa muchísimo. Yo no podría ir a su habitación de ninguna manera."

"¿Señor Justice?" Preguntó la señora Bercik tímidamente.

"¿Si, señora?"

"¿Podría yo tener su autógrafo?"

Los socios rieron.

Mientras salían del edificio de apartamentos, Misty dijo, "Bueno, ¿vamos a Pinky's?"

"Lo podemos hacer," contestó Joey. "Si podemos averiguar quién rentó el Caddy, tendremos una pista." Al aproximarse al auto, Joey presionó el botón del llavero para desactivar el sistema de seguridad. En la calle, al lado del conductor del auto, un joven yacía en el suelo, con contracciones. Sus ojos estaban abiertos y los movía hacia Joey.

Joey sacudió la cabeza. "Tratar de entrar al carro es una experiencia algo impactante, ¿no es verdad?" Tomó al hombre por las axilas, lo levantó y lo arrastró hasta la acera. "La próxima vez, piénsalo dos veces antes de tratar de robar un auto. Podría ser...iluminante."

Misty señaló y rio. "¡Mira, Joey! Se orinó en los pantalones."

Joey sacudió la cabeza. "¿No te enseñó tu madre a no jugar con electrodomésticos cuando estás mojado?"

Subieron al auto y se alejaron, dejando al joven acostado en la acera para que se recuperara él solo.

Louie estaba en su esquina del cuadrilátero. Había encontrado todo lo que necesitaba para la pelea de entrenamiento, hasta un par de pantaloncillos cortos. Swanson estaba en la esquina opuesta, sonriéndose de oreja a oreja sobre el protector de boca. Louie le contestó la sonrisa y le asintió a Swanson. Swanson tenía una buena contextura, con músculos nervudos y largos que se veían tensos bajo su piel. Swanson tenía un pecho fornido, con músculos abultados que mostraba ondas cuando se movía, como un flujo suave de agua.

Turk estaba en la esquina de Louie, mientras que Simons estaba en la de Swanson. Swanson comenzó a chocar sus puños, ondeando sus brazos y bailando en el lugar. Louie se mantuvo quieto, exudando calma por cada poro de la piel.

"¿Estás seguro de esto, Louie?" preguntó Turk.

"Oh, sí," contestó Louie. "Este tipo no sabe lo que yo tengo. Tengo ventaja. Además, Dexter me mostró algunos movimientos, hombre. Él no me pondrá ninguna mano. Tú observa."

"Hey, Washington." Llamó Simons. "¿Está bien contigo si Larry el entrenador arbitra la pelea? Hará un trabajo honesto."

Louie se encogió de hombros y alzó sus manos para indicar que estaba bien con él. El entrenador se subió al cuadrilátero y les hizo un gesto a Louie y a Swanson para que se aproximaran.

"Caballeros, esta es una pelea de entrenamiento que tiene cinco asaltos. Recuerden eso. No deben golpearse debajo del cinturón y deben soltarse de los abrazos cuando se los diga. Bien, vayan a sus esquinas."

"Voy a arruinarte, hombre," dijo Swanson.

"Uh-huh," respondió Louie.

Los hombres volvieron a sus esquinas. Después de unos cuantos segundos, sonó la campana, indicando el comienzo del primer asalto. Swanson salió bailando de su esquina, con los puños en alto con el típico porte de un boxeador. Louie simplemente caminó hacia el centro del cuadrilátero y alzó sus puños en una posición similar de boxeador.

"Hombre, no eres ni mierda," dijo Swanson y dio un puñetazo derecho. Era rápido, pero Louie parecía saber que el puñetazo venía, y simplemente se movió fuera de la línea de este. Swanson se vio sorprendido e hizo una finta con la derecha, luego siguió con un gancho de izquierda. De nuevo, Louie solamente movió su cabeza y de nuevo el puñetazo falló por una fracción de pulgada. Swanson dirigió un derechazo al estómago de Louie pero Louie esquivó el puñetazo con su cuerpo. Swanson perdió el equilibrio por el fallido puñetazo al cuerpo, y Louie tomó una rápida ventaja. Lanzó su izquierda al lado de la cabeza de Swanson, tratando de golpear al retador. Usó cada músculo de su espalda, su pecho y su brazo, y puso todo lo que tenía en su puño. Conectó un golpe sólido al lado de la cabeza de Swanson. Swanson giró a su alrededor y cayó al piso del cuadrilátero. No se levantó. El hombre estaba frío.

"Llámame marica de nuevo, hijo de puta," dijo Louie, girando para regresar a su esquina.

Dexter y Charlie estaban revisando los registros de todas las cámaras de seguridad. Todo se veía grandioso. Todas las transmisiones estaban conectadas a DVRs y eran operadas por un sistema seguro de computadoras. Los detectores direccionales de movimiento estaban dirigidos a lo largo de caminos, porque, de haber usado detectores de ángulo amplio, habrían registrado cada movimiento que los perros hacían en sus perreras, disparando las alarmas por nada. Era un sistema elaborado en forma práctica, pero era lo que habían especificado los operadores de la exposición canina.

Al principio, Dexter no comprendía por qué una exposición canina requería un sistema de seguridad tan elaborado. Después de lo del bulldog ebrio, pudo comprender un poco mejor. Era un asunto incesante. Algunos de los dueños de perros creían que ganar era todo, y se rebajarían a hacer casi cualquier cosa para asegurarse de que la competencia fuera eliminada. La cerveza que se le había dado al bulldog, pudo de igual forma haber sido veneno. La mayoría de los perros eran de raza pura procedentes de líneas de realeza canina establecidas durante largo tiempo, y valían muchos miles de dólares. La pérdida de uno representaba, no sólo la pérdida de un perro, sino también una inversión cuantiosa de los propietarios.

Dexter sintió remordimiento por el hecho que los perros eran vistos como inversión de negocio en lugar de la compañía fiel que ellos podían ser. Como amante de los animales, se prometió a sí mismo que le daría a los caninos la mejor protección que pudiera.

"Se ve bien, Charlie," dijo él.

Charlie asintió. "Es lo más bueno que se pudo obtener, dadas las circunstancias. ¿Has pensado en dejar alguna seguridad humana?"

"La exposición canina es el Domingo. Eso nos deja esta noche y mañana por la noche. Por ahora, pienso que lo que hemos hecho es suficiente. Tendremos a cinco personas circulando durante la exposición misma y espero que no las necesitemos antes de la exposición." Asintió para sí mismo. "Lo dejaremos así por ahora. De todos modos podemos mejorarlo si se hace necesario."

"Yo sugeriría algo, señor," dijo Charlie. Charlie siempre mostraba respeto profundo por su empleador, aun cuando Dexter le había dicho muchas veces que dejara de llamarlo 'señor'. "Sugiero que tengamos una pistola tranquilizadora reservada. Probablemente no la necesitemos, pero algunas de estas razas pueden volverse agresivas. Me sentiría más cómodo teniéndola y no necesitándola, que necesitándola y no teniéndola."

Dexter ajustó sus gafas. "Buena idea. Consigue unas de la armería esta tarde y mantenlas bajo llave junto con los DVRs. Tú estarás a cargo de ello." Le dio unas palmaditas a Charlie en el hombro. "Es hora de ir a conversar con los clientes, creo. Llámame si se te ocurre algo más."

"Sí, señor."

Dexter dejó la habitación segura y se dirigió al aula que era usada temporalmente como oficina por los oficiales de la exposición canina. Tocó a la puerta, oyó, "Adelante," y entró. Adentro, el organizador de la exposición, Burt Oakley, le mostraba a dos trabajadores como crear varios obstáculos y áreas de exposición.

"Pronto estaré contigo, Beck," dijo Oakley, y continuó explicando a los dos hombres lo que quería.

Dexter se mantuvo de pie con sus dos manos detrás de la espalda mientras los hombres conversaban. Cuando los trabajadores se fueron, Oakley se volvió hacia Dexter.

"¿Cómo están los sistemas de seguridad, Beck?" preguntó Oakley.

Dexter contestó, "Todo en su lugar y funcionando dentro de los parámetros que usted específico, señor Oakley."

"Excelente. Entonces, ¿puedes garantizar que nada interferirá con nuestra exposición?"

"No. Nada puede garantizar eso. Sólo puedo garantizar que todo lo que usted específico está funcionando normalmente."

"Oakley le echó una mirada a Dexter. "¿Qué significa eso, Beck? Pensé que había contratado a la mejor compañía de seguridad de la ciudad. ¿Está usted diciendo que su compañía no puede brindar la seguridad apropiada para una *exposición canina*?"

"No, señor Oakley, de ninguna manera estoy diciendo eso. Estoy diciendo que todo lo que se específico en nuestro contrato con usted está operando normalmente. Justice Security es un negocio. Animamos a nuestros clientes para que tomen ventaja de todo lo que ofrecemos. Pero hay un costo incluido. Tenemos salarios, equipo y gastos generales en cada contrato. Si el cliente siente que sus necesidades están siendo satisfechas con medidas menos costosas, lo hacemos. El cliente especifica el nivel de seguridad. Usted tiene lo que pidió y todo está funcional."

"¿Y qué hay del incidente de esta mañana? ¿Hay alguna probabilidad de descubrir quién le dio la cerveza al bulldog de la señora Hyde?"

Dexter sacudió la cabeza. "Virtualmente, ninguna probabilidad. No todas las cámaras estaban operando hasta hace una hora, y ninguna de las personas con las que hemos hablado sabe nada."

"Debo decir que estoy decepcionado. Con el dinero que he pagado, esperaba un nivel más alto de seguridad que el que estoy recibiendo."

"Con todo respeto, señor Oakley, usted está recibiendo el tipo de seguridad por el que usted pagó. Si no está satisfecho con él, podemos anular el contrato, retirar nuestro equipo y facturarle el tiempo invertido. Mi asistente y yo podemos estar fuera de aquí en lo que transcurre una hora."

Con eso, Oakley pareció retractarse. "No, no…Estoy agradecido con lo que han hecho. La tensión de esta exposición está interfiriendo con mi buen sentido. Gracias. Estoy seguro que será suficiente."

Dexter asintió en reconocimiento. "Mi asistente estará monitoreando los sistemas por al menos otra hora. En caso de que usted necesite algo, por favor hágaselo saber."

Dexter abandonó la habitación con un sentimiento de incomodidad. Este trabajo estaba resultando ser de más involucramiento de lo que él había anticipado.

Joey y Misty llegaron a Pinky's Limousine. Se aparcaron en la calle.

"Aún no se me ocurre una buena manera para hacer esto," dijo Joey.

"Tampoco a mí," contestó Misty.

Ambos estuvieron pensando por un minuto.

Misty sugirió, "¿Qué piensas de pretender que somos una pareja de recién casados buscando un Cadillac en el que podamos viajar a nuestra luna de miel?"

Joey pensó en ello. "En lugar de recién casados, mejor comprometidos, y que la boda será la próxima semana. Nos gustaría que el Caddy fuera nuestra limusina que nos recogiera a cada uno de nosotros para llevarnos a la iglesia y luego al aeropuerto después de la boda. Todo lo que realmente queremos es captar algo de Pinky y examinar el lugar. Regresaremos más tarde esta noche para echarle una mirada real."

"Vaya, señor Justice," dijo ella burlonamente. "¿Sugieres que irrumpamos y entremos?"

Él le sonrió. "No sé nada acerca de irrumpir pero definitivamente entraremos. ¿Lista?"

"Vamos."

Salieron del carro. Joey activó el Sistema de defensa otra vez. Se tomaron de la mano y caminaron hacia Pinky's."

El área de recepción y ventas estaba limpia y brillante. Las sillas y los escritorios estaban distribuidos por toda la habitación. Una oficina grande encerrada en paneles de vidrio, contenía varios archiveros y había una dama sentada detrás de un escritorio. Había un mostrador como parte de los paneles de vidrio a media altura de los cristales, haciendo que la oficina fuera un centro de pagos.

Misty adoptó la actitud de una persona ligeramente altanera, mientras que Joey la de un futuro novio con delirio de famoso para quien todo parecía moverse demasiado rápido por comodidad. Se aproximaron a la oficina de cristal.

"¡Hola!" dijo Misty a la dama dentro de la oficina. "Queremos algo así como platicar con alguien acerca de una limusina para nuestra boda."

La dama en la oficina le sonrió a la pareja y dijo, ""Hola. Haré que alguien salga para que hable con ustedes en un momento. Si quieren pueden tomar asiento..." Hizo señas hacia atrás en el área de recepción y ventas.

Misty inclinó la cabeza hacia un lado. "Okay." Se dirigió hacia las sillas, halando a Joey detrás de ella. "Ahora, siéntate aquí, Pooky, y yo me sentaré justo a tu lado." Se sentaron.

Joey le dijo a Misty en voz baja, "Dios, odio ese personaje cabeza hueca."

Misty dijo, también en voz baja, "Oh, cállate. Está funcionando. Puedo ver detectores de movimiento baratos en las esquinas y me fijé en el alambrado bajo las ventanas. Probablemente son alarmas de contacto.

"Las vi. No hay teclado numérico en la puerta, así que la alarma es local. Desconecta una y probablemente tendremos entre diez y quince minutos antes de que la policía llegue aquí. Realmente necesitamos echar un vistazo al garaje-puede que haya algo más fácil allí."

"Todo lo que necesitamos es una manera de entrar a esa oficina. Cuidado, aquí viene alguien. Hora de seguir haciendo de tonta."

Se abrió una puerta en la misma pared donde estaba la oficina de cristal. Un hombre con traje estándar apareció en ella. Se dirigió hacia la pareja.

"Pero, Pooky, realmente quiero la limusina grande. ¿No me quieres feliz el día de nuestra boda?" dijo Misty.

"¡Por supuesto que sí, amorcito! Pero una limusina grande es cara. No estoy seguro de poder pagarla."

"Por supuesto que puede," dijo el vendedor. "Nuestros precios son *muy* competitivos." Extendió su mano a Joey. "Allen Pinkersley. Llámenme Pinky."

"Vaya, ¿es usted el propietario?" Preguntó Joey dándole la mano a Pinky.

"Uno y el mismo," contestó Pinky. Le ofreció la mano a Misty.

Ella le dio la mano y dijo, "¿Ves, Pooky? ¡Si él es el dueño, puede hacernos una buena oferta!"

"Eso lo puedo hacer, señorita, "dijo Pinkersley. "No escuché sus nombres,"

"Joe Pensington. Ella es mi prometida Tiffany Andrews," dijo Joey.

Pinkersley sonrió aún más ampliamente. "¡Es un placer! Ahora, exactamente, ¿en qué tipo de limusina están interesados?"

"Una muy *grande*," dijo Misty con voz llorona.

"Mira, Tiff, no estoy seguro si podamos pagar una grande," dijo Joey. Misty hizo pucheros con la boca. "Pero, Pooh..." dijo él suplicante. Misty hizo más pucheros. Joey sacudió la cabeza negando y le dijo a Pinkersley, "¿Tiene alguna de tamaño medio?"

Misty dio un fuerte pisotón con el pie, *"¡Poo-ky!"*

Joey se volvió hacia ella y dijo, "Mirar no puede hacer daño, Pooh."

Ella continuó haciendo pucheros y dio un pequeño salto. "Está bien, Pooky."

Joey le dijo a Pinkersley, "¿Podemos ver las limusinas?"

Pinkersley se sonrió concesivamente. "Por supuesto señor Pensington. Vengan conmigo, por favor."

Pinkersley los condujo por la puerta por donde había entrado. Sorprendentemente, esta se abrió directamente al garaje. Había limusinas de todos los colores, tamaños y marcas distribuidas por todo el lugar. Se veían unos pocos conductores así como también tres hombres en overoles quienes obviamente eran mecánicos. El garaje mismo era largo y espacioso. Los aspectos más interesantes para Joey y Misty eran los tres tragaluces espaciados equitativamente en el techo.

"¡Oh, Pooky, mira todas esas limusinas!" Dijo Misty, haciendo un pequeño salto de emoción. "¡No sé cuál es la que quiero!"

Joey había ubicado cuatro Cadillacs que concordaban con la descripción dada por los testigos. Le dijo a Pinkersley, "¿Podemos ver las de tamaño medio?"

"Por supuesto," contestó Pinkersley. Los condujo al primer Caddy. Era azul oscuro pero no tenía ventanas polarizadas. Él abrió las puertas y dejó que la pareja viera el interior del vehículo. Interpretaron su papel completamente. Joey se movió por todo el exterior del vehículo. Revisó las placas que tenían "PINKYS28". No era el auto.

El siguiente Cadillac era negro, con ventanas muy polarizadas. Pinkersly, abrió las puertas, y la pareja siguió el mismo procedimiento como con el primer vehículo. Las placas decían, "PINKYS30". Bingo. Joey decidió terminar con la charada.

"Pinky, ¿Qué costaría contratar el auto con conductor por todo un día?"

"Oh, no tanto como puede usted pensar," dijo Pinkersley, y mencionó una cantidad.

Misty había entendido la indirecta y se había movido al lado de Joey, tomando su mano.

Joey dijo, "Vaya, no tenía idea. Vamos a tener que pensar sobre ello."

"¡Pooky!" Dijo Misty, haciendo pucheros.

"Mira, Pooh, esa es una buena parte de nuestro presupuesto. Tengo que revisar mis cuentas y asegurarme de que podamos pagarla."

Los tres caminaron de regreso por la puerta que daba al área de recepción y ventas.

"Pooky, ¡Realmente quiero una limusina!"

"Iremos a casa y revisaremos las cuentas. Si podemos ajustarlas, conseguiremos la limusina. ¿Puedo llamarlo más tarde, Pinky?"

"Por supuesto. Sin embargo, se debe notificar con tres días de anticipación."

"Volveré, señor. Gracias por su tiempo."

"¡Pooky!"

"Lo veremos cuando vayamos a casa, Pooh."

"¡*Bien*!" dijo ella, haciendo pucheros de nuevo.

"Espero oír de ustedes," dijo Pinkersley.

La pareja abandonó el edificio. Mientras caminaban hacia el auto, siguieron actuando sus papeles visiblemente pero hablando normalmente.

"No hay detectores de movimiento en el garaje," dijo Misty. "Y no vi ningún tipo de alarmas en los tragaluces."

Joey desactivó el sistema de defensa del auto. "Ni yo tampoco. Creo que así es como vamos a entrar esta noche. Debemos revisar ese auto, y checar los archivos para encontrar un nombre de alquiler."

Dentro del auto, Misty dijo, "Grandioso. Esta noche haremos una visita en descenso a Pinky's."

"¡Ah, baaaad pun!" contestó Joey

Mientras se alejaban, ninguno notó que Pinkersley estaba observándolos con ojos medio cerrados. Luego, hizo una llamada.

CAPÍTULO 4

"¿Contraté una compañía de seguridad o un club de lucha?" Gritó Bob Lockhart, el promotor del combate de boxeo del campeonato. "Quiero decir, ¿Qué *iablos* querías lograr noqueando al maldito retador?"

Louie estaba sentado en la oficina del promotor en el centro de convenciones. No había dicho una sola palabra desde que Lockhart comenzó sus diatribas. Comenzaba a parecer que las diatribas no terminarían y ya empezaba a cansarse de oírlas. Pero, el hombre tenía razón. Louie había noqueado al retador y la noticia se había filtrado a la prensa. Todas las ocho estaciones televisivas de la ciudad habían despachado reporteros al centro, y trataban de conseguir información sobre el combate de entrenamiento. Con un solo golpe, Louie había hecho que a este hombre le costara millones, porque, ¿quién pagaría por ver un combate de boxeo entre el campeón y un retador que podía ser noqueado tan fácilmente? El hombre merecía mostrar su rabieta, y Louie escucharía cada palabra.

"¡Usted fue contratado para proteger a los luchadores no para noquearlos! Quiero decir, ¿qué diablos se supone que le diga a la prensa? ¿Qué algún don nadie lo envió a la lona con solo un golpe? ¡Les digo eso y seré el hazmerreír de esta maldita ciudad! ¡ESPN nunca más ofrecerá otro contrato si mi nombre está asociado a él! ¡Todo porque *un...maldito...guardia...de seguridad*! Lockhart golpeó su escritorio con el puño para acentuar cada una de sus palabras. "¡Ahora voy a tener que cancelar esta maldita pelea y reembolsar el dinero del contrato a las cadenas deportivas, sin mencionar a los malditos espectadores! ¡No tengo a nadie que pelee con el Campeón!"

"Yo pelearé con él," dijo Louie suavemente.

"Voy a demandar a tu maldita compañía de seguridad por cada... ¿Qué diablos dijiste?"

"Mira, hombre," dijo Louie. "Estás perdiéndote una mina de oro. Es cierto, yo eliminé a Swanson, y el hombre nunca puso un guante sobre mí. En lugar de llorar por lo que perdiste, usa lo que tienes. Quiero pelear contra el campeón en lugar de Swanson porque yo soy la razón por la que Swanson está fuera. Tú debes promover el hecho que el hombre que eliminó a Swanson está retando al campeón y vas a hacer aún más dinero. Y yo te daré una pelea honesta para compensar mi metida de pata."

Lockhart se sentó en su silla, atónito. Pensaba en las posibilidades. "¿Qué pasa si tú ganas?"

"Hombre, gane o pierda, te garantizo que esta será mi única pelea profesional. En cualquier caso, me retiro."

"¿Y firmarás un contrato para la pelea? ¿Y una renuncia? ¿Y conseguirás tu licencia para boxear?"

"Seguro."

Lockhart pensó en ello por unos minutos, luego comenzó a reírse. "Vamos a hablar con la prensa."

A las ocho y treinta esa noche, Joey y Misty se prepararon para entrar en Servicio de Limusinas de Pinky. Ya habían llegado al techo, escogido el tragaluz que usarían para entrar y estaban asegurando las cuerdas de descenso. Ambos estaban vestidos de negro y usaban gorros oscuros en sus cabezas.

Joey tenía un cinturón pequeño de herramientas. De él extrajo un corta vidrios con una taza de succión incorporada. Colocó la taza de succión sobre el cristal en el tragaluz e hizo un corte circular del tamaño de la mano. Con cuidado retiró el círculo de vidrio del tragaluz e introdujo su mano para liberar la ventana.

"Aquí va. Alístate," le dijo a Misty.

Abrió el tragaluz y esperó un momento por si sonaba una alarma. Nada. Abrió el tragaluz completamente, y Misty lanzó las cuerdas de descenso por la abertura. Aún sin oír ninguna alarma, Joey se sujetó a la cuerda. Misty hizo lo mismo.

Joey le dio un beso rápido. "Cuando estemos adentro, tú vas a la oficina y busca los expedientes del Caddy. Yo tomaré el Caddy y lo revisaré bien."

"Me suena bien, Pooky," usando su personaje de hermosa tonta, luego comenzó a descender. Joey la siguió rápidamente.

Se deslizaron en forma controlada. Ya abajo, ambos se desengancharon de las cuerdas.

"Bastante oscuro aquí," murmuró Joey.

"¿Trajiste algo para visión nocturna?" Susurró Misty.

"No, ¿Y tú?"

"No. Creo que lo haremos de la manera difícil."

De pronto, las luces del garaje se encendieron. Joey y Misty se paralizaron. En la parte trasera del garaje cerca de un banco de trabajo estaban parados Allen Pinkersley y un hombre hispano armado con una pequeña ametralladora con la cual les apuntaba. Los hombres estaban a una distancia aproximada de setenta y cinco pies de Joey y Misty.

"Se-ñor Pensington," dijo Pinkersley. "¿O debería decir...Señor Justice?

Joey miró a Misty.

"Sabe, Justice, si va a tratar de ser alguien más, realmente debería mantener su rostro fuera de la televisión." Miró a Misty. "Y esta debe ser Misty Wilhite. Nunca había visto su cara, muchachita, pero si está con él..." Se encogió de hombros, "Simple deducción." Se apoyó en el banco de trabajo sobre un codo. "Así que, dígame... ¿Por qué está el gran Joey Justice irrumpiendo en mi garaje?"

Joey miró a Misty. Ella se encogió de hombros. Joey se volvió hacia Pinkersley de nuevo.

"Hemos sido contratados para investigar una masacre en un apartamento justo en la Hollow. Dos adolescentes inocentes fueron asesinados y sus padres quieren una conclusión. Buscamos a los perpetradores. Su Cadillac PINKYS30 fue visto por testigos aparcado frente al edificio con el motor encendido. Queríamos saber quiénes lo estaban conduciendo esa noche."

"¿Y no pudo sólo preguntarme?"

"Pensamos que no nos lo diría."

"Ah, les diré quién lo conducía...Era yo. Y Julio aquí también asistió a la fiesta. Fue desafortunado para los dos chicos...Pero ellos debieron haber escogido mejor a sus amigos." Pinkersley se sonrió. "Después que ustedes se fueron hoy, hice una llamada telefónica explicando que ustedes habían venido a la oficina, y tengo un mensaje para ustedes. Esteban Fernández les envía su amor."

Pinkersley le hizo señas al hispano, quien se preparó y comenzó a disparar. Joey se lanzó hacia la izquierda buscando cubrirse detrás de una porción de limusina. Misty se lanzó hacia la derecha cayendo detrás de un Cadillac. La ametralladora era muy ruidosa en el lugar encerrado, y las balas cortaban el aire a su alrededor. Ambos, Joey y Misty, sacaron sus Glocks. La ametralladora se calló.

Joey se asomó desde atrás de la limusina lo suficiente para hacer dos disparos... ¡PUM, PUM! Se agachó de nuevo. Misty se asomó inmediatamente e hizo dos disparos propios, luego se agachó de nuevo.

"¡Tendrás que hacer algo mejor que eso, Justice!" Gritó Pinkersley. "Había pensado que disparabas mejor."

Joey miró por debajo de la limusina, tratando de ubicar los pies de los dos hombres. Notó un par de tanques verticales al lado del banco de trabajo, y ambos hombres estaban detrás de una limusina negra a la izquierda del banco de trabajo. Joey miró hacia Misty, y con señas le indicó que lo cubriera un poco. Contó uno, dos, tres con sus dedos. Misty se levantó e hizo dos disparos colocados con cuidado, mientras que Joey se levantó, apuntó y disparó a uno de los tanques detrás de los dos hombres. Le atinó al tanque, pero no sucedió nada. Ambos, él y Misty se agacharon de nuevo.

¡Maldición! Pensó. *¡Debió estar vacío!*

Julio sin embargo, comenzó a disparar su arma de nuevo. Las balas rociaron la limusina, luego se desviaron hacia el Cadillac. Perforaciones de bala aparecieron en los lados de ambos autos y los vidrios fueron hechos añicos en el piso. Julio dejó de disparar.

Pinkersley estaba en cuclillas detrás de la limusina y vio el tanque detrás de él. Se dio cuenta de la situación-¡los tanques eran usados para mantener gas para los soldadores de acetileno del garaje! El tanque al que Justice le había disparado estaba vacío, ¡pero el otro estaba casi lleno! Si las balas de Justice le daban al que estaba lleno...

Pinkersley le dio una palmada a Julio en el brazo. "¡Debemos *movernos*! ¡*Ahora*!"

Los dos hombres se levantaron para buscar protección en otro lugar justo cuando Misty comenzó a disparar de nuevo. De nuevo se agacharon rápidamente. Joey apuntó cuidadosamente y le disparó al segundo tanque.

La explosión envolvió la parte del garaje donde los dos hombres habían estado. Una inmensa bola de fuego comenzó a moverse a lo largo del garaje y los tanques de combustible de las limusinas en la parte trasera explotaron avivando las llamas con su combustible. La concusión había alcanzado a Joey y a Misty lanzándolos al suelo. Las llamas consumían la parte trasera del garaje con un estruendo fuerte. Las siguientes dos limusinas en línea explotaron. El calor se volvía intenso.

"¡Misty!" gritó Joey. "¡Salgamos al frente!"

Los dos socios corrieron a través de la puerta hacia la oficina justo en el momento en que las siguientes dos limusinas explotaron. Sus movimientos dispararon las alarmas en la oficina exterior.

"¿Qué dices de los expedientes del Caddy?" Gritó Misty.

"No podemos conseguirlos ahora. ¡Tenemos que irnos!"

"Dos explosiones más se dieron en la parte trasera. Miraron hacia atrás a través de la puerta y vieron un infierno. Se detuvieron frente a las puertas cerradas con llave que conducían hacia afuera. Puesto que estaban hechas de cristal, Joey les disparó haciendo añicos los vidrios. Estaban afuera.

Sobre el estruendo del infierno y el ulular de las alarmas, podían oír sirenas distantes.

"¡Maldición!" Dijo Misty. "¡El auto está a cinco cuadras! ¡Nunca llegaremos a él antes que la policía llegue aquí!"

Sonaron más explosiones detrás de ellos.

"¡Tendremos que buscar dónde escondernos!" Gritó Joey.

Corrieron hacia la calle. Al llegar a ella, un Chrysler Sebring convertible blanco y brillante se detuvo frente a ellos.

"Hola, muchachos," dijo Jim Dandy, su competidor en seguridad. "¿Puedo ayudar?"

Bo Lockhart había convocado a una conferencia de prensa para las nueve en punto de esa noche. Los reporteros llegaron de ESPN, *Sports Illustrated,* varios periódicos y todas las estaciones televisivas de la ciudad. Todos estaban en uno de los auditorios del centro de convención a las ocho y cuarenta y cinco. Todos sabían que algo grande estaba a punto de ser anunciado y nadie quería perdérselo.

Lockhart le había dicho a la gente del campeón que un nuevo retador iba a tomar el lugar de Swanson. Se resistieron hasta que les dijo que Louie había noqueado a Swanson con un solo golpe, y que la pelea se llevaría a cabo tal y como se había programado. Luego dijo que si el Campeón quería renunciar al título de pesos pesados por defecto, estaría bien...Y que le alegraría hacérselo saber a la prensa. La gente del Campeón aceptó la sustitución.

Mientras tanto, Louie se daba golpes a sí mismo por dejar que su temperamento dominara su mejor parte. No solo había eliminado a Swanson a causa de ello, sino que ahora tenía que participar en una pelea de box para evitar que la compañía fuera demandada. El cuadrilátero de boxeo no era lo suyo para nada. Sus amigos iban a tener un día de campo con él.

Estaba esperando detrás de una cortina en el escenario del auditorio con Lockhart. Louie le había dicho a Turk que se encargara de cuidar al Campeón ya que él podía cuidarse solo. Para ahorrar un poco de dinero, en todo caso.

Lockhart estaba rodeado de asistentes y daba órdenes a todos ellos. A las ocho y cincuenta y nueve, uno de sus asistentes le recordó que ya era hora.

"¡Washington!" Llamó.

Louie caminó hacia él. "Lockhart," contestó él.

"Así es como sucederá. Yo hablaré con la prensa por unos minutos y expondré lo que ha sucedido esta mañana. Luego, te presentaré, tú sales y dejas que la prensa te haga algunas preguntas. Mantente optimista y positivo, ¿entendido?"

"Creo que puedo manejarlo."

"Bien. No lo eches a perder." Lockhart atravesó las cortinas.

Louie se mantuvo en el lugar. Podía oír a los reporteros gritando preguntas a Lockhart. *Un grupo de reporteros realmente suena como una jauría de perros,* pensó Louie. El pensamiento lo hizo acordarse de Dexter y de la exposición canina. *Apuesto a que esa pequeña mierda se está divirtiendo más que yo.* Podía oír a Lockhart claramente mientras hablaba por medio del sistema de sonido del auditorio.

"Damas y caballeros, por favor silencio y tomen asiento. Por favor." Lockhart hizo una pausa mientras los reporteros se sentaban. "Gracias. Como algunos de ustedes deben haber oído, tuvimos algunas emociones aquí hoy temprano." Varios de los reporteros se rieron. "Bien, esto es lo que sucedió. Alguien del personal de seguridad, en una pelea de entrenamiento con Mike Swanson, noqueó al retador con un solo golpe." Los reporteros comenzaron a gritar haciendo preguntas. "¡Por favor, gente, déjenme terminar! ¡Tendremos tiempo para todas sus preguntas! ¡Por favor!" Los reporteros se callaron de nuevo. "Para poder continuar la pelea como se había planeado el martes por la noche, el oficial de seguridad ha ofrecido tomar el lugar del retador." Se oyeron los gritos con más preguntas. "¡Gente, tendrán su oportunidad!" Los reporteros se frenaron de nuevo. "Aceptamos la oferta del hombre y así lo ha hecho el Campeón. Damas y caballeros, les doy al nuevo retador: ¡Percival 'King Louie' Washington!"

Con una sacudida de su cabeza, Louie atravesó las cortinas. Los reporteros gritaban, las luces centellantes resplandecían y las cámaras eran dirigidas más hacia él que a la entrepierna de una estrella de rock. Se aproximó al podio y le dio la mano a Lockhart quien se inclinó a su oído para decirle, "Estás por tu cuenta. ¡No lo arruines!" Louie se rio y asintió apretando la mano de Lockhart. Fuertemente. Lockhart estaba bien. La única señal de dolor estaba en sus ojos. Louie soltó su mano y pasó al micrófono. Lockhart se metió detrás de las cortinas. Louie oyó desde atrás de él, "¡Maldita sea, ese hijo de puta me hizo daño!", luego se rio y le habló a los reporteros.

"Saben, mi mamá, Betty, fue educada para ser amable cuando llegó a Alabama. Ustedes la avergonzarían." Los reporteros comenzaron a callarse. "No hay necesidad de que griten todos a la vez. Contestaré sus preguntas pero deben ser ordenados. Todos tendrán oportunidad pero ninguno obtendrá exclusividad. Así que solo cálmense." Apuntó a una dama en la fila frontal. "¿Qué tal si comienzan las damas?"

"Miriam Apple, noticias del Canal Siete. ¿No es usted Louie Washington de Justice Security aquí en la ciudad?"

Louie asintió. "Si señora, lo soy."

"¿Qué dirán Joey Justice y el resto de los de su compañía sobre esto?"

"Van a patear mi amplio trasero negro, señora." Las risas explotaron en el auditorio. "De hecho, mis socios son mis amigos. En realidad me apoyarán y me desearán lo mejor. Todos los demás trabajan *para* mí, así que, ¿qué piensa *usted* que van a decir?" Más risas. Louie señaló al hombre que estaba junto a ella. "Su turno."

"Ted Hanson, ESPN. Señor Washington, ¿Qué es lo que realmente pasó con Mike Swanson hoy? En sus propias palabras."

Louie tomó aliento. "Trataba de mostrarle al señor Swanson el valor de tener guardaespaldas y seguridad. Se ofendió y me llamó de una manera desafortunada. Le sugerí que nos encontráramos en el cuadrilátero en una pelea de entrenamiento para arreglar nuestras diferencias." Hizo una pausa. "Le mostré al señor Swanson el error de su manera de ser."

"¿Cuántas veces pudo el señor Swanson golpearlo a usted antes de que usted lo noqueara?"

"El hombre nunca puso un guante sobre mí." Los reporteros comenzaron todos a gritar de nuevo. Louie perdió la paciencia. "Gente, *¿Qué diablos les* *acabo de decir hace un momento sobre hablar por turnos?"* dijo fuertemente. Un silencio repentino llenó el auditorio. "Gracias." Comenzó de Nuevo. "El señor Swanson lanzó varios golpes pero no logró conectar ninguno de ellos."

Señaló al siguiente hombre. "Su turno, amigo."

"Sr. Washington, ¿Por qué lo llaman King Louie?"

Louie se rio. "¿Recuerdan que les dije que mis socios son mis amigos? Todos nos conocimos en la universidad y una de las películas favoritas de Misty era *El Libro de La Selva*. Dijeron que mi cara se parecía a la de King Louie. ¡El apodo se quedó porque cualquier nombre es mejor que Percy!"

Todos rieron de nuevo. Louie señaló al siguiente reportero. "Adelante, amigo."

"Harold Chamberlain, *Washington Post*. ¿Es verdad que su compañía tiene contratos ultra secretos de alto nivel con el gobierno federal?"

Louie sacudió la cabeza con malestar. "Hombre, no puedo hablar de asuntos de seguridad. ¿Qué diablos piensa usted?"

Louie continuó hasta que cada reportero había hecho su pregunta. Notó que todos los reporteros locales hablaban por sus celulares y luego salían disparados del auditorio. Una vez que hubo terminado de contestar preguntas, Lockhart reapareció desde atrás de las cortinas.

De mala gana estrechó la mano de Louie de nuevo, luego se dirigió al podio. Louie se perdió detrás de las cortinas. Vio a uno de los asistentes de Lockhart y lo detuvo.

"Oye," dijo Louie. "¿Tienes idea de por qué esos reporteros se fueron?"

"Si, está en las noticias," contestó el asistente. "Algunas explosiones y un gran incendio en Servicio de Limusinas Pinky. Probablemente fueron enviados a la escena."

Explosiones, pensó Louie. *Tiene que ser Joey.*

"Tengo que irme, amigo," le dijo al asistente. "Dile a Lockhart que hablaré con él mañana."

Cuando Dexter abandonó la exposición canina, regresó al edificio de seguridad para checar el progreso del programa de seguridad de las computadoras del banco que su equipo estaba probando ese día. Megan Fisk, su asistente guía de programación, le dijo que todo estaba trabajando apropiadamente, y que para el lunes ya podrían estar listos para instalar el programa. Dexter estaba muy enamorado de Megan, pero se guardaba sus sentimientos, porque ella era su empleada. Le dijo que siguiera haciendo tan buen trabajo, y tomó el elevador para su apartamento arriba. Eran las cuatro de la tarde.

El apartamento de Dexter era de escasos muebles y estaba decorado con motivos orientales. Se quitó sus zapatos en la puerta y se puso las sandalias. Entró a su dormitorio y se puso ropa cómoda. Luego fue a la sala y, en las siguientes tres horas, practicó varios movimientos de artes marciales. Cuando había terminado, se agachó sobre una colchoneta de arroz y meditó por una hora.

Al final de la hora de meditación, tomó una ducha y se preparó una comida pequeña. Encendió el televisor del dormitorio por un par de horas para ver un programa de entretenimiento sin sentido. Para entonces, eran las ocho-treinta. Se tiró a la cama y se acomodó.

A las nueve-quince, el canal de televisión local interrumpió su programación con reportes de explosiones y un inmenso incendio en Limusinas Pinky. Dexter se sentó derecho.

Mientras observaba la cobertura, se dijo a sí mismo, "Tiene que ser Joey."

Tomó el teléfono al lado de la cama y marcó el número del apartamento de Joey y Misty. Al no haber respuesta, se vistió y dejó el apartamento, dirigiéndose abajo hacia la sala de información.

Jessica Queen también vio la cobertura en televisión. Acababa de llegar a casa de una cita para cenar con algunas amigas y aún ni siquiera se había desvestido.

"Joey y sus condenadas explosiones," se dijo a sí misma, poniéndose los zapatos de nuevo y regresando al trabajo.

Misty saltó al asiento del pasajero del carro de Dandy mientras que Joey saltó a la parte trasera.

"¡Arranca, Jim!" Gritó Joey.

Dandy quemó llantas y dejó la escena. Llegó hasta el final de la cuadra a gran velocidad y viró a la derecha, las llantas chillando tratando de mantenerse sobre pavimento. Al final de otra cuadra, viró a la izquierda y bajó hasta el límite de velocidad.

"Bien, Jim," dijo Joey. "Nuestro auto está a cinco cuadras. ¿Cómo diablos te apareciste allá?"

"Tengo un cliente a unas cuantas puertas de donde Pinky," dijo Dandy. "Cuando ya me iba, oí fuego de algunas armas automáticas. Mientras trataba de adivinar en donde era la balacera, oí la primera explosión y vi el garaje tomando fuego. Sabiendo como las cosas tienden a explotar cuando estás cerca, me subí al auto y vine a ver si podía ayudar." Miró a Misty y sonrió, los dientes brillantes. "Con buena conciencia no podía permitir que Misty fuera atrapada por las circunstancias."

"Gracias, Jim," dijo Misty regresándole la sonrisa.

Joey sintió una punzada de celos. Jim Dandy tenía dos pulgadas arriba de los seis pies de altura, pelo castaño, ojos azules y un bigote. Literalmente se parecía a un joven Tom Selleck, lo que hacía que sus clientes femeninas mayores se encariñaran con él grandemente. Y también las más jóvenes. Dandy también tenía una habilidad para hacer lo que hizo esta noche; es decir, aparecer justo cuando las cosas le habían ido mal a Joey.

A Dandy le dijo, "Si, gracias, Jim."

"Fue un placer," dijo Dandy, los dientes brillando a la luz de las lámparas callejeras mientras le sonreía al espejo retrovisor. "Y ahí está tu auto, sino me equivoco." Se orilló detrás del Nissan negro y Joey saltó desde la parte trasera.

Joey abrió la puerta de Misty y dijo, "Gracias de nuevo, Jim. Fue un perfecto sincronismo."

Dandy extendió su mano a Misty quien la tomó. Dandy alzó la mano de ella hasta sus labios y dijo, "siempre me alegra ayudar."

Misty se salió del convertible y Dandy se alejó, ondeando su mano.

"Oh, Dios," dijo Misty. "Mi corazón es toda una agitación."

"Si, yo también soy toda una agitación," dijo Joey. "Pero la mía va un poco más allá."

Subieron al Nissan.

"Creo que estás un poco celoso," dijo Misty con una sonrisa.

"No. En lo absoluto," mintió Joey.

Misty sonrió. "¿Debemos llamar a Marcus y contarle sobre lo que averiguamos?"

"Creo que debemos llamarlo y hacer que se reúna con nosotros en la sala de información."

"Lo haré," dijo ella.

Marcus Moore acababa de abandonar una cena con amigos y planeaba salir con su cita a tomarse unos tragos. Había esperado transformar la velada en una estadía de toda la noche, cuando su teléfono celular sonó.

"Disculpa," le dijo a su cita. "Marcus Moore," dijo por teléfono.

"Hola Marcus, soy Misty."

Marcus gruño por dentro. "¿Qué sucede?"

"Joey y yo necesitamos que te reúnas con nosotros en la sala de información, por favor. Es urgente."

"¿Ahora?"

"Sí. De nuevo, es urgente."

"Tengo que cancelar mi cita, pero estaré allí."

"Gracias, Marcus. Nos vemos allí."

Marcus se desconectó y se dirigió a su cita. "Cariño, tengo malas noticias..."

Dexter ya estaba en la sala de información cuando Louie llegó. Un banco de doce monitores de televisión estaban alineados en una pared de la habitación, y cada monitor estaba sintonizado a un canal diferente. La ciudad tenía ocho estaciones de televisión, y los otros cuatro monitores estaban sintonizados a diferentes cadenas noticiosas por cable. Dexter había programado equipos digitales de grabación para grabar las coberturas de cada uno de los canales. Pensó que si Joey no era el causante del infierno, siempre tenía la opción de borrar todo. También había intervenido cada computadora de servicios de emergencia y de cuerpos de la ley para poder ver toda la información que cada agencia recogía.

Louie tenía solo una pregunta para Dexter. "¿No sabemos aún si Joey hizo todo eso?"

"Aún no, viejo amigo."

Louie se sentó en la mesa de conferencia y observó los monitores por un momento.

"Dex, ¿Por qué cada vez que algo es volado pensamos que Joey lo hizo?"

"Pienso que Joey sólo ha tenido algunas rachas de mala suerte. Todos pasamos por tiempos que ponen a prueba nuestros corazones."

Jessica entró a la sala de conferencias. "¿Hemos sabido algo de ellos?"

Ambos, Louie y Dexter negaron con sus cabezas.

Louie dijo, "Jess, sabes el procedimiento tan bien como nosotros. Él no llamará a menos que tenga que hacerlo...O a menos que no pueda."

Ella asintió. "Estaré en mi escritorio si me necesitan."

Louie se volvió a los monitores de nuevo. Dexter se sentó al otro lado de la mesa de conferencia frente a Louie. Ambos hombres observaron la cobertura en vivo del incendio. Varios camiones de bomberos rociaban agua al fuego, pero era algo grande y no mostraba señales de disminuir.

Jessica volvió entrar a la sala, seguida de Marcus Moore.

"Caballeros, el Sr. Moore ha sabido de ellos."

Marcus miraba los monitores.

"Por favor, díganme que no es eso por lo que me querían aquí," dijo él.

"¿Has sabido de ellos?" Preguntó Dexter

"Misty me llamó y dijo que los encontrara a ella y a Joey aquí. Dijeron que era urgente."

"Entonces, tú sabes más que nosotros," dijo Louie. "Yo, Dex y Jessica sólo teníamos un presentimiento por ese incendio que ves, y sólo nos presentamos por si acaso."

"Jessica," dijo Dexter. También puedes sentarte. Si es urgente, necesitarás saberlo. Marcus, toma asiento."

Ambos se sentaron en la mesa de conferencia.

Después de un momento, Marcus dijo, "Por cierto, ¿Qué lugar es ese que se está quemando?"

"Es el Servicio de Limusinas Pinky," dijo Misty mientras ella y Joey entraban a la sala.

"Joey la voló."

"¡Lo *sabía*!" dijo Louie, golpeando la mesa con su puño. "¡Tu vuelas más pendejadas que una celebración de Año Nuevo de los chinos!"

"Dime, Misty," dijo Dexter. ¿Moja Joey la cama después que hace que las cosas exploten?"

"No, pero algunas veces causa que algunos lugares se humedezcan," dijo ella decorosamente.

Todos en la mesa explotaron en risa, incluso Joey.

"Fue una situación donde no se ganaba nada, colegas," dijo Joey. "Marcus, gracias por venir. Y gracias a ustedes amigos por estar aquí...Y por preocuparse por nosotros."

Joey se sentó y limpio su frente. "Marcus, tú querías confirmación de que Fernández trataba de entrometerse en la ciudad...Bien, tienes razón. Voy a comenzar a partir de esta reunión con ustedes esta mañana para decir rápidamente lo que está sucediendo."

Joey reportó, la reunión con Marcus en la mañana, la reunión con los clientes, la primera visita a Pinky's, luego la última visita y cómo la explosión y el incendio sucedieron y el rescate oportuno de la nada de Dandy.

"Así, que lo que tenemos es la confirmación de que Fernández está tratando de conseguir dominio total del tráfico de drogas de la ciudad. Marcus, no tenemos nada concreto y me disculpo. Pinkersley murió en la explosión, y no tuvimos tiempo de tomar ningún documento para poder confirmarlo. Misty y yo brindaremos con mucho gusto una declaraciones juradas de lo que Pinky dijo, pero no creo que el Buró considere eso suficiente, ¿qué crees tú?"

Marcus negó con la cabeza. "Tus declaraciones tendrán bastante peso, pero no serán suficientes para conseguir órdenes o autorizaciones de micrófonos escondidos."

"Es lo que pensé. Trataremos de conseguir más. Ahora, como compañía, tenemos algo más de qué preocuparnos. Misty y yo discutimos esto mientras nos dirigíamos a casa. ¿Misty?"

"Si Pinkersley estaba a un nivel alto dentro de la organización de Fernández como para hacer una llamada directa al hombre mismo, entonces hemos enojado al líder de uno de los cárteles más poderosos del mundo, al matar a su teniente," dijo Misty.

"Y si Pinky usaba el servicio de limusinas para mover drogas, hemos lisiado su organización," dijo Joey.

"Eso significa que Fernández nos hará tanto daño como pueda," dijo Louie.

"Y mientras estemos cazándolo, él estará cazándonos," dijo Dexter.

Joey asintió. "No importa que haya sido accidental, hemos declarado la guerra al líder del cártel de la droga más peligroso del mundo. Estará buscando sangre...De todos nosotros."

CAPÍTULO 5

El grupo se sentó pasmado por las implicaciones de la última observación de Joey.

"Guauu," dijo Marcus. "Maldición, Joey, tú realmente sabes cómo atizar el nido de un avispón, ¿no es cierto?"

Joey se encogió de hombros. "Era seguro que sucedería tarde o temprano, Marcus. En la ocupación que tenemos, hacemos enemigos todo el tiempo. Sólo que esta vez, nuestro enemigo puede contraatacar con fuerza letal."

"Hombre, vamos a tener al menos que doblar la guardia en el centro de convenciones," dijo Louie.

Todos miraron a Louie.

"Percy," dijo Joey cautelosamente. "¿Por qué tendremos que agregar guardias al centro de convenciones?"

Louie hizo una mueca por el uso de su primer nombre por parte de Joey. Hacía eso sólo cuando se enojaba, o cuando pensaba que iba a enojarse. "Tuve un pequeño problema hoy," dijo.

"¡Miren!" Dijo Jessica. Estaba señalando uno de los monitores. La foto de Louie estaba insertada al lado del anclaje de las noticias locales. "Louie está en televisión."

Dexter presionó un botón que subió el volumen de ese monitor particular.

"...anunció hoy que el experto en seguridad local Louie Washington tomará el lugar de Mike Swanson en la pelea por el Campeonato de Peso Pesado del martes. La historia con Miriam Apple," dijo el reportero.

La imagen en televisión cambió a la de la reportera. "Todos en la ciudad han oído de Justice Security. En un giro inusual de eventos, uno de los propietarios estará tomando el lugar del retador de peso pesado Mike Swanson. El promotor de boxeo Bo Lockhart convocó una conferencia de prensa esta noche y explicó lo que había sucedido."

La escena cambió a la de la escena de la conferencia de prensa con las declaraciones de Lockhart. Todos en la mesa de conferencia miraban a Louie con disimulo, quien miraba hacia abajo a sus manos. Después de que la parte de Lockhart en la conferencia de prensa hubo finalizado, se oyó la voz de la reportera de nuevo.

"Se hicieron varias preguntas cuando el Sr. Washington apareció. Aquí están los aspectos relevantes en algunas de esas preguntas."

El reportaje noticioso había sido editado para ser breve, pero proporcionó una representación precisa de las respuestas de Louie a algunas preguntas. Después de tres minutos, la escena cambió hacia la reportera.

"Y ahí lo tienen. Por un accidente de entrenamiento, Louie Washington de Justice Security ha retado al campeón de peso pesado del mundo a una pelea que tendrá lugar en el centro de convenciones de la ciudad el próximo martes por la noche. Puesto que se sabe poco del Sr. Washington, los pronosticadores todavía favorecen al campeón, pero fuentes cercanas a la pelea, dicen que el resultado está en suspenso. Miriam Apple, Noticias del Canal Siete."

Joey puso la cabeza sobre la mesa de conferencia y gruñó, "Oh, Dios, ¿puede esto ser peor?"

Dexter dijo, "¿De qué manera te llamó Swanson, Louie?"

Louie murmuró

"¿Qué dijiste?" dijo Misty.

"Me llamó marica," dijo Louie, ligeramente más alto.

Todos en la mesa se miraron unos a otros, luego rompieron en risa.

"Bueno, agreguemos más guardias al centro de convenciones," dijo Joey. "Jesús, no quisiera que tuviéramos que hacer eso. Jessica, necesitas hacer un memo a todos los empleados para que tengan más precaución, etc., en el futuro. No les digas por qué. De todos modos podemos darles una explicación más tarde si tenemos que hacerlo. Marcus, podría necesitar fotos de Fernández. Si no tienes, talvez Dexter pueda conseguir alguna."

"Tenemos una," dijo Marcus. "Haré que te la envíen a primera hora en la mañana."

Joey asintió. "Grandioso. Gracias. También, Marcus, necesitamos saber si Pinkersley usaba la compañía de limusinas para distribuir droga de Fernández. Tenemos fuentes en el departamento de policía a quienes podemos preguntarles, pero el peso del Buró podría obtener respuestas más rápido."

"¿Crees que podría haber estado almacenada en el sitio?"

"Probablemente."

Marcus sacudió la cabeza. "Puede tomar un par de días. Por el aspecto del incendio, probablemente se necesitarán forenses para que encuentren rastros."

"Se apreciará cualquier cosa que hagas. ¿Te gustaría que Misty y yo fuéramos a las oficinas del Buró para hacer nuestras declaraciones, o podemos sólo escribirlas y certificarlas con notario?"

"Es mejor que lleguen. Lo hará más oficial."

"Ahí estaremos. Creo que eso es todo, Marcus. Siento haberte hecho dejar tu velada."

"No hay problema, Joey. De todas maneras tuve la sensación de que estaría royendo mi brazo por la mañana." Marcus se paró para irse. "Buena suerte con Fernández, gente. Oficialmente, están por su cuenta. Extraoficialmente, si hay algo que pueda hacer..." Se encogió de hombros.

"Gracias, Marcus." Dijo Misty.

"Nos vemos," dijo saliendo por la puerta.

"Supongo que quieres que averigüe todo lo que pueda sobre Fernández," dijo Dexter.

"Si, Dex, si pudieras. Todo esto me tiene desconcertado," dijo Joey.

"¿Por qué? Preguntó Misty. "Está bastante claro."

"Hasta cierto punto está claro, colegas," dijo Louie. "Veo a lo que quiere Joey llegar. Si Pinkersley tuvo a cargo esa masacre del apartamento, y lo hizo para Fernández, la gran pregunta en mi mente es ¿Por qué? ¿Por qué matar a todos esos adictos en el apartamento? ¿Qué hicieron ellos para enojar al hombre tanto como para que éste quisiera matarlos?"

"Y si eran traficantes para un competidor de Fernández, ¿Por qué sólo un asesinato en masa?" agregó Dexter. "¿Por qué no ha habido más asesinatos? Hay muchas piezas perdidas de este rompecabezas."

"Talvez hubo otra razón," dijo Misty. "Quizá alguien de la fiesta lo traicionó."

Jessica, quien había estado en silencio durante la discusión, dijo, "Tal vez fue por amor."

Los cuatro socios la quedaron viendo.

"¿Qué?" dijo Louie.

"¿Amor?" dijo Joey

Jessica continuó. "Joey y Misty han leído los reportes policiales. Además de los adolescentes, ¿cuántas mujeres había en la fiesta?"

"Tres," contestó Misty.

"¿Alguna de ellas era hispana?" preguntó Jessica.

Joey estaba pensando. "¿Sabes? Creo que una de ellas era hispana."

"¿Un asesinato por celos?" Preguntó Dexter. "Debes estar bromeando."

"¿Por qué?" Contestó Jessica. "Si Fernández es rencoroso, y probablemente podemos asumir que lo es, y alguien más había capturado el corazón de su amada, ¿no crees que mataría, no solo al hombre que se la robó, sino que también a la mujer? En la mente de un latino, es posible que si ella quisiera a otro hombre, no valdría la pena conservarla. Eso significa, matarlos a ambos para salvar su orgullo."

"Puede que Jess tenga razón, Joey." Dijo Louie. "Parece una idea que se debe tomar en cuenta."

Misty dijo, "Entre más pienso en ello, más me gusta. Todos nos imaginamos en seguida que los asesinatos estaban relacionados con drogas, pero pudo sólo haber sido la ira de un hombre celoso."

"<Es buena idea," dijo Joey. "Pero realmente no tenemos manera de saberlo, a menos que podamos atrapar a los otros tiradores y les preguntemos. Y, aun así, pueda que ellos no sepan la razón. Si son gente de bajo nivel, puede que solo hayan estado siguiendo órdenes. Pueden que no hayan tenido la necesidad de saberlo." Hizo una pausa para que los demás pudieran pensarlo. "En cualquier caso, mantengamos nuestras mentes abiertas. La razón pudo haber sido cualquiera."

"Cambiando el tema un poco," dijo Misty. "¿Cómo estuvo el trabajo de la exposición canina, Dex?"

"Aparte de que un bulldog se meó en mi pie y un cliente fastidiando porque sólo obtuvo lo que había pagado, todo estuvo bien," contestó. "Dejaré a cargo a Charlie, a menos que yo termine necesitando ir allí por alguna razón."

"¿Y el sistema de computadoras del banco?" Preguntó ella.

"Listo para ser instalado el lunes." Contestó.

Todos se sentaron en silencio. Finalmente, Louie no pudo soportarlo más.

"Muy bien, adelante," dijo él. "Déjenme oírlo, porque sé que pronto lo dirán."

"¿Realmente crees que puedas vencer al campeón, Louie?" Preguntó Joey.

"Sí, he visto al bastardo sanguinario pelear antes," dijo Dexter. "Es bastante rudo."

Louie dijo, "Si no pensara que puedo patear su trasero, seguramente no lo habría aceptado. Al diablo con la demanda." Miró a Dexter. "Usé algo de lo que me enseñaste en Swanson. Me esquivé cada golpe que me lanzó hasta que se descuidó y lo golpeé con todo lo que tengo. Eso fue suficiente."

"Pero, Louie," dijo Joey. "¿Qué pasa si ganas?"

"Ese maldito de Lockhart me hizo la misma pregunta. Te diré lo que le dije a él: gane o pierda, me retiro después de la pelea."

"*¿Retirarte?*" dijo Dexter. "¡No me extraña que Swanson te llamara marica!"

Louie casi atrapa a Dexter en la escalera pero ni siquiera pudo poner sus dedos alrededor de él.

Jessica había pasado la noche en el edificio en una de las suites para huéspedes. Esa mañana, le pidió a dos de las personas de turno abajo, que fueran a su apartamento a traerle ropa para cambiarse. Les pidió que la dejaran en su escritorio – más tarde la recogería. Todo lo demás que necesitaba lo tenía en la suite.

A las ocho cuarenta y cinco, llamó a la cafetería desde la suite y ordenó desayuno para la reunión de las nueve. A las ocho cincuenta, salió del elevador y caminó hacia su escritorio. No había ropa. Maldiciendo en voz baja, marcó el número de recepción abajo, y le preguntó a la persona de turno que qué había pasado con Walker y Young.

Dexter fue el último socio en presentarse a la sala de información diez minutos después de las nueve. Venía reprimiendo un bostezo cuando entró. Había pasado gran parte de la noche anterior en la terminal de su computadora en su apartamento, recopilando todo lo que pudo sobre Esteban Fernández. Había reunido todo en un solo archivo, y planeaba presentárselo a sus socios esta mañana.

"Buen día a todos," musitó mientras se aproximaba a la cafetera. Se sirvió una taza, tomó una rosquilla y se dio la vuelta. Había dado una mordida a la rosquilla al volverse, y al ver el rostro de todos, aún tenía migajas en sus labios.

Jessica estaba sentada en la mesa usando una bata, pálida como una hoja de papel. Misty se sentaba junto a ella con su brazo a su alrededor y con una mirada de preocupación en su rostro. El rostro de Louie estaba blanco, lo que significaba que estaba enojado. El rostro de Joey estaba inmóvil con el ceño fruncido.

"¿Qué sucede?" preguntó él alrededor de su rosquilla.

Misty dijo, "Jessica les pidió a Walker y a Young que fueran a su apartamento esta mañana a recoger alguna ropa."

"Había dos sujetos esperando adentro de su apartamento. Asesinaron a Walker y a Young."

"¡Ay Dios mío!" Dijo Dexter.

"Se supone que era a mí," dijo Jessica en voz baja.

Joey dijo, "Misty, ¿harías el favor de llevar a Jessica abajo a la oficina de Mitchell?" Caleb Mitchell era el siquiatra que Justice Security tenía a disposición.

"Por supuesto." Se levantó y ayudó a Jessica a pararse.

"No creo que necesite ver a Mitchell," dijo Jessica.

"No es una petición, Jess," dijo Joey. "Te necesito con todo tu potencial y él te va ayudar a que lo tengas de nuevo."

Ella asintió y Misty se fue con ella.

"Estoy listo para romperle el corazón a alguien," dijo Louie.

Dexter comenzó a tomar una silla en la mesa, recordó que tenía la rosquilla en su mano y la arrojó en la basura antes de sentarse. Su apetito había desaparecido.

"¿Qué vamos a hacer, Joey?" Preguntó Dexter. "Tengo un archivo recopilado sobre Fernández, por si quisieras verlo."

Joey asintió. "Si quiero, pero esperemos a Misty." Hizo una pausa por un momento. "Gente, almorcé con Young hace dos días, y Walker acaba de casarse."

Dexter se volvió a una de las terminales de computadoras que estaban dispersas en toda la sala. "Voy a entrar en las computadoras de la policía de la ciudad, pero quizá sea muy pronto para tener detalles de su asesinato."

"Los policías van a estar sobre Jessica," dijo Louie. "También los reporteros."

"Haremos lo mejor que podamos con eso," dijo Joey.

"¿Quién se lo informará a sus familiares?" Preguntó Louie.

"Veremos si Misty quiere hacerlo. Si no, creo que lo haré yo," contestó Joey.

"El reporte preliminar de los policías en la escena del crimen acaba de llegar a las computadoras. Dos hombres hispanos con abrigos largos negros fueron vistos dejando el edificio de Jessica después que se oyeron los disparos," dijo Dexter.

"Fernández," dijo Louie.

Misty regresó a la sala de información y se sentó. "Jessica está realmente destrozada. Se culpa a sí misma por Walker y Young y está aterrada sabiendo que casi fue ella."

Dexter le dijo sobre el reporte preliminar.

"Así que realmente es la guerra," dijo ella.

"Así parece," dijo Joey. "¿Te importaría informarle a sus familiares, Misty?"

"No lo deseo, pero veo tu punto. Los veré hoy, si puedo."

"Gracias," dijo Joey. "Dexter, dijiste que tenías un archivo sobre Fernández. Veámoslo."

Dexter presionó un par de botones en su computadora y uno de los monitores grandes se encendió. La fotografía de un hispano de edad mediana apareció. "Esteban Fernández tiene cuarenta y seis años. Nació en Playa Boca Chica en la costa oeste de México. No se sabe mucho de sus primeros años, pero por el tiempo en que cumplió dieciséis años, vivió en las calles durante tres años, primero pidiendo limosna y luego promoviéndose para ser el jefe del crimen local. Hay rumores que también se vendía por algún tiempo al mejor postor que le pagara pesos. Pero cuando tenía dieciséis años, mató al jefe del crimen local y se hizo cargo de sus operaciones. También llegó a ser capitán en el ejército mexicano, y todos sabemos lo corrupto que ha sido el ejército mexicano. Al tener lo mejor de ambos mundos, pronto fue promovido a General y manejó todo lo ilegal desde la frontera centroamericana hasta Cancún. Ha sido asociado a los cárteles de toda América del Sur, y controla una gran parte del comercio de tráfico de drogas que llega a los Estados Unidos. De vez en cuando está a la expectativa de que los que le entregan la droga sean capturados por fuerzas estadounidenses, si son capturados, culpa a los de la entrega y se asegura que estos mueran muy pronto después de ser capturados. Tiene contactos y fuentes de información por todo el mundo y muchas de ellas están en *muy* altos cargos. Es despiadado y muy, muy sangriento." Dexter estuvo haciendo pasar varias fotografías y mapas mientras hablaba. Ahora había apagado el monitor. "Por lo que averigüé, y por lo que ha sucedido esta mañana, no se detendrá hasta que, o él muera, o nosotros lo hagamos."

Dexter se volvió hacia Louie. "Y realmente estoy preocupado por ti, muchachote. Fernández no lo pensará dos veces tratando de eliminarte de esa pelea. Matará a quien sea con tal de llegar a ti. Eso sólo significa que a él *no le importará* el Campeón, los espectadores, la gente de la televisión.

Louie gruñó.

"Tendremos muchas personas allí, no tendrá la oportunidad de entrar," dijo Joey.

"Creo que todos nosotros deberíamos estar allí en la pelea," dijo Misty. "No sólo para mostrar unidad hacia Louie, sino para mostrarle a Fernández que no nos acobardaremos en una esquina sólo porque él esté enojado."

Joey y Dexter asintieron ambos.

"Tienes razón, cariño," dijo Joey. "Puede que hoy hayamos sido heridos, pero, por Dios, no permitiremos que este hijo de puta gane." Tomó el teléfono y marcó el número de recepción abajo. "Necesito a cada miembro de esta compañía que no esté en turno esencial para que se reporte en el recibidor de abajo en quince minutos. Si están en casa, llámenlos para que vengan. Aquellos que estén de turno, deberán quedarse en sus puestos, pero deben ser extremadamente cautos y que sintonicen sus radios a la frecuencia de la compañía. La reunión será transmitida para que ellos la escuchen. Explicaré todo entonces. Correcto. Sí, escuché. Gracias, Tony."

Colgó el teléfono. "Haremos que todos participen en la situación. Misty, si pudieras traer a alguien del grupo de secretarias aquí por favor para que tome el lugar de Jessica. Jessica, a partir de este momento, vive aquí en el edificio con nosotros. Es el lugar más seguro que se me ocurre para ella. Dexter, por favor usa algunos de nuestros contactos mexicanos y verifica si podemos encontrar una manera de contactar a Fernández. Odiaría que esto empeorara sin al menos tratar de hablar con el hombre. Louie, por favor ve abajo a ver si encuentras personas adicionales para que vayan ahora al centro de convenciones. Diles que se mantengan radios sintonizados a las frecuencias de la compañía, y llama a la gente del centro de convenciones. Hazles saber la situación, y que la ayuda está en camino. Nos encontramos todos en recepción en..." Miró su reloj. "...trece minutos. Llamaré a Marcus Moore y lo invitaré a la fiesta. Pongámonos en movimiento."

A las diez en punto de esa mañana, cerca de cuatrocientas personas estaban reunidas en el recibidor de Justice Security. La compañía empleaba cuatrocientas sesenta y ocho personas incluyendo personal de cafetería, secretarias, oficinistas y personal de conserjería. Varias personas estaban fuera del predio, atendiendo trabajos esenciales. A las diez con cinco minutos, los cuatro socios, Jessica y Caleb Mitchell caminaban a grandes pasos hacia recepción en el recibidor. Tony Armstrong, el recepcionista, había armado un pequeño micrófono que estaba conectado al sistema de sonido interior del edificio y a la frecuencia de radio de la compañía. Todo lo que se dijera por el micrófono sería transmitido a cada persona en el edificio y a cada radio usado por empleados en toda la ciudad.

Marcus Moore cruzó la puerta frontal en lo que los socios llegaban. Había pospuesto una reunión con su jefe para poder asistir a la reunión y apenas logró llegar.

Joey subió al escritorio principal y tomó el micrófono.

"Buenos días, gente," dijo por el micrófono. Varias personas de la reunión regresaron el saludo. "Tenemos mucho que hablar, así que por favor pongan atención. Sus vidas pueden depender de ello." Hubo algunos murmullos entre la gente. "Esta mañana dos hombres estaban esperando en el apartamento de Jessica Queen. Aparentemente fueron enviados a matarla. Por cosas de la suerte, Jessica pasó la noche aquí. Esta mañana ella les pidió a dos de nuestros compañeros de trabajo que fueran a traerle ropa para poder cambiarse. La mala suerte hizo que los dos hombres que estaban adentro del apartamento asesinaran a Walker y a Young cuando entraron." Más murmullos. "La mayoría de ustedes saben sobre la explosión y el incendio en Pinky's Limousine Service anoche. Lo que no saben sobre eso es un secreto de la compañía y se queda en este edificio. Misty y yo estábamos allí investigando la masacre en el apartamento de la Cuarta Calle el viernes anterior. Por un accidente, una de las personas principales de Esteban Fernández fue muerto en la explosión." Marcus se movió hacia el escritorio, le hizo señas a Joey y le susurró en el oído. Joey se levantó de nuevo. "Nuestro intermediario con el FBI acaba de confirmar que el garaje estaba lleno de drogas ilegales. Aparentemente era usado como punto de distribución por la gente de Fernández. Fernández sabía que Misty y yo habíamos estado allí temprano en el día, y Pinky estaba esperándonos cuando llegamos anoche. Tenía orden de matarnos. Obviamente, no lo logró pero estuvo cerca de hacerlo. Obtuvimos un reporte preliminar en la computadora de la policía de la ciudad hace algunos minutos que indica que la gente de Fernández fue la responsable de la muerte de nuestros compañeros de trabajo. Aparentemente, Fernández ha declarado la guerra a Justice Security." Se podía oír murmullos de indignación por todo el recibidor. "Por favor gente, esperen un minuto." Todo mundo se calló. "Deben saber esto: Fernández es despiadado. Todos y cada uno de ustedes será su blanco, y no se detendrá hasta que él esté muerto o nosotros lo estemos."

Gritos de "¡Que se vaya al diablo!" y "¡Tráigannoslo!" se podían oír desde varios puntos del recibidor. Todos allí estaban furiosos por la muerte de los dos hombres en la mañana, y estaban listos para pelear contra Fernández.

Joey continuó, "A partir de este momento estamos en Código Azul. Cada empleado debe andar armado en todo momento, ya sea en turno o fuera de él. Los viajes deben ser hechos en parejas y no creo que pueda decir esto más claro: ¡Manténganse alerta! El tener precaución extra puede salvar sus vidas. Nadie entra por la puerta principal sin tener identificación con fotografía. Los visitantes que entran deberán ser escoltados mientras estén dentro del edificio, con excepción de Marcus Moore, nuestro intermediario con el FBI. La entrega de suministros será hecha afuera con presencia de seguridad."

Joey hizo una pausa. "Gente, sé que esto es más de lo que previeron cuando vinieron a trabajar para nosotros. Pero esta situación era inevitable. Nuestro negocio a menudo nos crea enemigos, y sabíamos que eventualmente tendríamos uno grande. Es por eso que todos en esta compañía fueron entrenados desde el principio para aprender a manejar armas de fuego y a utilizar procedimientos apropiados de seguridad. Pero, si alguno de ustedes tiene dudas, miedo o reservas sobre la situación, puede renunciar y entenderemos. No tendremos nada contra usted ni pensaremos que usted vale menos. Todos somos una familia y siempre nos importará sin importar lo que decida. Me disculpo con cada uno de ustedes por la situación y estaremos tratando de contactar a Fernández con la esperanza de conseguir una tregua. Eso es todo por ahora, amigos, así que... ¡Código Azul! Aquellos de ustedes que no estén armados, repórtense inmediatamente a la armería. ¡Adelante!"

Joey se bajó del escritorio. Tony desconectó el micrófono. Cada socio tenía varios empleados a su alrededor, y varios rodearon a Jessica, ofreciendo sus condolencias y asegurándole que no había sido su culpa. Después de algunos minutos, Caleb Mitchell tomó a Jessica por el brazo y la condujo hasta su oficina. Joey conversaba con Marcus.

"Joey, ese maldito garaje estaba hasta la pata con todo tipo de drogas que puedas imaginarte. Definitivamente era usado como centro de distribución. Estamos juntando a todos los empleados hoy. Uno de ellos va a unirse para poder identificar a Fernández como el cabecilla. Eso, más tus declaraciones juradas, debería ser suficiente para lograr un caso contra él. Definitivamente cumpliste con tu contrato."

"Eso es bueno, Marcus. Al menos nos da algo de validez en esta maldita guerra que él nos ha declarado. Seré honesto: me preocupa. ¿Cuánta de esta buena gente morirá por causa de ese loco bastardo?" Sacudió su cabeza. "Déjame traer a Misty e iremos a tu oficina para encargarnos de las declaraciones."

Louie estaba hablando con varios de su equipo principal.

"Vamos a tener que asegurarnos que la seguridad sea estricta en la pelea del martes por la noche," les dijo. "Fernández matará a quien se le ponga en el camino, 'especialmente si tratan' de llegar a mí. Vamos a tener que estar listos para actuar esa noche.

Joey se le aproximó, y susurró algo en su oído. Louie asintió y Joey se fue.

Uno de la gente de Louie preguntó, "¿Qué podemos hacer que no estemos haciendo ya?"

"Esa es una buena pregunta," dijo Louie. "Aparte de poner más gente en ello, no mucho." Sacudió su cabeza. "Quisiera nunca haberme dejado llevar por mi temperamento, eso lo sé."

Dexter estaba conversando con Charlie Li.

Charlie, té estoy entregando el show canino. Haz lo que quieras con el trabajo, pero no...y quiero decir no...vayas allí solo. Siempre lleva a alguien contigo. Y no le prestes importancia a los lloriqueos de Oakley. Si él comienza con eso, llámame y yo me haré cargo."

Joey se acercó a Dexter y susurró algo en su oído.

Dexter asintió y dijo, "Veré lo que puedo hacer para cuando regreses."

Joey le dio una palmada a Dexter en la espalda y se fue.

A Megan Fisk, quien se veía ansiosa, le dijo, "Megan, no tengas miedo. Para esto nos entrenamos. Tu instalación se llevará a cabo con fluidez. Sólo asegúrate de llevar a otras personas contigo al banco el lunes." Él tocó su barbilla y levantó su rostro para verla a los ojos. "¿Estás bien?"

Ella miró a los ojos de Dexter y dijo, "Estoy bien, Dex."

"Bien." Dexter se abstuvo de decir algo más. Quería decirle que la amaba, y que la mantendría segura sin importar lo que fuera, pero, puesto que ella era una empleada, mantuvo su boca cerrada. No era fácil.

Misty hablaba con varios empleados de la cafetería y de la oficina.

"Todo lo que puedo decir es que todos ustedes han tenido entrenamiento con armas. Cada uno y todos ustedes han tenido un entrenamiento exhaustivo. Todos nosotros habíamos esperado que nunca tuvieran que hacer uso de ese entrenamiento, pero, desafortunadamente, este es el momento. Tenemos doce pisos aquí, y si tenemos que proporcionar refugio para todos nosotros, aquí hay suficiente espacio. Cualquiera de ustedes que tenga familiares por quien preocuparse, dígaselo a Jessica más tarde y ella hará los arreglos para que ustedes y ellos tengan un espacio. Las solicitudes familiares serán atendidas primero y serán asignados a la parte para huéspedes en el quinto piso. Lo que Joey dijo es verdad: todos somos familia, y esta es nuestra casa segura. Cualquiera en nuestra familia que nos necesite, nuestra familia estará aquí para él o ella."

Joey se acercó a ella y susurró en su oído. Misty asintió.

"Todos, discúlpenme," dijo ella. "Joey y yo debemos atender algo."

Ella y Joey se fueron junto con Marcus.

En el auto, Marcus estaba muy locuaz.

"¡Joey, esto es una locura! Sabes que la policía se pondrá endemoniada si esta guerra comienza a producir muchas víctimas. Tus clientes comenzarán a preguntarse si contratar los servicios de tu compañía podría ponerlos en peligro aún más. La gente comenzará a renunciar de tu compañía y tendrás problemas para contratar a otros. Y algo pequeño para que pienses en ello: Fernández tiene contactos en *todos lados*, y eso muy bien puede significar que él tiene contactos dentro de tu compañía. ¡Puede que él averigüe lo que tu planeas tan pronto como decidas que hacer!"

"Ya hemos pensado en eso, Marcus," dijo Misty desde el asiento trasero. "Dexter estará haciendo dos cosas mientras nosotros estamos en tu oficina. Estará buscando una manera de contactar a Fernández, para que al menos podamos tratar de hablar con él y disuadirlo contra una guerra...y también está revisando el registro de llamadas de los empleados buscando llamadas inusuales."

Marcus la miró por el espejo retrovisor. "¿Pueden *hacer* eso?"

Joey dijo, "Cada empleado firmó una autorización cuando fue contratado, que nos habilita a acceder a los registros de llamadas, cuentas bancarias u otra información personal. Debido a nuestros contratos con el gobierno, tuvimos que recurrir a eso para que todo mundo sea honesto. Tú deberías saber eso, Marcus."

Marcus asintió. "Ya sabía eso...Recuerdo cuando lo implementaste. Estoy tan acostumbrado a pensar en términos del Buró en cuanto a que se deben tener órdenes para eso, que lo olvidé." Estuvo en silencio por un momento mientras conducía. "Otra cosa que me preocupa...Probablemente él tenga contactos dentro del Buró también."

Joey miró a Marcus. "¿Quieres que revisemos eso?"

Marcus negó con la cabeza. "Tomaría mucho tiempo hacer que un juez lo autorizara."

Misty comenzó a cantar, "Old McDexter had a puter...eeyi, oh..."

Joey la siguió, "With a hack, hack here and a hack, hack there..."

Marcus comenzó a reírse. "Con seguridad me alegra que ustedes sean de los buenos. Oye, ya llegamos."

CAPÍTULO 6

Cuando Joey y Misty regresaron al edificio a las dos en punto, inmediatamente notaron la diferencia en su seguridad. Había personal apostado alrededor de todo el edificio. Joey contó cuatro en cada lado. Cuando entraron al edificio, cuatro personas estaban apostadas en las puertas dobles. Otros ocho estaban dispersos por el recibidor y en recepción. Tony tenía otra persona sentada con él. Los dos socios saludaron a Tony al entrar. Él les regresó el saludo. Tres personas resguardaban los elevadores, una en cada elevador.

La compañía nunca había implementado el Código Azul antes y hasta los socios estaban impresionados por la manera en que los empleados se habían reunido para ayudar. Parecía que Fernández tendría sus manos llenas.

Cuando el elevador se abrió en el cuarto piso, el escritorio de Jessica estaba aún siendo usado por Patti Hoehn del grupo de secretarias de abajo. Cuando Patti reconoció a Joey y a Misty, retiró su mano de abajo del escritorio, donde una Glock cargada estaba montada y dirigida hacia las puertas del elevador.

"Señor...Señora," dijo Patti. "Jessica está en la sala de conferencias con dos detectives de homicidios de la ciudad. El Sr. Washington y el Dr. Mitchell están con ella."

"Gracias, Patti," dijo Misty. "¿Algún mensaje?"

"El Sr. Beck pidió que lo llamara cuando se fuera la policía. Está en el laboratorio técnico."

"Patti, eres un sueño," dijo Joey. "Gracias por cubrir."

Patti sonrió. "Es un placer, señor."

Joey y Misty se dirigieron hacia la sala de información. Los dos detectives estaban sentados en la mesa de conferencias, al igual que Louie y Mitchell. Las dos personas que habían escoltado a los policías arriba, estaban paradas cerca del desayunador que ahora estaba vacío. Louie estaba hablando.

"...y sí entendemos que esta es una investigación de homicidio. Simplemente hay algunas cosas que no podemos revelar sobre lo que sabemos."

"En realidad, caballeros," dijo Joey. "Eso sería un daño a la carrera por parte de ustedes." Se sentó a la cabeza de la mesa de conferencias. "Lo que mi colega les ha dicho es correcto. La información que tenemos en cuanto al por qué de las muertes de nuestra gente esta mañana es clasificada como 'ultra secreta' por el FBI. De hecho, la mayoría de nuestros contratos gubernamentales son de la misma forma. Podríamos ir a la cárcel si hablamos sobre ellos. La señora Wilhite y yo acabamos de regresar de las oficinas del FBI en relación a este caso en particular, y creo que ellos van a reclamar jurisdicción en los asesinatos. Puedo llamarlos por teléfono si ustedes quieren confirmación."

A los dos detectives no les gustó. El detective que había amenazado con arrestar a todos dijo, "Me gustaría esa confirmación, Justice."

Joey tomó el teléfono y marcó el número de celular de Marcus.

"Marcus Moore."

"Marcus, soy Joey. Siento molestarte, pero aquí están dos detectives de la ciudad que quieren confirmación de que el Buró está tomando control sobre los asesinatos de esta mañana."

"¡Pon a uno de esos hijos de puta en el maldito teléfono!" dijo Marcus.

Joey le pasó el teléfono al detective bocón. "Es Marcus Moore. ¿Asumo que lo conocen?"

El policía tomó el teléfono. Se identificó con Marcus y luego escuchó. Entre más escuchaba, más blanco se puso su rostro. Finalmente, dijo, "Si señor," y le regresó el teléfono a Joey.

"Gracias, Marcus," dijo Joey en el teléfono.

"Créeme, fue todo un placer," contestó Marcus.

"Nos vemos." Joey colgó el teléfono y se volvió hacia los dos detectives. "Caballeros, entiendo su frustración. Todos la compartimos. Esos dos hombres eran nuestros compañeros de trabajo... nuestra *familia*. Puedo asegurarles que los encontraremos y que pagarán por lo que hicieron."

"Con seguridad que lo harán," dijo Louie.

Los dos detectives agradecieron a todos por su tiempo, y se fueron con sus dos escoltas. Cuando se habían marchado, Joey se volvió hacia Jessica.

"¿Cómo estás, mujer?" le preguntó.

"Estoy bien, Joey," dijo ella.

Joey miró a Mitchell para confirmarlo.

"Creo que va a estar bien, Joey," dijo el psicólogo. "Ella entiende que no fue su culpa."

"Bueno," dijo Misty. "Jessica, ahora eres residente de Justice Security. Vivirás en el cuarto apartamento del sexto piso. Puesto que Joey y yo vivimos juntos, está abierto. Y queremos que te tomes el resto del día libre para que puedas arreglarlo de la manera que quieras."

Louie dijo, "Todos nosotros te queremos, Jess."

Jessica sonrió. "Gracias a todos. No sé lo que haría sin ustedes."

"Caleb, ¿puedes quedarte un momento?"

"Seguro."

Jessica dejó la sala.

Joey dijo, "Caleb, ¿cuál es el estado de ánimo general allá abajo? ¿O has tenido oportunidad de preguntar a todo mundo?"

"Sí, un poco," dijo el psiquiatra. "Tu discurso motivacional fue justo lo que todos querían escuchar. Por lo que he oído, todos aprecian tu honestidad y tu preocupación. No creo que tengas que preocuparte sobre tus empleados."

"¿Y cómo está el psiquiatra?" preguntó Misty.

Preocupado, por supuesto, pero listo para patear traseros como todos. Me quedaré en el edificio – mi oficina tiene una habitación que uso algunas veces para tomar siestas. Sólo la voy a convertirla en mi dormitorio."

Joey asintió. "Gracias, Caleb. Creo que muchos de los compañeros van a necesitarte por un buen rato."

Mitchell se levantó de su silla. "Ese es mi trabajo, Joey. Hablaré con ustedes amigos más tarde." Salió de la sala de información.

Joey tomó el teléfono y llamó a la sala técnica. Dexter contestó y dijo que subiría enseguida.

Dexter subió por el elevador hasta el cuarto piso. Apenas notó a Patti en recepción ya que estaba muy enfocado en sus pensamientos. Cuando entró en la sala de información, se sentó en la mesa.

Los otros tres socios notaron la mirada en el rostro de Dexter. Le dieron unos minutos, luego, finalmente, Joey le habló.

"Dex, ¿qué pasa?"

Dexter saltó como si estuviera asustado, luego notó que sus tres amigos lo miraban con curiosidad.

Él limpió su frente con su mano, "Siento como si acabara de hacer un trato con el diablo." Los otros, reconociendo que él estaba juntado sus ideas, se quedaron callados. "Encontré el número de teléfono celular de Fernández."

"¡Eso es grandioso!" dijo Joey.

"Sabía que podías hacerlo," dijo Misty.

"Ese es mi amiguito," dijo Louie.

Dexter sacudió la cabeza.

"Entonces, dámelo," dijo Joey, "y lo llamaré."

"Ya lo he hecho," contestó Dexter. Recorrió su cabello con los dedos. "Amigos, tengan presente que yo soy el único de nosotros cuya fotografía no ha encontrado Fernández. Él no tiene idea de cómo luzco, y eso puede ser algo bueno."

"Dexter, ¿de qué diablos hablas?" Preguntó Louie. "¡Estás divagando, hombre!"

"Supongo que sí...Denme un minuto." Pasó sus dedos por su cabello de nuevo. "Muy bien, aquí va. Como dije, encontré su número de teléfono celular cuando pirateé las computadoras. Cuando lo conseguí, pensé en continuar y llamar al hombre. Pensé que no importaba quién de nosotros le hablaba. Sucede que me equivoqué, pero eso vino después. Aclaré mi cabeza, pensé en lo que debería decir y marqué el número." Recorrió sus dedos por su cabello de nuevo. "Fernández mismo contestó el teléfono. Yo me presenté y le pregunté si podríamos hablar sobre la situación." Él se detuvo por un minuto.

Joey dijo, "¿Y...? ¿Qué dijo él Dex?"

"Él dijo, 'Ah *Señor* Beck. Es un placer hablar con usted. Aunque no sé qué aspecto tiene usted, *mi amigo*, puede estar seguro que pronto seremos amigos.' Yo dije, '¿Qué quiere decir *Señor* Fernández?' Él dijo, 'Puesto que el *señor* Justice no es hombre suficiente para llamarme él mismo, no discutiré nada. Pero, pronto me ocuparé de la situación.'"

Dexter recorrió sus manos por su cabello de nuevo. "Amigos, no sé cómo describir el sonido de su voz, o el sentimiento que me despertó. Realmente me dio *escalofríos*. Sentí que hablaba con el mal personificado." Ajustó sus anteojos.

Joey pensó que nunca había visto a su amigo tan alterado. "¿Entonces qué pasó luego?"

"Le expliqué que nosotros cuatro éramos iguales, que él podía hablar conmigo como si lo hiciera contigo. Su respuesta fue que hablaría con los cuatro nosotros, por medio de un sistema de internet con cámaras web y un espacio encriptado de chat sí, y sólo si, le daba mi palabra de que no habría rastreo de direcciones web o interferencia en la conversación. Entendió eso si yo le daba mi palabra y hacía honor a ella sin importar otra cosa." Pasó sus dedos por su cabello de nuevo. "Amigos, le di mi palabra de honor de que no lo rastrearía durante la llamada. Por eso me siento como que hice un trato con el diablo."

Los otros tres socios lo quedaron viendo boquiabiertos. No sólo había Dexter encontrado una manera de contactar al traficante de drogas, sino que había arreglado una cita para hablar con él. Había condiciones por supuesto, pero condiciones con las que podían vivir...Si de alguna manera seguían con vida después de hablar con Fernández.

"Lo he dicho antes, y lo diré de nuevo," dijo Louie. "¡Amiguito, eres el *mejor*!"

"¿A qué hora será la video conferencia?" Preguntó Joey.

"Será en quince minutos," contestó Dexter. "Antes dije que era algo bueno que él no supiera como luzco... ¿Creen realmente que debería estar yo en esta cosa? Quiero decir, ahora, yo podría estar junto al hombre y él no lo sabría. ¿Es esto algo que podemos usar después?"

"¿Qué estás sugiriendo, Dex?" Preguntó Misty.

"¿Por qué no vemos si podemos conseguir un doble?" Contestó Dexter. "Charlie Li está en el edificio, y nos parecemos bastante en tamaño y lo demás...siempre y cuando no hable durante la conferencia, Fernández no verá la diferencia."

Joey pensó por un minuto. "Veo a dónde vas con esto. Charlie debe estar de acuerdo, de otra manera no se hará."

Dexter tomó el teléfono y marcó el número del sistema de intercomunicadores del edificio. "Charlie Li a la sala de información, por favor. Charlie Li a la sala de información inmediatamente, por favor. Charlie Li a la sala de información inmediatamente."

Mientras esperaban a Charlie, Dexter organizó el equipo necesario para la videoconferencia.

Charlie entró s la sala sin hacer ruido. Joey le pidió que se sentara.

"Charlie, gracias por venir tan rápido," Dijo Dexter. "Esto es lo que pensamos..."

Le contó a Charlie lo que estaba sucediendo, y lo que pensaban hacer.

"Charlie, necesitas entender que esto es completamente voluntario. Vas a estar sirviendo de blanco si haces esto, pero posiblemente nos dé una oportunidad de atrapar a Fernández si funciona. Si no quieres arriesgarte, eso no te quitará méritos."

Charlie dijo, "¿No tengo ya acaso un blanco pintado en mí? ¿Qué daño hará? Me honra que hayas pensado en mí para esto, me hará feliz ser Dexter."

Todos los cuatro socios le dieron la mano a Charlie y le agradecieron.

"Muy bien, muchachos, es hora. Vayamos todos al final de la mesa. Dex, sal del alcance de la cámara pero mantente cerca," dijo Joey.

Dexter tenía el monitor grande conectado a una computadora solitaria con conexión a internet, para que ningún virus invadiera el sistema informático de la compañía. Abrió su correo electrónico.

El correo se veía bastante seguro. Contenía un enlace.

"Aquí vamos," dijo Dexter. Tecleó el enlace.

El enlace lo llevó a un video chat encriptado. La imagen de un escritorio vacío se materializó en el monitor. No había ventanas visibles, así que no había una vista identificadora que pudiera usarse para determinar la localidad. Pasó un minuto completo sin actividad. Finalmente, alguien apareció a la vista y se sentó en el escritorio. Era Esteban Fernández.

Estaba bien vestido, con un traje hecho a la medida, cabello cortado nítidamente y con una barba y uñas con manicura. Había cabello gris en las sienes y en algunas partes de su barba. Su complexión era de un beige oscuro y sus ojos eran negros. Miraba fijamente sin pestañear a la cámara. Su mirada era muy inquietante.

Fernández habló primero. "*Señor* Justice, *señor* Beck, señor Washington y *señorita* Wilhite. Gracias por hacerle honor a las palabras del *señor* Beck en cuanto a los rastreos. Mis técnicos aseguran que esta conexión es muy segura."

Joey asintió en reconocimiento. "*Señor* Fernández, es muy amable de su parte el hablar con nosotros. Tal vez podamos llegar a un acuerdo hoy con la esperanza de ahorrarnos un derrame de sangre entre nosotros."

"Tal vez," contestó Fernández. Miró de cerca a su monitor. "*Señorita* Wilhite, debo decir que es usted una de las mujeres más encantadoras que haya visto. Me recuerda a una Meg Ryan joven. Cuando le hablé al *señor* Pinkersley el día que usted y el *señor* Justice entraron a su negocio por primera vez, me describió sus habilidades de actuación. Estaba muy impresionado."

"Gracias, *señor* Fernández," contestó Misty. "Me siento muy honrada."

Fernández hizo una reverencia como respuesta, luego la miró de nuevo. "Si las circunstancias no fueran de la manera en que lo son, me agradaría poder entretenerla."

Misty se aferró al brazo de Joey, y dijo, "De nuevo, gracias, señor. También estoy muy enamorada."

"Es una situación que puede ser remediada, *señorita*," dijo Fernández con una sonrisa escalofriante.

Louie había oído suficiente. "Escuche, Fernández, ¡no lo llamamos para que pudiera coquetear con Misty! La dama ya acabó diciéndole que no quiere nada de usted...y lo hizo mucho más amablemente de lo que yo lo habría hecho."

Fernández se rio a carcajadas. La risa no llegó a sus ojos, notó Misty. "¡Ah, *señor* Washington! ¡El hombre con el temperamento violento! ¡Extremadamente fuerte y extremadamente violento cuando es necesario! Ciertamente podría usar a un hombre como usted trabajando para mí. Pero veo que tiene otros planes. El Campeón no tiene idea del acuerdo que ha hecho, ¿O sí? Tal vez hasta podría sobrevivir para celebrar su gane."

Louie intentó a hablar de nuevo, pero Joey puso una mano sobre su hombro para calmarlo.

Joey miró al monitor y dijo, "*Señor* Fernández, con todo respeto, ¿podríamos volver a los negocios?"

Fernández volvió sus ojos de reptil al monitor. "¡Ahh, ahora habla el famoso Joey Justice!" dijo en tono de burla. "¡Tal vez él abogue para que le evite algún daño a sus empleados! ¡O tal vez me ruegue no traer a sus amigos aquí para que yo pueda presentarme personalmente y me haga cargo de sus...repercusiones...personalmente!" hizo ademanes frente a la cámara con una mano. "¡Por favor, *señor* Justice! ¡Continúe! Justifique su declaración de Guerra contra mí."

Joey se reclinó en su silla y juntó sus manos frente a su rostro. Estaba sonriendo. "*Señor* Fernández, acepto sus burlas hacia mí como acto de un hombre desesperado. Usted no quiere la guerra entre nosotros más de lo que nosotros la queremos. La diferencia es que nosotros podemos enfocarnos en usted, mientras que usted distribuye su enfoque entre su imperio en México, su intento de expandirse a los Estados Unidos y una guerra con una compañía que ha derrocado a los gobiernos de dos países. Una guerra contra nosotros le costará dinero...muchísimo dinero. A nosotros también, pero será dinero bien gastado. Nuestros fondos son interminables, con el apoyo de nuestro gobierno en esta pelea." Se inclinó hacia adelante en su silla. "Sugiero que dejemos de lado las poses. Misty y yo estuvimos investigando las muertes de dos adolescentes inocentes que estaban en una fiesta en un apartamento en la Cuarta Calle. Usted ordenó a su gente que masacraran a todos allí. Sus padres no querían otra cosa que sus asesinos fueran llevados a la justicia. Su hombre, Pinkersley, nos dijo que él había estado allí junto con otros cuatro hombres. Uno de ellos murió en el incendio con Pinkersley. Quiero que los otros tres me sean entregados dentro de veinticuatro horas. Les diremos a los padres de esos muchachos que Pinkersley fue el responsable pero que no sabemos por qué. El nombre suyo no será mencionado. En cuanto a mi concierne, eso terminará las cosas entre nosotros." Hizo una pausa. "A menos que, por supuesto, usted quiera que vayamos por usted."

Fernández dijo en forma enojada, "¡Tal vez no quiera darle a mis hombres! ¡Tal vez lo rete a esta guerra a la que se refiere! ¡Tal vez la espero con ansias!"

Joey sonrió. "Y tal vez, *Señor*...Seré yo quien le cuente a mis nietos."

Fernández pestañeó de hecho. Joey supo en ese momento que lo tenía.

"Muy bien, *Señor*. Los tendrá dentro de veinticuatro horas." Fernández se estiró para desconectarse.

Señor Fernández, espere," dijo Misty. Fernández retiró su mano. "tengo una pregunta, si pudiera contestarla por favor."

Fernández sonrió, y de nuevo la risa no fue tan amplia. "Por supuesto, *Señorita*. Por usted, contestaré cualquier cosa."

Misty sonrió. "Gracias, *Señor*. Mi curiosidad me domina. ¿Por qué mató a toda esa gente?"

Fernández hizo una pausa, luego habló. "Una mujer me había dejado por un *gringo*. Él trabajaba para mí, y tuvieron su romance bajo mis narices, no podía dejarlo pasar. Mi honor me lo exigía."

Misty le pinchó el brazo a Joey. "¡Jessica y yo te *dijimos* que había sido por amor!"

"Ahora, yo tengo una pregunta, si somos recíprocos," dijo Fernández.

"Por supuesto," dijo Joey.

"*Señor* Beck, ¿Cómo hizo para encontrar mi número de celular? Mi técnico lo ha intentado y no ha podido hacerlo."

Mierda, pensó Joey. Todos los tres socios miraron a Charlie. Charlie tenía puestos los anteojos de Dexter, y, desde lejos en un monitor de computadora, él se *parecía* a Dex...pero, la voz de Charlie era considerablemente más grave que la de Dexter, y si hablaba, ¡el baile se terminaba!

"¿*Señor* Beck?" dijo Fernández.

Joey habló. "Bueno, lo que él hizo fue..."

"Me gustaría oírlo del mismo *Señor* Beck, por favor," dijo Fernández.

Hijos de puta mañosos, pensó Louie.

Charlie recorrió su cabello con sus dedos tal como antes lo hizo Dexter. "Tengo contactos con todas las compañías de teléfono. Es tan simple como eso," dijo Charlie.

Fernández quedó viendo el monitor de su computadora con sus ojos de reptil que no pestañeaban.

"*Señor* Beck, ¿podría por favor quitarse los anteojos?" dijo Fernández.

Todos se dieron cuenta que su truco estaba a punto de fallar. Charlie miró a Joey, luego se quitó los anteojos de Dexter.

"*Señor* Justice, ¿desde cuándo es el *gringo* Dexter oriental? Dijo Fernández, su voz se volvió extremadamente fría.

Joey dijo, "*Señor* Fernández, Dexter está enfermo. En lugar de tratar de explicarlo, le pedimos a un empleado que se sentara en la conferencia en lugar de Dexter. Nos disculpamos, señor."

Fernández dijo tranquilamente, "¿Ustedes me toman por un tonto?" Su voz provocó escalofríos en la sala con las amenazas. "Que conveniente para el *Señor* Beck estar enfermo, viendo que él es el único entre ustedes de quien no tengo una fotografía." Su voz se volvió aún más amenazante. "¿Dónde está él? ¿Está camino hacia acá para tal vez intentar asesinarme? Eso fallará. Se los aseguro."

"Señor, sólo fue una precaución," dijo Misty. "Sólo queríamos..."

"¡Sólo querían ganar un aplazamiento!" dijo Fernández, un poco más alto. Sus ojos se estaban ensanchando, y comenzaron a verse más como de tiburón que de reptil.

Dexter se levantó de su asiento y se puso al alcance de la cámara. "*Señor* Fernández, por favor. Esta fue idea mía y asumo toda la responsabilidad por el engaño."

Fernández, sus ojos se ensancharon casi al límite, comenzó a reír. Era una horrible risa maléfica. "¿Responsabilidad?" gritó, su ira lo hacía perder la compostura. "¡Insulta mi honor y dice que asume la responsabilidad total! ¿No me dijo que ustedes eran iguales? ¿No me dijo que si uno hablaba, lo hacía por todos? ¡Entonces debo asumir que *todos* ustedes aceptan la responsabilidad por este insulto!" Su risa se había vuelto un rictus de muecas. "¡Déjenme decirles lo que va a pasar! ¡Veré a Dexter Beck cortado en muchos trozos! ¡Veré a Louie Washington ahogándose en un charco de su propia sangre! ¡Joey Justice, destrozaré tu corazón aún latiente y lo arrancaré de tu pecho y me lo comeré frente a tus ojos! Misty Wilhite, ¡la traeré aquí y me la cogeré como la puta que es, luego se la daré a mis hombres para que hagan con ella lo que quieran! ¡Ustedes bastardos SE ATREVEN a insultar MI HONOR!" Fernández saltó y aparentemente golpeó su monitor, porque la imagen giró abruptamente, luego se volvió estática antes de regresar a la página del correo de Dexter.

Las cinco personas en la sala de información se sentaron asombradas. Misty rompió el silencio.

"Umm. *Eso* estuvo bien."

Los otros cuatro rompieron a reír. No podía evitarlo, porque la tensión había crecido tanto que le dieron la bienvenida a cualquier forma de liberarla.

"Puede que solo sea yo," dijo Louie, "pero creo que ese hombre es un miembro hecho y derecho de los Looney Tunes."

"No está jugando con baraja completa, eso es seguro," dijo Joey.

"Muchachos, lo siento tanto," dijo Dexter.

Joey miró a su amigo dudosamente, "¿Por qué?"

"Si no hubiese tenido esa idea loca, habríamos ganado."

"Amiguito, él habría perdido los estribos sin importar lo que haya sucedido," dijo Louie.

Misty asintió. "Louie tiene razón. Lo tuvimos por un minuto, pero él habría encontrado una razón para romper su palabra. Una promesa no significa nada para alguien como él." Ella puso su mano en el brazo de Dexter. "Y recuerda, Dex, todos nosotros estuvimos de acuerdo en que esta sería una buena idea. Hasta a Charlie le gustó."

Charlie asintió. "Ella tiene razón, Dexter. Habríamos tenido una Guerra con Fernández sin importar a qué acuerdo hubiéramos llegado aquí. Nosotros sabemos sus secretos y él no puede arriesgarse a que salgan a luz. En mi opinión, por eso fue que él contestó la pregunta de Misty tan rápidamente. Él ya planeó asesinarte...nos...sabes a que me refiero." Le dio los anteojos a Dexter.

Dexter se los puso y miró el suelo por un momento. Luego miró a Joey.

"Lo grabé," dijo Dexter.

"¿Qué?" dijo Joey.

"Hice una grabación digital de toda la cosa. También guardé el enlace, por si acaso." Sonrió, "Sólo le prometí a Fernández no rastrearlo mientras la conferencia se llevaba a cabo. No dije nada sobre después."

CAPÍTULO 7

"¡Pequeño bastardo engañoso!" dijo Joey, "¡Grandioso!"

Louie le dio una palmada a Dexter en la espalda. "¡*Sabía* que te sacarías algo del trasero!"

Misty le dio un beso en la mejilla a Dexter. "Estoy tan orgullosa de ti, Dex."

Dexter se puso rojo. "No fue nada, muchachos. Aun cuando la dirección web esté encriptada, Megan y yo deberíamos conseguir una ubicación pronto."

"¡Hombre, que gran suerte!" dijo Louie. "Tendremos al hijo de puta encerrado antes de que se termine el maldito fin de semana."

"Hablemos sobre cómo manejar esto," dijo Joey. "Charlie, tú te quedas – incluso tú podrías ser parte de esto también. Dexter, haz que Megan suba aquí. Cuando tengamos idea sobre qué hacer una vez obtengamos esa ubicación, llamaremos a Marcus."

Félix Suarez montaba guardia afuera del estudio usado por Esteban Fernández para comunicarse con los *americanos*. Escuchó a Fernández empezar a gritar, luego escuchó que la computadora se estrelló en el suelo. Debido a la larga práctica, no mostró emoción en su rostro, pero internamente se asustó. Escuchó que se estrellaban más cosas en el estudio, junto a más maldiciones tanto en inglés como en español.

Félix había sido promovido de posición como el segundo en mando al mantenerse al lado de Fernández desde el principio. Sabía lo que significaban estas rabietas temperamentales locas y lo aterraban. Lo último que el cártel de Fernández necesitaba ahora era una Guerra con una compañía como Justice Security. Félix había convencido a Fernández de hablar con los *gringos* y tratara de negociar una paz de ser posible.

"Esteban, hemos sido *amigos* desde que estábamos en las calles de Playa Boca Chica," le había dicho a Fernández esa mañana. "Nunca te he engañado. Te he ayudado, he compartido todo contigo y he sangrado contigo. Somos hermanos en espíritu, por no decir de sangre. Te digo que esta Justice Security nos arruinará. No tenemos suficiente gente, no tenemos suficientes armas de fuego y no tenemos suficiente dinero para comprarlas. Ellos trabajan para el gobierno *americano* y se rumora que ellos han acabado con el gobierno de al menos un país. No podemos resistir una guerra larga con esta gente. Ya gastamos una fortuna en sobornos a nuestro gobierno, y a nuestros contactos por todo el mundo. El ataque a la secretaria hoy temprano fue un error. Sólo fortalecerá su determinación. Cuando una mujer es atacada, los sentimientos protectores en los hombres afloran. Los hace actuar más valientemente de lo que normalmente lo harían. Pinkersley puede ser reemplazado fácilmente. Déjalo ir, Esteban. Debes dejarlo ir."

Fernández había escuchado a su amigo y estuvo de acuerdo. Luego encontraron la manera de manejar la videoconferencia y la tregua. Por supuesto, Félix sabía que tarde o temprano, que Joey Justice y sus amigos debían ser eliminados. Sabían demasiado sobre el cártel para continuar con vida. La tregua sólo era para hacerlos bajar la guardia, para así poder matarlos más fácilmente posteriormente.

La llamada de Dexter Beck los había sacudido a ambos. Fernández acababa de comprar un nuevo teléfono celular y Beck ya tenía el número. Él no tenía una dirección de cobro, sin embargo...Fernández había tomado grandes medidas y gastado mucho dinero para mantener eso fuera de las computadoras.

Otro golpe y luego un disparo sacó a Félix de su ensimismamiento. Dentro de la habitación, podía oír al técnico suplicando.

"¡*Señor* Esteban, *por favor*, no!"

Félix sacudió la cabeza y entró en la habitación. Fernández presionaba una pistola contra el puente de la nariz del técnico. Cuando montó el revólver, Félix habló.

"Esteban, si matas al técnico, ¿quién manejará tu equipo electrónico?" dijo él calmadamente.

"¡Pero es que quiero matar algo!" dijo Fernández ferozmente.

"Hay dos *gringos* de la DEA en el sótano, si debes matar a alguien. Este hombre no hizo nada para merecer morir," dijo Félix.

Fernández se volvió. Tenía una risa demente en su rostro, y sus ojos estaban muy desorbitados.

"¡*Gringos*!" dijo con felicidad. "¡Los voy a matar pretendiendo que son Joey Justice!"

Félix le hizo señas al técnico, quien se levantó y salió corriendo hacia la puerta. Fernández disparó a los pies al hombre mientras corría y se rio al oírlo gritar.

"Félix," dijo Fernández, aún con los ojos desorbitados y riendo. "No cometas un error. No me importa si me cuesta todo lo que tengo, ¡veré a Joey Justice muerto!"

Lo veremos, Esteban, pensó Félix asintiendo a su jefe. *Creo que Joey Justice será tu muerte...y por consiguiente la mía. Él está más cerca de ti de lo que te imaginas, amigo.*

Marcus Moore se reclinó en su silla, respiró profundo, contuvo la respiración por un minuto y luego expulsó el aire. Estaba en la sala de información de Justice Security. Acababa de terminar de ver la grabación de la videoconferencia de Dexter. Dexter había grabado ambas señales, la de entrada y la de salida, y las había arreglado para que se reprodujeran simultáneamente en el monitor de pantalla ancha.

"Guau," dijo tranquilamente. Miró a Joey. "Diría que su escalera ha perdido algunos peldaños, ¿no crees?"

"Lo más seguro," contestó Joey.

"Esta es la primera vez que alguien del Gobierno de los Estados Unidos ha oído su voz y continúa con vida," dijo Marcus. "Varios agentes de la DEA y de la CIA han resultado muertos en los últimos años. Presumimos que se acercaron a Fernández, y luego de alguna manera fueron descubiertos. ¿Puedo tener una copia de esa conferencia? Hay gente por todo el lugar a quienes les gustaría verla."

"Por supuesto," dijo Misty. "Pensamos que podrías usarla para mostrarle al Buró que él está operando en los Estados Unidos. No mantuvo en secreto el hecho que él ordenó la muerte de esas personas o que Pinkersley trabajaba para él."

"Algunas veces, Marcus," dijo Louie, "pensamos con algo más que con las gónadas."

"¿Qué hay del enlace con el que organizaron la conferencia? ¿Puedo tener eso también?" preguntó Marcus.

"Hablamos sobre eso, Marcus," dijo Joey. "Danos unos días y le permitiremos a tu gente que lo intente con él."

Lentamente, una mirada de comprensión se dibujó en el rostro del agente del FBI. "Ustedes lo están rastreando por su lado, ¿no es cierto? ¡Ustedes mismos irán tras él! ¿Y dónde está Dexter?" Marcus se levantó. "Está trabajando en el enlace ahora, ¿no es cierto? ¿Están ustedes *locos*?"

Joey, Misty y Louie mantuvieron sus rostros refrenados y no dijeron nada.

"¡Este no es un bandido callejero, o alguna mente maestra roba bancos! Es un maldito líder de un cártel de drogas y *¡un general en el maldito ejército Mexicano*! ¡Si ustedes invaden México, podría ser tomado como un acto de guerra! ¡No hay modo en el infierno para condonar eso!"

"Tus amigos de la CIA lo han condonado ya dos veces. Por orden ultra secreta firmada por el Presidente de los Estados Unidos," dijo Joey.

Marcus se paralizó, boquiabierto. Se sentó de un solo en su silla.

"¿Han hecho ustedes trabajo para la CIA?" Preguntó tranquilamente.

Joey asintió. "Marcus, prestamos juramento de no revelar lo que hemos hecho, pero tú eres nuestro intermediario. Sentimos que esto es algo que debes saber para que puedas defendernos cuando llegue el momento. Está demás decir, esto es de más alto nivel que Ultra Secreto."

Marcus quedó mirando la mesa. "Así que, lo que le dijeron a Fernández sobre lo de haber derrocado a dos gobiernos era verdad." Sacudió la cabeza como para aclarársela. "Pensé que estaban alardeando con él."

"Tampoco estamos orgullosos de ello," dijo Louie. "Pero lo hemos hecho y hemos firmado órdenes del Presidente y están escondidas en un lugar que *nadie* podría imaginar. Ese es nuestro seguro. Si por ello nos metemos en problemas, también él lo hará."

"Tú nunca supiste sobre esos trabajos, Marcus, porque eres nuestro intermediario *doméstico*." Dijo Misty. "También tenemos un intermediario internacional. Tenemos acceso a inteligencia a la que tú no. También tenemos herramientas proporcionadas por la NSA, la CIA y Seguridad Nacional que no creerías. Dexter está usando algunas de ellas para rastrear ese enlace."

"Fue nuestro precio por hacer lo que hicimos," dijo Joey.

Marcus lo tomó todo con asombro. Esta gente tenía acceso mayor al que tenía su jefe...demonios, ¡mayor que el del Director del FBI! Y aquí él pensaba que era el Señor Dios Gubernamental Marcus para Justice Security...sacudió la cabeza de nuevo.

"¿Qué van a hacer cuando Dexter lo encuentre?" preguntó Marcus.

Todo mundo calló por un momento.

"¿Realmente quieres saberlo?" Preguntó Joey.

Marcus lo pensó por un momento y luego asintió.

Joey se lo dijo.

DEXTER Y MEGAN ESTABAN en la habitación segura, rastreando el enlace proporcionado por la gente de Fernández. La codificación era standard y aparentemente había sido comprada en una tienda de computadoras. Lo habían descifrado hacía algunos minutos. Ahora estaban rastreando la ubicación original.

"Parece que hicieron reflejar las señales desde varios servidores del mundo," dijo Megan, mientras estudiaba la pantalla de su computadora.

"Tienes razón," dijo Dexter. "Mira, el rastreador de recuperación ha encontrado la primera ubicación… ¡Justo aquí en la ciudad!" La pantalla mostró una línea que recorría un atlas del mundo. El programa de rastreo estaba siguiendo el enlace hacia atrás a su ubicación de origen. La línea continuaba hacia el norte.

"Nueva York es número dos," dijo Megan. Disfrutaba tener a Dexter tan cerca de ella.

"Cruzando el Atlántico," dijo Dexter, mientras sus ojos seguían la línea. Se le estaba haciendo difícil concentrarse. La presencia de Megan era extremadamente intoxicante.

"¡Madrid!" Dijeron juntos, mientras ambos señalaban la línea. Sus manos se tocaron. Megan cerró su mano sobre la de Dexter.

"¿Puedo preguntarte algo, Dexter?"

Dexter miraba la mesa de trabajo. Él asintió.

"¿Por qué me tienes miedo?"

Él pensó por un minuto. "No te tengo miedo."

"París," dijo Megan, mirando la pantalla antes de regresar la mirada hacia Dexter. "Es obvio que nos atraemos el uno al otro, pero tú no hablas de ello, ¿Por qué?"

Dexter miró sus ojos. *Oh, acabo de cometer un error GRANDE*, pensó. "Tú eres mi empleada, Megan. Hay demasiadas razones para que la gente piense que tomo ventaja de ti. No se vería bien. Londres."

"La señora Wilhite y el señor Justice están juntos. Lo han estado durante el tiempo que he trabajado aquí."

"Su situación es diferente. Ellos son socios, no empleador y empleada."

Ella se reclinó más cerca de él, todavía viendo a sus ojos. "Entonces hazme una socia o renuncia a tu sociedad."

Él se inclinó acercándose más a ella. Casi sólo tres pulgadas los separaba. "No puedo renunciar. Amo mi trabajo. Y pensaré en eso de hacerte socia...pero eso te volvería un blanco, también."

"No me importa, mientras esté contigo. He estado enamorada de ti desde hace mucho, Dexter."

"Yo, también."

De alguna manera, de pronto estaban besándose. Dexter sintió sus labios como terciopelo tibio. Al tocarse sus lenguas, en seguida extendió sus brazos para atraerla más cerca de él. El beso se hizo más apasionado ya que ambos liberaban emociones reprimidas.

Megan pensaba que su sueño finalmente se había hecho realidad. Su caballero blanco había admitido al fin sus verdaderos sentimientos hacia ella. Luego, se perdió completamente en el beso.

El programa de rastreo, que ambos habían olvidado completamente, comenzó a hacer bip de forma importante. Después de un momento, Dexter y Megan se separaron uno del otro y miraron la pantalla.

"¡Ay Dios mío!" dijo Megan, mientras Dexter agrandaba la ubicación final. "¡No puede ser!"

Dexter dijo, "*Debe* ser una maldita broma."

DESPUÉS QUE MARCUS dejó el edificio con su copia de la conferencia, Joey y Misty decidieron alistarse para ir a cenar. Se arriesgaban al salir, pero no habían tenido tiempo para ellos durante dos días, y lo necesitaban. Louie les dijo que anduvieran con cuidado, luego se retiró al gimnasio de empleados para tratar de hacer algunos ejercicios. *Otro sábado por la noche divertido*, pensó Louie para sí mismo. Eran las seis y treinta.

Joey y Misty estaban en la ducha, disfrutando enjabonarse el uno al otro bajo la regadera tibia. Se tocaban y se acariciaban el uno al otro con movimientos tiernos, mientras se veían a los ojos. Cuando al fin se besaron, el agua tibia contribuyó con un placer sensual. Lentamente, comenzaron a hacerse el amor parado uno frente al otro.

Más tarde, cuando habían terminado y ya no había agua tibia, se secaron con la toalla uno al otro. Joey tomó la toalla que sostenía, envolvió a Misty con ella y la atrajo hacia sí.

"Te amo, Misty Wilhite."

"Y yo te amo, Joey Justice."

Se besaron de nuevo, luego comenzaron a alistarse para salir. Justo cuando habían terminado de ponerse su ropa de noche, el teléfono del intercomunicador sonó. Era Dexter, llamándolos a la sala de información. Eran ahora las siete en punto.

ESTEBAN FERNÁNDEZ ESTABA normal de nuevo. O, tan normal como podía estar, pensó Félix. Fernández había cambiado sus ropas manchadas de sangre después de regresar de arriba de su reunión con los agentes de la DEA. Los había asesinado lentamente, de una manera espeluznante, mucho peor de lo que Félix había visto durante algún tiempo. No creía haber oído antes gritos tan horribles de los hombres, y eso lo había puesto nervioso. La idea de que Fernández no era más que un sicópata afortunado pasó por su mente, pero no de manera compleja. Solamente pensó que Fernández era *muy loco*.

Había diez hombres con ellos en esta casa. Con ellos estaban también el técnico, el conductor y el cocinero. Félix llamó a dos de los hombres y los envió al sótano para que limpiaran el desorden de Fernández.

"Félix, *mi amigo*," dijo Fernández.

"*Sí*, Esteban."

"Es noche de sábado. Tú y yo iremos a la ciudad, y buscaremos señoritas."

"¿Crees que sea conveniente, Esteban?"

Esteban sonrió. "Conveniente o no, *mi amigo*, iremos. Saldremos a las siete y treinta."

LOUIE ACABABA DE ACOMODARSE para hacer ejercicios de levantamiento de pesas acostado en una banca. Estaba en medio de su equipo, con el peso de cuatrocientas libras listo cuando la voz de Dexter se oyó por el intercomunicador.

"¡Louie a la sala de información *ahora*! ¡Pilotos de los helicópteros al techo *ahora*! ¡Despegaran en cinco minutos! ¡Esto no es un simulacro!"

"*¿Qué bendita mierda sucede ahora?* Pensó Louie soltando las pesas y corriendo a los elevadores. *¿Está atacándonos el maldito ejército?*

CUANDO JOEY Y MISTY llegaron a la sala de información, Misty notó que Dexter estaba parado muy cerca de Megan. Ella ofreció una pequeña sonrisa. Parecía que Dexter finalmente había dejado que sus sentimientos por Megan lo dominaran.

Dexter se volvió hacia ellos y dijo, "¡Ese hijo de puta está justo *aquí*! Bueno, no aquí, sino que a diez millas al sur de la ciudad. ¡En una maldita *granja* rentada!"

Joey dijo, "Estás bromeando."

Megan negó con la cabeza. "No, señor. El programa rastreó la conferencia en retrospectiva hasta una conexión DSL doméstica común en esa ubicación. No existe error."

Joey pensó por un momento. *Así podría darle un golpe lo suficientemente fuerte para hacerlo pensar*, pensó para sí. Tomó su decisión.

"Dex, toma ambos helicópteros y dos equipos de ataque aéreo de cinco hombres cada uno...Toma Alpha y Centaur. Tú estarás a cargo de Alpha. Megan, ahora tienes una asignación de campo – estarás a cargo de Centaur. Inspeccionen el lugar. Hieran a cualquiera que vean. Maten a Fernández de ser posible. Usen misiles, RPGs, las armas de calibre cincuenta...lo que tengamos. *No* aterricen, bajo ninguna circunstancia. Destrúyanlos desde el aire. Vuelen lo suficientemente bajo para evadir cualquier radar, para que podamos tener la oportunidad de negar poco. Quiero videos de cada cámara disponible en esos helicópteros. Deben salir dentro de cinco minutos. ¡Y traigan a Louie aquí!"

Louie entró intempestivamente a la sala encontrando a Joey y a Misty conectando cables y DVRs.

"¿Qué diablos sucede?" Dijo en voz alta.

"Ayúdanos a conectar estos cables a los mecanismos de transmisión de los helicópteros, Louie," dijo Joey. "Te informaré mientras trabajamos."

Louie agarró un manojo de alambres y comenzó a ayudar con las conexiones. Joey y Misty le dijeron lo que sucedía.

"¿Crees que fue buena idea darle a Megan el mando de campo?" preguntó Louie.

"Ella se lo ganó," dijo Misty. "Ella y Dexter encontraron a Fernández. Además, creo que Dexter finalmente reveló sus sentimientos por ella."

"Como si todos nosotros no lo notábamos," dijo Joey, desde abajo de la mesa de conferencia.

"Ya era tiempo," dijo Louie. "Temía robármela si él no hacía su movimiento pronto. ¿Quién puede resistir esta máquina tranquila de color ébano?"

Misty le lanzó un cable.

EN EL TECHO, DEXTER le dijo al equipo Centaur que Megan estaba a cargo, y que ella les informaría en el aire. Él se volvió hacia ella, miró sus ojos, y la besó.

"Ten cuidado, Megan," dijo él. "Estos hombres saben qué hacer. Tú sólo indícales y déjalos actuar. Y no estés nerviosa. Tú puedes hacerlo."

Ella asintió. "Tú también ten cuidado, Dexter Beck. Acabo de conquistarte – no quiero perderte ahora."

Dexter sonrió y la besó de nuevo. "Ve, chica, patea traseros."

Ella se subió a su helicóptero. Tan pronto como estaba segura, despegaron y se alejaron un poco, esperando que el helicóptero Alpha despegara.

Dexter subió al helicóptero Alpha, y dijo, "¡Muy bien gente, es tiempo de ganarse esos escandalosos salarios que les pagamos!"

A LAS SIETE Y VEINTICINCO, Fernández entró al vestíbulo de la gran casa de hacienda. Félix esperaba por él. Fernández vestía otro traje hecho a la medida, con una camisa de seda y corbata. Félix estaba vestido con traje también.

"¿Nos vamos?" Preguntó Fernández a Félix.

"*Sí*, Esteban. El conductor está listo."

Félix le abrió la puerta a Fernández. Salieron al gran pórtico frontal, bajaron los escalones y siguieron hasta la limusina blindada. El conductor de Fernández abrió la puerta trasera. Fernández comenzó a entrar al auto, luego se detuvo, su mano sobre el techo del auto. Estaba viendo hacia el norte, detrás del carro.

"Félix," dijo Fernández, "¿Qué es eso?"

Félix miró detrás del auto en el campo y a los árboles que lo rodeaban. No vio nada más que el granero y a varios hombres holgazaneando frente a él.

"¿Qué es qué, Esteban?"

Fernández señaló un punto sobre los árboles. "Eso."

Fue cuando Félix lo vio. Parecía ser un helicóptero, pero no hacía ruido. Mientras miraban, el punto se separó, convirtiéndose en dos helicópteros. La nave se acercaba, pero aun así no podían oír ningún ruido.

"¿Por qué no oigo ningún sonido?" Preguntó Fernández.

Félix se preguntaba eso también. Cuando la respuesta fue obvia, uno de los helicópteros disparó un misil. Este alcanzó el granero donde explotó, haciendo que las paredes salieran disparadas. Sin paredes para sostenerlo, el techo del granero colapsó. El primer helicóptero estaba ahora casi a la misma altura del granero, moviéndose rápido sobre ellos. Félix escuchó un *cluff, cluff, cluff* silencioso de él.

"¡Helicópteros furtivos!" gritó Félix tan fuerte como podía. "¡Dispárenles! ¡Derríbenlos!" Sacó su propia arma de su abrigo e hizo tres disparos al helicóptero que volaba sobre la casa ahora. El segundo helicóptero disparó un misil y el granero fue alcanzado de nuevo. Cuando el misil explotó, lo que quedaba del granero tomó fuego y comenzó un furioso incendio.

De los hombres que habían estado frente al granero, sólo tres estaban parados. Tenían armas automáticas y disparaban con furia a los dos helicópteros, con poco efecto. Los otros hombres estaban heridos o muertos...Félix no podía saberlo a esa distancia.

El primer helicóptero había hecho un giro y voló en círculos para pasar de nuevo. Mientras se nivelaba, disparó otro misil, luego otro. Los dos misiles alcanzaron la casa casi al mismo tiempo. La explosión lanzó astillas y vidrios alrededor de la limusina. Asombrosamente, nada alcanzó a Fernández ni a Félix. La casa estalló en llamas.

El helicóptero comenzó a sobrevolar los restos de la casa. Mientras Félix observaba, la puerta lateral del helicóptero se abrió y pudo oír el *¡whack! ¡whack! ¡whack!* De las balas de más alto calibre alcanzando el lado blindado de la limusina, luego escuchó el sonido de la gran arma. Félix tomó a Fernández y lo empujó adentro de su limusina y luego saltó sobre él. Luego se apoyó en la parte de afuera del vehículo. El conductor estaba muerto. En lo que Félix jaló la puerta para cerrarla, pudo ver a Dexter Beck sosteniendo un lanzamisiles RPG y apuntándolo directamente hacia ellos. A través de la ventana, vio la cola blanca del RPG volando hacia el auto. Luego sólo vio llamas.

El Segundo helicóptero había dado la vuelta también y comenzó a sobrevolar el granero. Su puerta lateral se abrió por completo y su gran arma de calibre cincuenta estaba acabando con los hombres que aun disparaban contra ellos. Megan inspeccionaba el área para ver si había más personas que pudieran estar vivas, cuando una bala perdida de los hombres abajo entró en el helicóptero, y rebotó alcanzándola a ella.

En el primer helicóptero, Dexter disparó un segundo RPG a la limusina y la vio explotar con un satisfactorio *BUM*. Activó el micrófono adherido a sus audífonos.

"Alpha a Centaur. Parece que acabamos a los chicos malos. Vayamos a casa."

Sus audífonos crepitaron. "Alpha, este es Centaur Dos. Centaur ha caído. Repito, Centaur ha caído."

"Copiado. ¿Cuál es la condición de Centaur" Preguntó Dexter sintiendo que el corazón se le encogía?

Los audífonos crepitaron de nuevo. "Ella está viva, Alpha, pero está sangrando mucho."

Dexter cerró los ojos. "Copiado. Pilotos de Alpha y Centaur, regresen a la base a toda velocidad. Repito, a toda velocidad. Centaur Dos, hagan lo que sea para mantener a Centaur viva. Debemos llegar a la base en diez minutos."

"Copiado, Alpha."

Los dos helicópteros se dirigieron a casa tan rápido como podían. Dexter cambió la frecuencia de su radio a la frecuencia privada que usaban en la sala de información.

"Muchachos, ¿captaron eso?" Preguntó Dexter.

La voz de Louie sonó en los oídos de Dexter. "Seguro que sí, amiguito. Tendremos personal médico listo y te recibiremos en el techo. No te preocupes, ella va a estar bien."

Dexter oraba para que eso fuera verdad.

Mientras los dos helicópteros se desvanecían en la dirección por la que vinieron, las llamas alrededor de la limusina chisporroteaban, luego comenzaron a apagarse. Lentamente, la puerta trasera se abrió, y Félix comenzó a arrastrarse hacia afuera hasta caer en la calzada de tierra. Tosía fuertemente, luego lentamente se paró. Se tambaleó sobre la limusina y se estiró para sacar a Fernández.

Fernández tosía y escupía. Ambos hombres tenían las ropas y la piel sucias. Fernández miró toda la destrucción y muerte alrededor.

Fernández se volvió hacia Félix. "¿Quién? ¿Quién hizo esto?"

"Yo vi a Dexter Beck en el helicóptero. Él es quien disparó el arma que alcanzó el auto."

Fernández vio de nuevo alrededor. "¿Todo esto? ¿Por una sola miserable compañía?"

"Esteban, traté de advertírtelo sobre ponerte contra ellos. Ahora, todos están muertos."

Fernández respiró profundamente. "Esto no quedará sin contestación por supuesto."

"Por supuesto, Esteban. Pero tenemos suerte de estar vivos. Estoy seguro que ellos creen que estamos muertos."

Cuando Fernández miró a Félix de nuevo, sus ojos se habían vuelto desorbitados y como de tiburón de nuevo, y la risa había reaparecido. "Entonces nuestros fantasmas los matarán."

Félix escuchó sirenas vagamente en la distancia. Esteban, debemos irnos, ahora."

CAPÍTULO 8

Louie era fiel a su palabra. Cuando el helicóptero de Centaur aterrizó, un equipo médico estaba esperando con un helicóptero propio para transportar a Megan a una instalación médica local del FBI. El helicóptero Alpha estaba cerca del techo, Dexter saltó de él y comenzó a correr hacia la puerta del techo. Corrió a toda velocidad hasta donde Louie, quien estaba parado en la puerta. Dexter regresó al techo con un gruñido.

"Alto, amiguito," dijo Louie, ayudándole a su amigo a pararse. "Tienes que hablar con Marcus antes de irte. Él tiene preguntas."

"Maldición Louie, ¡tengo que ir con ella!"

"Hombre, lo sé. No eres el único que la ama, Dex. Tuvimos que usar algunas influencias para hacer que el equipo médico del FBI te recibiera, sólo para darle atención a ella. Pero Marcus dijo que él va a cubrirnos con esto, tienes que hablar con él, ahora."

Dexter respiró hondo dos veces para calmarse.

"Está bien, Louie. Me voy a calmar. Gracias. Ahora, vayamos a hablar con Marcus."

Louie asintió y tomaron camino.

En la sala de información, Marcus estaba gritando.

"He cubierto los traseros de ustedes en muchas cosas, Joey, ¿Pero un ataque? ¿En suelo americano? ¿Con malditos helicópteros? ¿Y traer a un equipo médico solo por una herida de bala? Mi trasero está en juego con esto, ¡Las aves se van a comer el maíz de mi mierda!"

"Cálmate, Marcus. Lo explicaremos todo cuando Dexter entre aquí," dijo Joey.

"¿Dexter? ¿Qué diablos tiene él que ver en esto?"

Dexter acababa de entrar cuando Marcus hizo el último comentario. "Acabo de eliminar a Esteban Fernández, Marcus."

Marcus se volvió hacia él. "Puedes apostar tu trasero que tú eliminaste... *¿Qué?*"

"Megan y yo rastreamos la video conferencia hasta una dirección afuera de la ciudad, y tomamos dos helicópteros y matamos a Esteban Fernández."

Marcus cayó sobre una silla de la mesa. "¿Fernández? ¿Estaba él allí?"

Joey asintió mientras Dexter y Louie se sentaban. "Estaba aquí. No te sientas mal, Marcus. Nadie lo sabía."

"Y tenemos un video para probarlo," dijo Misty.

Marcus sacudió la cabeza. "Cristo. Muéstrenme el video."

Misty presionó un par de botones. "Estaremos viendo la transmisión del equipo Alpha – ese era el equipo de Dexter." El monitor grande se encendió, mostrando al suelo pasar mientras el helicóptero se dirigía a su destino. Después de algunos momentos, la granja objeto se veía a la distancia. El video mostró el chorro de vapor blanco del primer misil al dejar el helicóptero, luego al granero cuando explotó. La limusina estaba a la vista, y se podían ver al conductor y a dos hombres parados junto a esta. El conductor colapsó, mientras que se podía ver a uno de los dos hombres gritando y sacando una pistola. La imagen giró al ladearse el helicóptero. Cuando la imagen se niveló, se podía ver la casa. Se vieron dos rastros de vapor cuando el helicóptero disparó dos misiles y la casa de la hacienda explotó para quemarse luego. La imagen se estabilizó y la cámara giró y se amplió la imagen de los dos hombres parados al lado de la puerta trasera de la limusina. Se podía ver a Fernández y a Félix plenamente antes que Félix empujara a Fernández hacia adentro de la limusina. En lo que Félix entró y cerró la puerta, el RPG disparado por Dexter alcanzó el auto y este explotó. El rostro de Félix se veía en la ventana de la limusina cuando el otro RPG alcanzó el vehículo. El fuego rodeó la limusina. La imagen giró de nuevo cuando el helicóptero comenzó su vuelo de regreso a Justice Security.

"Megan fue alcanzada por una bala perdida que rebotó dentro del helicóptero. Ella fue alcanzada en el hombro, pero perdió mucha sangre. Por eso necesitábamos al equipo médico, Marcus." Dijo Dexter. "Necesito estar allá."

Marcus asintió. "Ve, Dexter. Buen trabajo. Siento haberte gritado."

"No hay problema." Miró a Joey. "¿Pueden ustedes muchachos conseguirle a él lo que necesita?"

Joey asintió. "Ve al lado de tu dama, amigo mío. Estaremos allá más tarde."

Dexter sonrió, luego se levantó y se fue.

"Marcus, ¿quién era el hombre que empujó a Fernández adentro del auto?" Preguntó Misty.

"Félix Juárez. Era el Segundo de Fernández." Marcus sacudió la cabeza. "Sé que siempre los he felicitado antes muchachos por cosas que han logrado, pero esto está por arriba y más allá. ¡No puedo creer que ese hijo de puta estaba en el país y no lo sabíamos!"

"¿Tendrás problemas encargándote de la escena? Preguntó Louie.

Marcus negó con la cabeza. "No ahora. Si me hacen copias de todo lo pertinente, haré un par de llamadas rápidas. Los cubriremos en esto fácilmente." Tomó su teléfono celular y comenzó sus llamadas.

Jessica Queen estaba poniéndose al día en su trabajo. Normalmente no trabajaba los sábados, pero ayer había sido un día inusual. Patti era una buena sustituta, pero no tenía autorización de manejar los archivos secretos. Y Fernández era *muy* ultra secreto.

Mientras trabajaba, pensó en Megan. Sabía que Megan estaría bien, pero le preocupaba que la herida de bala hiciera a Megan recelosa de las asignaciones de campo. Ella y Megan eran amigas, y sabía lo que sentía Megan por Dexter. Estaba feliz de que Dexter hubiera admitido sus sentimientos por ella.

Los pensamientos de Jessica se enfocaron en los cuatro socios, mientras trabajaba. Le encantaba el hecho de que todos ellos se habían reunido alrededor de ella y la habían apoyado ayer. Sabía que le importaba a todos ellos, pero ayer mostraron lo tanto que se preocupaban.

Jessica no tenía familia. Sus padres y su hermana habían muerto en un accidente automovilístico cuando tenía tres años y había sido criada por su abuela. Poco después que ella comenzó a trabajar para Justice Security, su abuela había fallecido. Joey, Misty, Louie y Dexter eran su familia sustituta.

Habían ofrecido traerla como socia a la compañía, y había rechazado la oferta, dándoles una excusa inventada en su cabeza. La verdad era que había tenido miedo de los compromisos al aceptar. No era el compromiso con la compañía lo que la asustaba...la compañía hacía mucho dinero. Era el compromiso con los socios lo que hacía abstenerse. Pero ellos habían mostrado su compromiso con ella ayer al darle un apartamento en el edificio. Tal vez había estado equivocada al rechazar la sociedad. Podría ser que preguntara si la oferta aún estaba en vigencia...

El teléfono sonó. Lo quedó viendo, sabiendo que no estaría sonando a menos que algo sucediera. Lo tomó.

"Justice Security. Jessica Queen, ¿puedo ayudarle?"

"Hola, Jessica. Soy Charlie. Necesito hablar con Dexter."

"Dexter no está disponible ahora, Charlie. ¿Sucede algo?"

Escuchó que Charlie respiró profundo.

"Ah, sí," dijo él.

Joey, Misty y Louie hacían las copias de todas las transmisiones y de la información de inteligencia que Marcus había solicitado, mientras que Marcus aún estaba en su teléfono, haciendo arreglos para que el equipo forense se dirigiera a la granja, cuando Jessica entró a la sala de información.

"Disculpen por interrumpir," dijo Jessica, "pero Charlie Li acaba de llamar desde la exposición canina. Varios perros han sido muertos. Él solicitó ayuda, y Dexter está con Megan."

Los socios se miraron unos a otros.

"Maldición. Creo que iré yo," dijo Louie. "¿Pueden ustedes dos terminar estas copias en las que trabajo?"

"Yo iré," dijo Jessica suavemente. Nadie la escuchó.

"Está bien, Louie," dijo Misty. "¿Qué es lo que hace falta en las tuyas?"

"Dije que yo iré," dijo Jessica más fuerte.

Los tres socios pararon lo que estaban haciendo y quedaron viendo a Jessica.

"¿Qué dijiste?" Preguntó Misty.

Jessica respiró profundo. "Si la oferta de sociedad aún está disponible, la acepto. Y si voy a ser una socia en esta compañía, iré a ayudar a Charlie. Todos ustedes están ocupados con esto de Fernández."

Misty, Joey y Louie se miraron unos a otros. Misty asintió levemente al igual que Louie. Joey se paró.

"Jessica Queen, tienes mucho valor," dijo Joey rígidamente. Jessica miró hacia abajo al suelo. "Viniste a esta compañía a hacer un trabajo, y ahora tienes la audacia de entrar a esta sala y solicitar una sociedad *¡qué rechazaste cuando se te ofreció!* La señaló con su dedo. "Tengo sólo una cosa que decirte, mujer." Él sonrió. "¡Ya era hora!"

Jessica levantó la mirada hacia Joey, riendo ampliamente. Misty y Louie fueron hacia ella, y cada uno la abrazó mucho. Luego, Joey caminó hasta donde ella.

"Jessica Queen, desde este momento, eres una socia total de Justice Security, con todos los beneficios y responsabilidades que esto incluye. Cualquier cosa en esta compañía es tuya. Y también tienes apoyo total de nosotros. Si te comprometes en algo, lo haces por todos. Si necesitas ayuda, vendremos corriendo. Si metes la pata, aún te apoyaremos totalmente. La salud y el bienestar de esta compañía y de sus empleados los compartirás tú. ¡Ahora, ven acá!" Él la abrazó muy de cerca, luego la tomó de los hombros y miró a sus ojos. "Sólo no destruyas nada. Ese es mi apartamento."

Todos se rieron, incluyendo Marcus, quien había estado viendo mientras estaba al teléfono.

"Jess, me alegra que te nos hayas unido," dijo Misty.

"Los amo a todos, lo saben," dijo Jessica. "Trataré de no decepcionarlos."

"No pienses de esa manera, Jess," dijo Louie. "Las cosas saldrán mal. Lo sabes. El secreto es no preocuparse por ello, porque nos tienes a todos detrás de ti. Eres nuestra hermana ahora, y tienes nuestro apoyo, bebé."

"Ve a ayudar a Charlie," dijo Joey. "Tendremos la papelería arreglada el lunes por la mañana para hacerlo más formal, pero ya eres una socia completa. Usa lo que necesites para arreglar el trabajo. Si lo necesitas, enviaremos a Dexter tan pronto como podamos. ¡Y envía a Patti aquí! Ella te reemplazará, ¡y tú debes entrenarte bastante!"

"Ay, hombre, *¡entrenamiento!*" Dijo Louie. "¡Casi olvidé la maldita pelea del martes en la noche! Tengo que entrenar seriamente durante los próximos dos días."

"No siento la más mínima pena por ti," dijo Jessica a Louie. "Tú sólo te metiste en esto, así que sólo tú eres el único a quien culpar."

"Ahí te agarró ella, viejo amigo," dijo Joey.

"Tal vez logro que vayas conmigo el martes en la noche," dijo Louie. "Puedes volar todo el lugar y ahorrarme un problema." Miró a Jessica. "¿No vas a ir a chequear esos destrozados perritos salchicha?"

"Por supuesto," dijo Jessica, volviéndose para irse. "Debe ser mejor que estar escuchándote tratando de probar que *tienes* una."

Hacía algunos minutos que Jessica se había ido antes que Louie se diera cuenta que ella le había tomado el pelo.

Marcus colgó su teléfono celular y se volvió hacia los tres socios que quedaban.

"Es oficial. Ustedes muchachos son las estrellas del momento," dijo Marcus. "Tan pronto como tenga toda la información en mis manos, debo volar a Washington con ella. Estaré ausente por dos días, mostrándola toda a varias personas de alto rango. Atrapar a Fernández en el país sin que nadie lo supiera significa que varias cabezas van a rodar. Alguien hizo un desorden durante mucho tiempo." Puso sus manos detrás de su cabeza y se estiró. "Los más probable es que sean de la DEA. Se suponía que ellos lo mantenían vigilado muy de cerca." Cruzó sus brazos frente a él. "El Buró ha tomado control de la granja. Los forenses tratarán de identificar cada cuerpo que encuentren allí." Miró a Louie. "Creo que estará de regreso a tiempo para ver la gran pelea del martes por la noche."

"¿Tienes boletos Marcus?" preguntó Louie.

Marcus negó con la cabeza. "No, pero conozco al tipo de la pelea. Y tengo una insignia Federal. Podré entrar."

Todos se rieron.

Joey dijo, "Marcus, ¿habrá algún problema en conseguirle a Patti un permiso de seguridad? Ella es nuestra opción para reemplazar a Jessica."

"Muchachos, ¿Ya verificaron su currículo?"

"Por supuesto."

"Y dime de nuevo... *¿Quién* verifica los currículos?"

Misty codeó a Joey y sonrió. "Nosotros," dijo ella.

Marcus regresó la sonrisa. "Si me dan papel, redactaré su autorización ahora. Traeré autorizaciones oficiales de Washington cuando regrese el martes."

Misty le dio a Marcus un par de hojas de papel. Él sacó su pluma y escribió por un momento, luego hizo clic en su pluma y la guardó en la bolsa de su chaqueta.

"Ahí está. Una autorización oficial de seguridad para la Señora Patti Hoehn para acceder y mantener cualesquiera y todos los archivos oficiales requeridos o provistos por el Gobierno de los Estados Unidos. De nuevo, traeré papeles oficiales el martes." Le pasó el papel a Misty. "Creo que Patti es una Buena opción, muchachos...y finalmente, agregar a Jessica como socia fue una acción correcta."

"Gracias, Marcus," dijo Jocy. "Muy bien, terminé. Aquí está mi parte, Señor Intermediario." Joey le dio a Marcus una memoria. "¿Alguien más?"

"Ya terminé," dijo Louie, pasándole otra memoria a Marcus.

Misty se rio altaneramente. "El último es siempre el mejor, caballeros...y definitivamente por el que vale la pena esperar." Le dio dos memorias a Marcus. "Por favor que quede para el archivo: tuve el doble del trabajo, y terminé al mismo tiempo, el cual, a *otros* miembros de esta firma les tomó para terminar solo una memoria."

"Misty, sólo eres eficaz, chica," dijo Louie.

"Es una Clydesdale...sólo apariencias y sin resultados," dijo Joey.

"Umm...Puedo adivinar quién va a dormir en el sofá esta noche," dijo Misty.

"Bebé, sólo bromeaba," dijo Joey burlándose.

Marcus puso las cuatro memorias en su portafolio, luego lo cerró. Se levantó.

"Bueno, como obviamente ustedes deben hacer arreglos sobre cómo van a dormir, seguiré adelante y me iré. Por favor, denle las gracias a Dexter de mi parte, y díganle a él y a Megan que hicieron una cosa buena hoy."

"Lo haremos, Marcus. Que tengas un viaje seguro a Washington," dijo Joey, dándole la mano a Marcus.

Misty también estrechó la mano de Marcus. "Gracias, Marcus."

Marcus se sorprendió al darle la mano a Louie. "¿Por qué?"

Louie contestó, "Por cuidarnos, por creernos y por conseguirnos la mejor ayuda para Megan. ¡Hombre, eres una amigo especial que vale la pena tener!"

Marcus sacudió la cabeza y sonrió mientras se iba. "Todo es parte del trabajo, muchachos. ¡Los veo el martes!"

Cuando Marcus salió de la sala, pasaron dos cosas al mismo tiempo. Patti llegó a la sala y el teléfono celular de Joey timbró.

"Hola. ¿Querían verme?" Preguntó Patti.

Joey contestó su teléfono, así que Misty y Louie le indicaron a Patti que se fuera a la mesa.

"Siéntate, Patti," dijo Misty.

Patti se sentó, un poco inquieta y confundida. Esta era la primera vez en que era invitada a sentarse en la sala de información, y la hacía sentir como que no pertenecía allí. Dejó escapar una mirada a Louie, quien observaba a Joey con una mirada seria en su rostro. Varios de los empleados con los que ella trabajaba le temían a Louie, porque era tan grande y fortachón. Desde su repentino lanzamiento a la fama por dejar fuera de combate a Mike Swanson con sólo un golpe, todos le temían aún más.

Al diablo, pensó ella. *Ellos me pidieron que subiera, así que dejaré de evitar las miradas.* Volvió su mirada completamente a Louie y lo estudió. Patti era una fotógrafa aficionada, y miraba a Louie como si lo hiciera a través de una cámara. La manera seria y estudiada en que miraba a Joey mostraba un interés con preocupación en lo que estaba sucediendo.

Misty, también, estaba mirando a Joey. Patti compuso la fotografía en su mente que tomaría de Misty – tal como lucía ahora, con sus labios ligeramente abiertos, su amor por Joey plenamente evidente en sus ojos y una confianza calmada en su actitud.

Patti miró a Joey. Estaba parado de perfil hacia los tres ellos. Sostenía su teléfono contra la oreja izquierda, y tenía su brazo derecho cruzado, sosteniendo su codo izquierdo. Hablaba tranquilamente, con el indicio de una sonrisa en su rostro. *El retrato de un hombre en el trabajo.* Patti observó cómo Joey dobló su teléfono para cerrarlo y se volvió hacia ellos con una sonrisa en su rostro.

"Hola, Patti," dijo Joey. "Buenas noticias, muchachos. Ese era Hank McFeely. Uno de nuestros muchachos hispanos está en el bar en este momento." Se sentó en la mesa con ellos. "Creo que deberíamos ir a recoger a nuestra avecilla y ver si podemos hacerla cantar. Misty, él no te tomará como amenaza... ¿Lo quieres?"

"Así es. Pero sólo si ustedes dos le dicen a Patti lo que sucede."

Joey y Louie se miraron uno al otro.

Joey dijo, "Uno de nosotros necesita ir a chequear a Dexter y a Megan, Louie. Por qué nos vas tú y yo me quedaré aquí con Patti y le contaré muy rápidamente lo que sucede. Hasta que ella esté cómoda, creo que uno de nosotros debe estar siempre en el edificio. Quiero asegurarme que Patti se sienta bien por su propia cuenta antes de *dejarla* por su propia cuenta."

Louie asintió. "Muy bien, Joey. Pero mantente aquí, ¿me oyes? Con todos nosotros fuera del edificio, debemos mantener a alguien aquí para que nos apoye."

"Y, querido," dijo Misty, dándole un beso en la mejilla, "trata de no intimidar a Patti. Y no la agobies, tampoco."

"No lo haré. Ustedes muchachos, tengan cuidado. Ah, y tengo una sugerencia para ambos en la que deben pensar cuando estén afuera...puede que deseemos hacer a Megan una socia, también. Haría que Dexter se sintiera más cómodo al estar con ella. Y con seguridad podríamos necesitar a otro socio que nos ayude a estar al día. Sólo piensen en ello, ¿Está bien? Lo decidiremos con seguridad cuando los cinco de nosotros podamos hablar."

"Algunas veces me asombras, Joey," dijo Misty, dándole un beso en la otra mejilla.

"También podría mantenerlo todo en la familia... ¿Estoy en lo correcto, hermano mío?" Dijo Louie a Joey.

"¡Salgan de aquí los dos! Mantente fría, Misty...y Louie, quédate con ellos tanto como lo consideres necesario, pero no más de eso. Sé que aún tienes que entrenar. Así que, largo...hablaré con Patti."

Misty y Louie se fueron juntos, hablando tranquilamente. Joey se volvió hacia Patti.

"Señora Hoehn, ¿Cómo se siente con respecto a un ascenso?"

Sus ojos se abrieron grandemente. "¿Un ascenso?"

Joey asintió. "Jessica acaba de volverse socia. Como resultado, su trabajo como nuestra secretaria ejecutiva está disponible, y nos gustaría que usted la ocupara."

Se notó una mirada de complacencia en el rostro de Patti. "¿De verdad? ¿Yo?" Asintió con entusiasmo. "¡Me encantaría, Sr. Justice!"

"Joey, por favor, Patti. Y Misty, Louie, Dexter, Jessica. Y puede que no quieras el empleo una vez que oigas las responsabilidades que tendrás."

Dexter había llegado al edificio del FBI. Aparentemente, Marcus había llamado con anticipación para hacerles saber que él llegaría porque fue recibido en la puerta por dos agentes a los que no conocía, quienes lo condujeron directamente a las oficinas médicas.

El FBI mantenía una instalación médica completa en el edificio que tenían en la ciudad. Era una instalación encerrada en cristales, y tenía un doctor y dos enfermeras que atendían veinticuatro horas al día, siete días a la semana. Poseía un quirófano operando completamente junto con habitaciones de examen y recuperación. La instalación médica hasta poseía habitación biológica en caso de que un ataque biológico requiriera un diagnóstico rápido.

Los dos agentes lo escoltaron hasta una oficina, le indicaron sentarse y le dijeron que el doctor hablaría con él pronto. Dexter les agradeció e inmediatamente comenzó a inspeccionar los diplomas en la pared.

El doctor en mención era el Dr. Orval Eugene Bishop. Se había graduado cum laude en la Universidad de Harvard, y había hecho su práctica en el Hospital de Niños St. Jude, en Memphis. Había varias fotografías enmarcadas del Dr. Bishop en las paredes, con varias celebridades, políticos y niños. El Dr. Bishop, un hombre recio y seguro con cabello rubio, se miraba muy feliz en las fotografías en las que aparecía con niños. Según las fotos, parecía tener una sonrisa cálida y acogedora.

"Revisando mis credenciales, por lo que veo," dijo el doctor en mención entrando a la oficina y cerrando la puerta. Se dirigió a Dexter y le dio la mano. "Dr. Orval Bishop. Por favor llámeme Buddy." Se sentó detrás del escritorio y le indicó a Dexter que se sentara.

"Me alegro conocerlo, Buddy," dijo Dexter. "Mi nombre es Dexter Beck."

Bishop asintió en reconocimiento. "Es un placer conocerlo finalmente, Sr. Beck. Supongo que la condición de la señorita Fisk es lo que más le preocupa, así que dejaremos las cortesías de lado." Bishop arregló algunos archivos en el escritorio. "Ella está en una de las habitaciones de recuperación. Había perdido mucha sangre, pero la repusimos fácilmente. Su herida entro limpiamente. La bala la atravesó completamente y nunca estuvo en peligro serio." Hizo una pausa para abrir la carpeta del expediente y mirar dentro de él. "Lo que nos preocupa es la infección, pero le estamos suministrando antibióticos por lo que el riesgo de infección es bajo." Miró a Dexter, quien estaba visiblemente aliviado. "Ella mostró preocupación extrema por haberlo decepcionado a usted. No por haber sido alcanzada por la bala, sino por tener miedo a morir y dejarlo solo." Bishop sonrió. "La baja anestesia es un gran suero de la verdad."

Dexter asintió. "Amo a la dama muchísimo. Y creo que ella me ama."

"¿Le gustaría sentarse con ella hasta que despierte?"

"Por favor."

El Dr. Bishop se levantó y dijo, "sígame Sr. Beck." Caminó fuera de la oficina con Dexter siguiéndolo. Caminaron por el pasillo, luego abrieron una puerta. Él se quedó atrás y le indicó a Dexter que entrara.

Megan yacía en la cama de hospital. Su hombro estaba vendado y una intravenosa colgaba al lado de ella, en la pared. Dormía, y tenía una arruga en su frente. Un mechón de cabello había caído sobre su frente. *Se ve tan pequeña y tan vulnerable*, pensó Dexter. Se sentía muy protector con ella, y en primer lugar, culpable de no haber podido evitar que fuera herida. Sus ojos de repente se humedecieron con lágrimas. *Mi engreimiento casi hace que la maten. Nunca más sucederá.*

El Dr. Bishop habló. "Dos cosas, Sr. Beck. Una, ella debe despertar en cualquier momento, y usted es bienvenido a quedarse con ella tanto cuanto quiera. Dos, ella puede irse tan pronto como sienta que puede hacerlo, pero necesitaré verla de nuevo en una semana. No puede ir donde un doctor habitual, porque es una herida de bala en una actividad gubernamental, y es ultra secreta. Los doctores habituales deben reportar las heridas de arma de fuego a la policía y es mucho más simple si los policías no están haciendo demasiadas preguntas. Estaré en mi oficina si me necesita."

Dexter se volvió para agradecer al doctor por todo, pero él ya se había ido. Dexter haló una silla hasta ponerse cerca de la cama de Megan y se sentó. Quitó el mechón de cabello de su frente y tomó su mano. Se acomodó para esperar a que despertara, preguntándose si el negocio de la seguridad era el correcto para él.

Maté varios hombres esta noche y no lo lamento. ¿Qué dice eso de mí? Por supuesto, una de esas muertes fue por venganza por ser la causa de que Megan fuera herida...pero en ese momento no lo sabía. Los maté, y no lo pensé dos veces. ¿Me hace eso malo?

Miró el rostro de Megan y se dio cuenta que su vida giraría alrededor de ella para siempre. No podía imaginar estar sin ella. Y no lo estaría, si tuviera que decir algo al respecto. Aún si tuviera que dejar la compañía para hacerlo.

Dexter bajó la mirada hacia la mano de Megan en la suya. Sus manos eran pequeñas y delicadas, hermosamente formadas. Casi como las manos de una artista. La besó y pensó en dejar el negocio de la seguridad.

De todos sus amigos, Misty sería la única que entendería. No quería arriesgarse a dañar a Megan, y no quería arriesgarse a dañarse él mismo por lo que eso le haría a ella. Irse no sería algo difícil de hacer, solo asunto de papelería…Las reglas generales de la sociedad que se habían creado hace años contemplaban una cláusula que si alguno de los socios decidía irse, los otros socios comprarían las acciones del socio saliente al porcentaje apropiado según el valor actual de la compañía. El socio saliente tenía opción a una pensión vitalicia de la compañía, o a comprar totalmente. El dinero proveería un modo de vida satisfactorio.

Por el lado personal, Dexter tenía problemas imaginando lo que Joey, Louie y Misty dirían si él escogiera dejar la compañía. Habían pasado la vida adulta entera juntos…

Fue sacado de sus pensamientos por un movimiento de la mano de Megan. Miró rápidamente su mano en la de él, luego miró a su rostro. Ella le sonreía.

"Hola, gran hombre," dijo ella suavemente.

Dexter se inclinó para acercarse más a ella. "Hola, ahí. ¿Cómo te sientes?"

Ella pareció pensar por un minuto. "Un poco atontada, pero estoy bien." Lo miró con preocupación. "¿Y *tú* estás bien?"

Él asintió. "Tuve miedo por un momento, pero cuando el Dr. Bishop dijo que estarías bien, eso fue bueno."

Ella le sonrió de nuevo, y sus ojos se ampliaron juguetonamente. "Hagámoslo de nuevo."

Misty entró al bar de McFeely e hizo una pausa ya adentro para mirar a todos lados. Usaba una camisa cerrada de cuello en forma de V, mangas cortas que mostraba su escote con gran ventaja para ella y una combinación de falda y pantaloncillos con tirantes largos delgados sobre sus hombros, que exponían sus piernas perfectamente formadas. Usaba zapatos acordonados altos con tacones de dos pulgadas en sus pies. Estaba parada con las manos en sus caderas, mirando a la multitud en la noche avanzada del sábado.

Caminando hacia el bar y tomando un banco, sintió cada mirada en el lugar sobre ella. Micki, la cantinera de Hank McFeely, comenzó a caminar hacia Misty, pero Hank le hizo señas y él se aproximó a Misty.

"¡Hola, bonita! ¿Estás aquí por el tipo?" preguntó Hank, en voz baja.

Misty asintió. "Hola, Hank. Sí, vine por él."

Hank miró sobre el hombro de ella hacia la entrada del bar. "¿Estás sola?"

Misty asintió de nuevo, luego sonrió al propietario del bar con aspecto de oso. "¿No crees que yo sea suficiente?"

Hank alzó sus manos en un gesto de "espera un minuto". "No quise decir nada con eso, Misty. Sólo trataba de calcular cuánto daño iba yo a tener. Me alegra que hayas venido sola. Joey podría haber volado el bar."

Misty se rio. "Hank, sabes que siempre es un accidente cuando él vuela algo."

Hank sacudió la cabeza. "Sólo digo. ¿Qué vas a tomar, bella dama?"

"Un Shirley Temple, por favor. Una dama tiene que conservar sus sentidos aquí, sabes."

"Viene en seguida."

Hank se volvió para mezclar la bebida de Misty. Dos hombres obviamente ebrios se acercaron al bar y la rodearon, sentándose en los bancos vacíos uno a cada lado de ella. Hank notó los hombres con el rabo del ojo, y sacudió la cabeza. *Espero de verdad que no les haga mucho daño.*

"¿Cómo te va, dulzura?" Dijo el hombre a la derecha.

Misty giró su banco para ponerse frente al hombre. Su mirada bajó rápido a sus piernas, luego subió a su rostro, luego a sus senos y de nuevo a su rostro. Tenía sudor en su frente, y se lamía los labios. Ella podía sentir los ojos del hombre detrás de ella recorriendo su espalda y su trasero.

Ignorando su repugnancia, le sonrió al hombre. "Estoy bien. ¿Cómo estás tú?"

"Eh," dijo él. "Ehh...yo y mi amigo nos preguntábamos si...ehh"

Ella puso el dedo de su pie derecho detrás del tobillo del hombre y lentamente comenzó a subirlo hasta la parte interior de su rodilla. "¿Se preguntaban qué?" Preguntó ella.

"Ahh...nosotros...," tartamudeó. Sintió la mano del hombre detrás de ella sobre su hombro. "Nos preguntábamos si podríamos...ehh...cogerte hasta sacarte el cerebro."

Misty haló abruptamente su pie derecho hacia el bar, haciendo que el hombre cayera del banco. Inmediatamente continuó con su pie izquierdo conectándolo al lado de la cabeza del sujeto mientras este caía. Cruzó su pierna izquierda sobre su rodilla derecha mientras el hombre caía inconsciente al suelo, haciendo parecerlo como un accidente que sucedió al cruzar sus piernas. Movió su mano izquierda hacia su boca, y dijo, "¡Ay, Dios mío!" Giró su banco hacia el hombre que había estado detrás de ella, girando su mano derecha para golpear fuertemente su sien mientras decía, "¡Oh, tu amigo!" El otro hombre perdió el equilibrio por el golpe "accidental", y cayó sobre la barra. Su cabeza hizo un sonido seco perceptible al golpear la barra y también cayó inconsciente al suelo. Misty continuó girando en el banco hasta quedar frente a Hank de nuevo, las piernas aún cruzadas y los codos sobre la barra.

"Oh, Hank, me temo que ha habido un terrible accidente," dijo ella en forma muy inocente. Hank se estaba riendo al poner su bebida frente a ella. "Accidente mi culo, pequeña traviesa. Haré que los saquen de aquí. Tu hombre está en el reservado de atrás. Ya lleva su tercer trago fuerte de ron."

"Gracias Hank," dijo Misty, modestamente. "Siento ser tanta molestia."

"No es problema, Misty. Sólo tenía curiosidad de cómo los manejarías. La forma más maldita que haya visto." Sacudió su cabeza, riendo al rodear la barra. Recogió a uno de los hombres tomándolo por las axilas y comenzó a arrastrarlo hacia afuera.

Misty tomó un trago, luego giró sobre el banco. Sus ojos recorrieron el salón, ubicándolos en el reservado trasero. Los reservados en McFeely's tenían respaldares altos que brindaban privacidad razonable, así que no podía ver al hombre sentado allí. Pensó que tal vez estaría sentado con su espalda contra la pared, teniendo el bar de frente. Escogió el camino entre las mesas y se bajó del banco, llevando su bebida en su mano izquierda. Mientras caminaba, su rostro se transformó mostrando una mirada vidriosa con un rostro suelto. Adoptó una forma de caminar que la hacía parecer como si se concentrara apasionadamente en cada paso que tomaba. Ocasionalmente, manos masculinas se extendían para tratar de agarrarla, pero ella tropezaba o se tambaleaba cada vez, haciendo parecer como si los había evadido por estar ebria. Al acercarse al reservado trasero, pudo ver que en efecto el hombre estaba sentado como lo había predicho. Usaba un sobretodo en forma de cobertor de polvo, y el la observaba acercarse con un interés evidente. Una mesa con cuatro hombres bebiendo cerveza estaba al otro lado del pasillo desde el reservado trasero. Misty formuló rápidamente un plan para capturar a su presa.

Se tambaleó cayendo sobre un hombre sentado directamente al otro lado del pasillo desde donde estaba el hombre hispano, con un trago aún en su mano izquierda. El hombre puso su brazo izquierdo alrededor de su cintura como ella había esperado que sucedería.

"Bueno, ¡miren muchachos! ¡Acabo de atrapar la diversión para esta noche!" Dijo el hombre a sus amigos. Miró a Misty y dijo, "¿Te invito un trago, cariño?"

Misty lo empujó mareada. "déjame en paz."

El hombre la sujetó más fuerte de la cintura. "Vamos, cariño, ¡no seas así!"

Tengo que sincronizar esto correctamente, pensó para sí misma.

"¡Basta!" Gritó ella. Puso su mano derecha en el hombro del hombre, encontró el nervio que buscaba y apretó. El brazo del hombre se adormeció y quedó inútil.

"¡Ay!" Gritó él.

Misty empujó al hombre mientras su brazo caía, haciéndolo parecer como si el hombre la había soltado al empujarlo. Dio un traspié cayendo sentada fuertemente en el reservado detrás de ella, derramando su bebida en el regazo del hombre hispano. El gritó "¡Mierda!" muy fuertemente, y comenzó a limpiar su pantalón muy enojado. Misty se volvió hacia el hombre, y puso un arma bajo su barbilla, apuntando hacia arriba. Él se paralizó.

"Quisiera presentarme," dijo Misty. "Mi nombre es Misty Wilhite, y estoy con Justice Security. Ahora, no quiero matarte más de lo que tú quieres morir...así que, de esta manera lo vamos a hacer. Tú vienes conmigo, tranquilo y con cuidado. Levanta tus brazos, por favor."

Al hombre no le gustaba. De hecho, lo odiaba. Dejó que Misty viera el odio en sus ojos. Pero levantó los brazos a la altura de su cabeza.

"Gracias," dijo Misty con una ligera sonrisa. "Ahora, sal del reservado y pon tus manos contra la pared, por favor. Despacio."

El hombre se deslizó lentamente saliendo del reservado y se paró. Se puso frente a Misty, lleno de odio."

"Veo algo en tus ojos que no me complace," dijo Misty. "Sinceramente espero que no planees hacer algo. Realmente no quiero hacerte daño." Ella sacudió la cabeza. "Tu jefe, Esteban Fernández, nos ha amenazado. Lo matamos hoy junto con todos los demás en la granja." Los ojos del hombre se ampliaron mientras Misty continuaba. "Uno más realmente no hará una diferencia, ¿No crees?" Luego ella miró los ojos del hombre y mostró una sonrisa fría y calculadora.

Era una de esas sonrisas con la que bastaba – el hombre parpadeó y apartó la mirada de ella y se volvió contra la pared, poniéndose en posición para ser revisado. Misty lo revisó rápidamente y con destreza, retirando dos pistolas automáticas, tres navajas de diferentes longitudes y un teléfono celular. Colocó los artículos en la mesa del reservado a medida que los encontraba, luego se volvió hacia el hombre que la había tomado por la cintura.

"Señor, su brazo volverá a la normalidad pronto. Me disculpo por usarlo de esa manera, pero era la única con la que podía capturar a este hombre sin hacer que las personas aquí fueran dañadas."

El hombre asintió en reconocimiento. "Señorita Wilhite, si yo la hubiera reconocido no la habría agarrado. Realmente lo siento."

Ella le sonrió al hombre. "No hizo daño, señor. Yo contaba con que usted haría eso, como puede ver. ¿Podría molestarlo pidiéndole un poco de ayuda ahora?"

"Seguro. ¿Qué puedo hacer?"

"¿Podría por favor ir a pedirle a Hank McFeely una bolsa plástica? Necesito algo para llevar las armas de este hombre."

El hombre asintió. "Ya regreso." Se alejó para buscar a Hank.

Misty regresó a su prisionero. "La mano derecha en la espalda, por favor." En su mano, Misty tenía un par de esposas con una cadena de dos pies de largo aproximadamente. El hombre puso su mano derecha en la espalda, y ella diestramente colocó una argolla en su muñeca. Ella levantó su mano entre los omóplatos, luego enrolló la cadena alrededor de su cuello dejando la argolla izquierda colgando.

"La mano izquierda en su espalda ahora." El hombre obedeció, apoyando su frente en la pared. Misty tomó su muñeca izquierda, la levantó entre sus omóplatos y colocó la otra argolla alrededor de ella.

"Ese es un truco que aprendí en Suramérica," le dijo ella al hombre. "Si bajas tus manos mucho, la cadena apretará tu cuello y te estrangulará. Te recomiendo de verdad que no bajes tus manos, porque no me voy a sentir con deseos de aflojar la cadena si eso pasa. Aún pasan imágenes por mi mente de aquellos adolescentes inocentes que asesinaste. Son imágenes persuasivas, te lo aseguro."

El otro hombre había regresado con una bolsa plástica enrollada. Se la dio a Misty, quien le agradeció. Ella sacudió la bolsa, puso su propia arma en la mesa del reservado, y colocó las pertenencias del hombre hispano dentro de ella. Se ató la bolsa a su hombro derecho y luego tomó su arma de nuevo.

"Hacia la puerta frontal, *amigo*," dijo ella.

El hombre hispano se paró erguido, se volvió, y comenzó a moverse hacia la puerta frontal del bar. Misty lo siguió a tres pasos detrás de él. Ella asintió a los clientes del bar. De repente, desde atrás de la barra, alguien comenzó a aplaudir. Otros tantos se le unieron mientras ella se dirigía hacia la puerta. Para cuando ella y su prisionero habían llegado al frente del bar, todos en el lugar estaban aplaudiendo. Unos aplaudían su desempeño, otros la captura que hizo de un hombre obviamente peligroso sin hacer que alguien más saliera dañado, y el resto porque estaban ebrios y querían ser parte de ello.

Hank estaba parado en la puerta de enfrente cuando Misty se acercó.

"Gran trabajo, hermosa. Pero tengo una pregunta," dijo Hank.

"Por supuesto, Hank," dijo Misty.

Hank quedó viendo su revelador atuendo pegado a la piel. "¿Dónde escondías el arma y las esposas?"

Misty le sonrió al viejo cantinero. "Una dama debe tener *algunos* secretos, Hank," dijo ella remilgadamente, y condujo a su prisionero afuera de la puerta.

CAPÍTULO 9

Jessica llegó a la escuela secundaria para encontrar a Charlie Li y a Jeff Ladd esperándola afuera de la puerta de entrada. Al salir del auto, los dos hombres la recibieron. El rostro de Charlie estaba imperturbable, pero el de Ladd estaba algo verde en las orillas y mostraba un ceño fruncido.

"Señora Queen, gracias por venir," dijo Charlie.

"¿Qué buena va a ser una secretaria para lo que está adentro?" Preguntó Ladd, en forma algo insolente.

No hay mejor momento que este, pensó Jessica. "Acabo de volverme una socia en la compañía. Ahora estaré realizando algunas asignaciones de campo, Sr. Ladd." Hizo una pausa momentánea para que digiriera lo dicho. "Espero que eso haga que usted lo apruebe," dijo ella sarcásticamente.

"Antes de que responda Sr. Ladd, déjeme darle un par de consejos," dijo Charlie. "He visto a la Sra. Queen dispararle a un sospechoso en la parte de atrás cuando ha respondido a un llamado como este. También la he visto descifrar misterios con la menor de las pistas. Tengo un gran respeto por la Sra. Queen. Y mientras yo esté presente, usted la vas a respetar igual."

"Bueno, seguro que la respeto," dijo Ladd. "Ella paga mi salario, ¿correcto, Charlie?"

Charlie miró a Ladd por un momento, luego asintió. "Muy bien."

Jessica miró a los dos hombres. *Algo sucede aquí que a Charlie no le gusta*, pensó. *No creo que tenga que ver con los perros, tampoco.* "Entonces, ¿qué ha sucedido, Charlie?" Preguntó ella.

Charlie pensó por un momento. "Sra. Queen, preferiría que lo viera por sí misma. Una vez que vea la evidencia, compararemos ideas."

Jessica asintió. Sabía cómo pensaba Charlie, y se dio cuenta que él había llegado a una conclusión de acuerdo a la escena, pero quería confirmación antes de dar su opinión. Ella no tenía problema con eso para nada. Generalmente

Charlie tenía razón, pero su vacilación en actuar de acuerdo a sus conclusiones siempre lo limitarían y no solo en Justice Security.

Ella se volvió hacia Ladd. "¿Tiene ideas Señor Ladd?"

"Oiga," contestó Ladd, levantando su mano en un gesto de "deténgase". "Yo sólo soy un empleado. No tengo opinión."

Jessica quedó viendo el suelo, respiró profundo, y miró a Ladd. "Sr. Ladd, usted no ha estado con nosotros lo suficiente, así que déjeme decirle cómo hacemos las cosas en Justice Security." Le hizo un gesto a Charlie. "Charlie ya ha visto lo que ha sucedido. Sé sin preguntarle que él ya revisó todo el equipo, examinó la evidencia más pequeña y formuló un plan de ataque. Sólo espera que yo le eche un vistazo a la escena y que formule mis propias opiniones. Una vez que eso se haga, decidiremos, como equipo, que haremos y actuaremos como corresponde. Usted es parte de este equipo también y se espera que tome acción. Necesitará usar su cerebro tanto como su "condición de empleado". Así que, me gustaría que pensara en la evidencia y formule algunas ideas. Podría terminar salvando a un cliente, a un compañero de trabajo o a usted mismo de morir innecesariamente. Así que, mientras estamos adentro y reviso la escena, usted estará pensando. Formulará una opinión y la *ofrecerá* cuando discutamos la situación. ¿Está claro, Señor?"

Mientras Jessica hablaba, el rostro de Ladd había pasado de asombro a escepticismo, a ira, y volverse blanco. "Sí, Señora."

"Charlie," dijo Jessica. "Quiero entrar primero, por favor. Dame direcciones."

"Gire a la izquierda tan pronto como entre. Verá el gimnasio. Los perros están en la perrera en la sección de los casilleros. Es a la derecha antes de entrar al gimnasio. Yo estaré detrás de usted." Él levantó el rifle tranquilizador que había tenido alineado con su pierna y que Jessica no había notado.

"¿Por qué tienes eso?" Preguntó ella.

"Es simplemente una precaución," contestó Charlie.

Jessica abrió la puerta y entró a la escuela. Miró alrededor orientándose, luego tomó a la izquierda. Vio la puerta hacia la sección de los casilleros y entró con cautela. Charlie estaba a dos pasos detrás de ella, con el rifle listo. Ladd sacó el arma que tenía detrás. La escena ante ella le dio asco y la atemorizó e hizo que suspirara por la sorpresa.

"Bueno, esa es la descripción del empleo, Patti," dijo Joey. "¿Aún interesada?"

Patti vacilaba. El trabajo era más complicado de lo que ella había anticipado. La mayoría de los asuntos de oficina eran manejados en el área de oficinas de abajo, con excepción de los expedientes secretos. Su trabajo era en su mayoría coordinar a los operarios, programar y hablar a los clientes y empleados, y dirigir las actividades diarias de la compañía. También era responsable de tomar decisiones relacionadas con la compañía si todos los socios tenían asignaciones o estaban afuera. Era una enorme responsabilidad porque vidas dependerían de sus decisiones. Sin embargo el salario y los beneficios eran enormes, con la opción de tener un apartamento en el quinto piso. También tendría acceso a uno de los laboratorios de fotografía más grandes y mejores en Norte América que iba con lo fotógrafa que ella era.

Tomó su decisión y asintió a Joey. "Lo tomo."

Joey le sonrió. "Entonces, su trabajo comienza ahora. Puesto que estamos a medianoche del sábado por la noche, me gustaría que fuera al quinto piso y seleccionara un apartamento, si quisiera vivir en el edificio. Una vez que lo seleccione, está fuera de servicio hasta mañana por la mañana. Lo primero que debe hacer mañana, sin embargo, es ponerse en contacto con los Gunther y los King, y decirles que tenemos información sobre su caso, y que por favor vengan a la oficina el lunes por la mañana a las diez. Jessica comenzará a entrenarla completamente muy pronto, así que sólo quiero que ponga empeño y vigile. De esa manera aprenderá más." Le sonrió de nuevo. "Bienvenida a bordo, Patti Hoehn."

"Gracias, Joey. Trataré de no decepcionarlo."

"De ninguna manera, señora. Ahora largo."

Patti sonrió, se levantó y dejó la sala, dejando solo a Joey.

Joey se sentó en la quietud, pensando para sí mismo. Él y sus amigos habían andado un largo camino juntos desde que formaron la compañía. Desde que él había tenido la idea de una compañía de seguridad, sus amigos habían insistido que le pusieran su nombre y que él fuera la cabeza de la empresa. Habían comenzado con una oficina alquilada y sólo ellos cuatro, y sólo con trabajo duro y mucha suerte, se había expandido hasta volverse esta empresa enorme que incluía cerca de quinientos clientes en cualquier tiempo dado. El punto de cambio había sido la introducción de contratos gubernamentales que habían sido muy buenos. Aparentemente, eran lo suficientemente buenos para que la CIA y dos presidentes los escogieran para llevar a cabo operaciones clandestinas que había resultado ser muy lucrativas.

Las responsabilidades eran apabullantes, y había llegado el tiempo de agregar más socios para que compartieran la carga de trabajo. Jessica era una buena opción, puesto que tenía experiencia en tomar decisiones duras y correctas. Megan también era una muy buena opción. Podía encargarse de la seguridad computarizada y del monitoreo electrónico y aliviar a Dexter de algunos de esos dolores de cabeza particulares. Megan había realizado algunas asignaciones de campo antes de esta noche, y sólo fue mala suerte que ella recibiera una bala.

Las circunstancias de la herida de Megan condujeron a Joey a los eventos de hoy. Todos habían sabido que no era inevitable hacer un enemigo de alguien de la talla y habilidad de Fernández. Habían tenido suerte en extremo...si no hubieran matado a Fernández en el momento que lo hicieron, ninguno de ellos habría estado seguro durante mucho tiempo.

Pasó sus manos por su rostro. Dios, estaba cansado. Se preguntaba en dónde estaban sus amigos, y se preocupaba por su seguridad. Más que nada, se preocupaba por Misty y pensaba en cómo habría reaccionado si ella hubiera sido la herida en lugar de Megan. ¿Habría sido capaz de concentrarse en contestar preguntas tan confiada y calmadamente como lo había hecho Dexter? No tenía la paz interior ni el control que mantenía a Dexter cuerdo...

Joey se levantó y comenzó a pasearse. ¿Dónde estaba Misty? Ya debería estar de regreso ahora. ¿Iba Louie a estar bien el martes por la noche? ¿Cómo iba a reaccionar Dexter a la aceptación de Jessica a ser socia, y se sentiría bien en ofrecerle una sociedad a Megan? ¿Le iba bien a Jessica con el problema de la exposición canina?

Se sentía como la mamá de los pollitos. Se rio para sí mismo. Todos sus amigos estaban bien entrenados y eran buenos en lo que hacían. No debería estar preocupándose.

¿Pero por qué tenía la sensación de que algo no estaba completamente bien?

Louie llegó al edificio del FBI en el momento en que Megan se vestía para salir. Dexter, caballero como siempre, la esperaba en la sala de espera médica.

"Louie, gracias por venir," dijo Dexter. "Ella va a estar bien."

"Esas son buenas noticias, amiguito," contestó Louie. "Siento que me haya tomado tanto venir aquí. Debo decirte lo que está sucediendo." Louie se sentó. "Marcus se llevó toda nuestra información y salió para Washington. Regresará el martes. Charlie Li llamó y dijo que hubo un problema en la exposición canina...Dijo que algunos de los perros fueron muertos. Jessica tomó eso, y aceptó la sociedad que le habíamos ofrecido tiempo atrás. Los papeles estarán listos el lunes. Y promovimos a Patti a la posición anterior de Jessica.

"¡Eso es grandioso! Definitivamente podemos usar la ayuda de Jessica."

"Eso no es todo Dex." Louie hizo una pausa momentánea. "Ahora, quiero que te calmes con esto, ¿de acuerdo?"

"¿Por qué, Louie?"

Louie espiró muy hondo y luego expulsó el aire. "Joey quiere hacer a Megan una socia también."

"¿De verdad?" dijo Megan desde atrás de él. "¿Yo?"

Ambos hombres estaban sorprendidos y miraron a Megan. Ella estaba caminando por sí sola, pero el Dr. Bishop caminaba al lado de ella, listo para estabilizarla en caso de que ella lo necesitara. Su brazo estaba en un cabestrillo, y era obvio que su hombro dolía, pero la emoción en su rostro era muy obvia.

Dexter miró a Louie, su rostro estaba impasible. *Déjaselo a Joey*. Pensó Dexter. *Se manifiesta cuando se necesita, pero nunca cuando se espera. Asumo que mis preocupaciones apenas comienzan.*

"Se suponía que tú no deberías oír esto aún, chica," dijo Louie. "Primero iba a conversarlo con Dex, primero."

"Dexter, ¡esto es una cosa de Dios!" Dijo Megan. "¡Tus preocupaciones sobre nosotros para que estemos juntos estarán resueltas! ¡Y estoy más que lista para patear los traseros de más chicos malos!"

"Pienso que puedes querer sanar un poco primero, Megan," dijo el Dr. Bishop. "Si te esfuerzas demasiado, podrías tener complicaciones. Sin mencionar el dolor que sentirás cuando pase el efecto de los medicamentos."

Megan miró tímidamente al suelo, y dijo, "Sí, doctor." Luego miró con timidez a Dexter y parpadeó.

Dexter le dijo a Louie mientras le hacía gestos a Megan, "¡Miren esto! ¡Ella es alcanzada por un disparo y ya se cree Rambo!

Louie sonrió y sacudió la cabeza. "Es *tu* chica. Buena suerte con eso." Se paró. "¿Estarán bien ustedes dos? Necesito ir a dormir. Tengo que pasar mañana y el lunes entrenando seriamente." Miró a Dexter. "¿Crees que puedes darme una mano con eso? ¿Y crees que tú y Turk podrían estar conmigo en mi esquina?"

"Seguro, gran hombre," dijo Dexter. "Estaré contigo mañana, y nos pondremos intensos."

"¿Puedo ir yo también?" Preguntó Megan.

Dexter y Louie la quedaron viendo y luego entre sí. Louie encogió los hombros.

"No tengo problema, si Dexter no lo tiene."

"Si sientes deseos de hacerlo, Megan. Sólo no quiero complicaciones, como dijo el Dr. Bishop."

Su rostro se iluminó con una sonrisa. "Prometo tener cuidado, Dex."

Dexter, resignado, sacudió la cabeza. "Vamos a casa, amigos."

Misty llevó a su prisionero a las celdas localizadas en el Segundo nivel subterráneo. El hombre obviamente tenía dolor por mantener sus manos en la misma posición.

Había dos hombres en turno de guardia, y ambos se pararon cuando Misty se acercó.

"Hola, señora Wilhite," dijo el primero. "¿Qué nos trae?"

"Hola, caballeros," contestó Misty. "Este hombre solía trabajar para Esteban Fernández y es uno de los que dispararon en la masacre del apartamento la semana pasada." Empujó al prisionero hacia los dos hombres. "Por favor, enciérrenlo. Joey va a querer hablar con él en algún momento mañana, luego se lo daremos al FBI." Ella se volvió para irse, pero luego regresó como si hubiera recordado algo. "No le hagan *mucho* daño. Lo queremos coherente cuando hablemos con él. ¿Está bien?"

Los hombres asintieron, sonriendo. El prisionero tuvo una mirada de miedo breve en su rostro, luego esta se le puso blanca.

Cuando ella se fue hacia arriba a dormir, les dijo a los hombres, "Y asegúrense de que mis esposas me sean regresadas, por favor. Gracias, caballeros, y buenas noches."

La sección de los casilleros olía a sangre y a excremento. Partes de perros yacían regadas por todas partes como si la estancia fuera un matadero. Perros más pequeños como caniches y los chihuahuas se veían como si hubiesen sido partidos a la mitad y de nuevo por la mitad. Razas más grandes tenían los estómagos muy abiertos y los cuellos destrozados. Sangre y entrañas estaban por todas partes.

Había seis perros aún con vida, llenos de miedo y gimiendo en sus perreras. Dos caniches, un pastor escocés, un pastor alemán y un buldog inglés (que previamente había orinado la pierna de Dexter), y un enorme mastín bull eran los seis perros en las jaulas. Las jaulas tenían palancas simples que quitaban los cerrojos y se abrían cuando estas pequeñas palancas eran empujadas hacia abajo. Todas las jaulas tenían candados en las palancas excepto la jaula del mastín bull.

Jessica se esforzó por no vomitar. Tenía que cubrirse la nariz y la boca con la mano para evitar que el contenido de su estómago no subiera sin invitación hasta su garganta. Respiró varias veces para poder tener el control de sí misma. Una vez hecho eso, empezó a examinar la carnicería. Notó que muchos de los animales parecían haber sido devorados aparte, algunos lentamente, otros rápidamente. Las muertes fueron salvajes e insensatas.

Al inspeccionar la escena, notó los candados en las jaulas de los perros vivos. También notó que ninguna de las otras jaulas tenía candados.

"¿Me pregunto por qué el mastín no fue atacado?" Se murmuró a sí misma. "Tal vez era muy grande para el atacante…" Se esforzó en tomar pasos cautelosos hacia adelante. "Charlie, esto luce como el ataque de un animal."

"Sí, así es."

"Pero nada parece haber sido devorado, solo muerto. ¿Qué clase de animal es tan salvaje y no devora a su presa?" Se preguntó en voz alta. *¿Y estará aún aquí?*

Jessica se volvió hacia los dos hombres abruptamente. "Ya vi bastante. Señor Ladd. ¿Alguna opinión?"

El rostro de Ladd estaba blanco pero sus ojos estaban determinados. "Señora, a mí también me parece como el ataque de un animal. Pero no me pregunte qué clase, no tengo idea."

Jessica asintió, como tomando una decisión. "Entonces todos estamos de acuerdo. Sr. Ladd, por favor permanezca aquí. Resguarde a los animales vivos, pero *¡manténgase alerta!* Hasta que sepamos que mató a estos animales, y cómo entró aquí, todos estamos en peligro. Charlie y yo iremos a revisar el video de seguridad. Manténgase en contacto con nosotros por el radio."

Ladd sacó su arma y asintió. "Sí señora. Los mantendré vivos."

"Eso va para usted también." Se volvió hacia Charlie. "¿Listo?"

Charlie asintió.

Dejaron el lugar de los casilleros.

"¿Dónde tienes los DVRs?" Preguntó Jessica.

"Están en la oficina central de la escuela," contestó Charlie. Hizo señas hacia el pasillo. "Es por acá."

"¿Has revisado alguna de las grabaciones?"

"No señora Queen. Los llamé en cuanto encontré a los perros, y saqué a Ladd inmediatamente. Sentí que esperar el apoyo era aconsejable."

"¿Has llamado al cliente?"

"¿Burt Oakley? No."

Jessica asintió, y sacó su teléfono celular mientras caminaban. Cuando llegaron a la oficina central de la escuela, Charlie le abrió la puerta. Ella entró, y Charlie siguió hacia un closet con llave. Sacó llave a la puerta. El closet tenía varios estantes que contenían cuatro monitores y cuatro DVRs. Los DVRs estaban todos en el estante de abajo, a la altura de la cintura. Había un monitor sobre las grabadoras, dos monitores en el estante superior y el último estaba en el estante más alto.

Mientras Charlie preparaba las grabaciones para revisarlas, Jessica marcó el número de Oakley. Después de varios timbrazos, una voz soñolienta contestó.

"¿Hola?"

"¿Sr. Oakley?"

"Soy Burt Oakley."

"Sr. Oakley, soy Jessica Queen de Justice Security."

"Justice... ¿Qué diablos? ¡Son las tres y diez de la mañana!"

"Me doy cuenta de eso, Sr. Oakley. Hay un problema serio aquí en la escuela y quería hacérselo saber. Realmente creo que debe venir aquí."

"¿Problema? ¿Qué sucede? ¿Dónde está Beck?"

"El Sr. Beck no está disponible. Yo me haré cargo del asunto. Sin embargo necesito de su presencia aquí inmediatamente. Si no hay transporte disponible para usted a esta hora, puedo hacer que personal de la compañía lo recoja. En cualquier caso, debo tenerlo a usted aquí."

"¿Cuál es el problema, Sra. Queen? ¿No puede esperar hasta más tarde? ¡La maldita exposición canina es hoy a las nueve!"

"Sr. Oakley, no habrá exposición hoy."

"¿Qué? ¿De qué diablos está usted hablando?" Oakley se estaba agitando y hablando fuerte.

"Sr. Oakley, no trataré esto por teléfono. ¿Cuándo puede estar usted aquí, señor?

Oakley se quedó en silencio por un momento. "Dentro de media hora. Y es mejor que sea algo importante, señora." Colgó.

Jessica colgó su teléfono con tapa y le dijo a Charlie, "No suena como un hombre agradable."

Charlie se rio. "El señor Oakley no es el cliente más paciente y cooperativo que hayamos tenido."

"Estará aquí en media hora. ¿Estás listo?"

"Todo listo."

El monitor del fondo se encendió. La imagen mostraba las perreras en el espacio de los casilleros, la cámara enfocada hacia abajo, obviamente montada cerca del techo. Los diferentes perros estaban todos seguros en sus jaulas, comiendo, durmiendo, jadeando o masticando tiras de carne cruda o jugando con juguetes proporcionados por el organizador de la exposición. Todo estaba apacible.

Después de dos minutos de ver a los pacíficos perros, Jessica dijo, "Charlie, ¿podemos saltarnos algo?"

"Por supuesto." Charlie manipuló los controles del DVR. "Estamos saltando hasta hace dos horas, aproximadamente a la una a.m."

Cuando el monitor encendió de nuevo, la carnicería que habían visto temprano estaba casi completa. Los perros que habían visto vivos atrás estaban llenos de miedo o ladrando en sus jaulas, parándose con patas tiesas en sus jaulas. Un Doberman que se desangraba se deslizó hasta quedar en foco en el corredor central como si hubiera sido empujado. A lo largo de su cuerpo se podían ver marcas de arañazos y mordidas. Lentamente se enderezó y sacudió su cabeza como tratando de aclararla. Luego gruñó, con las orejas abajo y los dientes expuestos, enfrentando algo fuera de foco a la izquierda.

"Sra. Queen, ¡mire!" Charlie apuntó hacia una de las jaulas más grandes. "¡El Mastín no está allí!"

En la pantalla, como si fuera el momento justo, el enorme mastín bull que habían visto en su jaula temprano, caminó lentamente hasta quedar en foco.

Su cabeza estaba hacia abajo y sus ojos enfocados en el Doberman. Los perros se quedaron viendo fijamente el uno al otro por un momento, el Doberman gruñendo. Luego, el Doberman saltó hacia el mastín. El mastín, como tomando el tiempo del salto del Doberman, extendió su garra poderosa y atrapó la cabeza del Doberman. Mordió duro. Los ojos del Doberman brotaron por la presión, la sangre chorreaba de sus orejas y boca, y su cabeza colapsó visiblemente. El mastín soltó el cuerpo del Doberman, luego comenzó a desgarrar salvajemente al perro muerto, sacudiendo su cabeza para desgarrar carne del cuerpo del otro perro, y regar los pedazos por toda la sección de los casilleros.

Jessica sintió que el contenido de su estómago subía de nuevo al observar como el frenesí del mastín se reducía. Luego este se sentó, sin daño, y comenzó a lamer la sangre de su hocico y sus patas para limpiarse. Cuando el perro estaba satisfecho con su aseo, se levantó, fue a su jaula y cerró la puerta con su pata detrás de él.

Jessica tragó saliva, dos veces, y respiró profundamente varias veces para controlarse. Luego le preguntó a Charlie, "¿Cómo se salió de su jaula?"

Charlie, con rostro pálido, rebobinó la grabación digital. La detuvo cuando el temporizador indicaba las once y treinta.

Todo estaba tranquilo en la habitación de los casilleros. Sus ojos estaban fijos a la jaula del mastín. Este estaba echado con su cabeza en sus patas, y continuó así por algunos momentos. Al estar viendo, el mastín levanto sus orejas y su cabeza, y sigilosamente miró alrededor a los otros perros. Tomó una de las tiras de pellejo crudo y se volvió hacia la parte trasera de su jaula, sosteniendo la tira en su hocico como si fuera un cigarro. Manipuló la tira a través de las barras de la jaula, encontró la palanca de liberación, y la empujó hacia abajo con la tira. La puerta de la jaula se abrió inmediatamente. Luego se aproximó a la jaula que estaba a la par de la suya, alzó la pata, y abrió la puerta. El ocupante de la jaula, un Poodle caniche, le ladró al enorme perro. El mastín se apoyó en la jaula, tomó al poodle con el hocico, y casualmente lo partió en dos.

"No lo creo," dijo Jessica con sorpresa. "¡Usó una herramienta para abrir su jaula!"

"Eso explica por qué los otros cinco perros están vivos," dijo Charlie. "No puede abrir las jaulas con candados."

"Pero los mastines bull son perros calmados, hasta buenos con los niños," contestó Jessica. "¿Por qué este es tan agresivo?" Entonces, se le cruzó un pensamiento que le dio escalofríos. Asió el brazo de Charlie. "¿Tenemos aún una transmisión en vivo de la habitación de los casilleros?"

Los ojos de Charlie se abrieron ampliamente alarmados. "¡Ladd!" Presionó el botón de encendido del monitor en el estante más alto. Se encendió.

Ladd estaba sentado en un banco en la perrera improvisada, su radio estaba en pedazos, el arma en la banca a su lado, y su espalda hacia las jaulas. La jaula del Mastín estaba vacía.

Dos hombres estaban parados en la esquina de la Tercera Calle y Derrington, en el corazón de Hooker Hollow. El edificio frente al cual estaban parados había sido un gran hotel una vez, pero su fachada tenía hendiduras y la pintura estaba pelada, con ventanas entabladas y grafiti en sus paredes, y ahora sólo vivían adictos a la metanfetamina y al crack. Los hombres usaban abrigos largos del tipo guardapolvo, y miraban furtivamente por toda el área a las prostitutas que quedaban en las calles con sus manos dentro de los bolsillos de sus abrigos. A las tres y treinta de la mañana, la actividad en el Hollow estaba disminuyendo, aunque no estaría totalmente tranquilo hasta el amanecer.

Una prostituta comenzó a acercarse a los dos hombres, pero uno de ellos le gritó una advertencia de alejarse. Ella los insultó y se dio la vuelta. Uno de los hombres miró su reloj y dijo algo en voz baja al otro hombre. Ambos comenzaron a ver a las pocas personas a su alrededor como si esperaran ver a alguien.

Desde la puerta del hotel detrás de ellos, se oyó una voz.

"Pablo. Jesús."

Los dos hombres se volvieron hacia el sonido de la voz. Félix Juárez salió de la oscuridad e hizo señas a los dos hombres para que lo siguieran. Los dos hombres siguieron a Félix hasta dentro del edificio hacia una habitación en el primer piso. Félix cerró la puerta detrás de ellos.

"¿Dónde está Pepino?" Preguntó Félix.

Jesús, el hombre a la derecha, contestó, "Ha sido capturado, *Señor* Juárez. Acabamos de oírlo."

"¿Capturado? ¿Quién lo ha capturado?"

"Nos dijeron que fue una mujer," dijo Pablo. "La dama cantinera calle abajo dijo que el nombre de la mujer era Misty Wilhite."

"¿Fue capturado por una mujer?" Preguntó Félix sin creerlo. "*¿Una mujer?*"

Ambos hombres asintieron.

"¿Cuándo sucedió esto?" Preguntó Félix.

"Hace aproximadamente dos horas, *señor*."

"Está bien, Félix," dijo Esteban Fernández, entrando a la habitación. Los otros hombres estaban sorprendidos, y comenzaron a verse asustados e incómodos. "Sólo abre mi apetito de destruirlos." Se volvió hacia los dos hombres. "Tenemos bastante trabajo que hacer, amigos míos. La pelea del campeonato es el martes por la noche en el centro de convenciones de esta ciudad. Toda Justice Security estará allí para esta pelea. Esto es lo que vamos a hacer... ¡Y debe hacerse sin fallas!"

Jeff Ladd estaba sentado en una banca de la sección de casilleros, tratando de hacer que su radio funcionara. Había dejado de transmitir, así que lo había puesto aparte para buscar cualquier problema obvio. No había mencionado que no trabajaba a ninguno, ni a Charlie ni a esa mujer Queen, porque no pensó que necesitara hacerlo, y no era algo serio. Cualquier cosa que fuera lo que mató a estos caninos, se había ido hace mucho, y le molestaba estar de guardia en una morgue canina.

Mientras miraba el interior de su radio, sus pensamientos se volvieron hacia otras cosas. Esa mujer Queen, ahora...ya era bastante malo con ella llevando la batuta al no estar los socios de la compañía presentes, ¡pero ahora *ella* era una socia! No creía que podía soportar su sarcasmo, y ella siempre lo hacía sentir como que no era lo suficientemente listo para hacer este trabajo, con sus pequeñas burlas como las que hizo hoy temprano. Había trabajado con Dexter Beck antes, y con Joey Justice...y ninguno de ellos lo hizo sentir como idiota. Tal vez ya era tiempo de tomar ese empleo que Jim Dandy Security le había ofrecido...

Ladd escuchó un ligero ruido, pero no le puso mucha atención. Sonaba como que uno de los perros se estaba acomodando en su jaula. Regresó a su radio. ¿Qué estaba *mal* con la maldita cosa?

Un movimiento frente a él lo hizo volver la mirada. El mastín bull estaba más o menos a tres pies frente a él, moviendo su cola y jadeando. El perro era enorme pero a Ladd siempre le habían gustado los perros grandes.

"Hola, perrito," dijo él. "¿Cómo te saliste de tu jaula?"

El perro continuó jadeando, y juguetonamente se agachó sobre su parte trasera. Ladd bajó el radio y lo puso sobre la banca a su lado, luego extendió su mano, con la palma hacia abajo.

"Ven aquí, cachorro," dijo Ladd. "Ven acá, perrito."

La verdad es que el mastín le hizo una mueca a Ladd mientras saltaba sobre él, luego le destrozó la garganta.

Charlie tomó el rifle tranquilizador, y Jessica marcó el número de Justice Security en su celular mientras corrían desde la oficina.

"Justice Security, Tony Armstrong."

"Tony, soy Jessica Queen. Estamos en la exposición canina. Necesitamos apoyo *ahora*. Y policías... ¡Muchos policías!" Ella colgó. "Charlie, ¿qué tan fuerte es ese tranquilizador?"

"Lo suficientemente fuerte para dominar a ese monstruo."

"No lo suficientemente bueno. Prepárate para matarlo si tenemos que hacerlo."

"Sí, señora Queen."

Jessica sacó su arma y junto a Charlie se detuvieron frente a la puerta de la sección de casilleros. La puerta se abrió, a manera de no preocuparse de que el mastín escapara...aunque el perro había usado una herramienta para abrir la jaula, la tira de pellejo no era lo suficientemente fuerte para abrir la puerta haciendo palanca con ella.

Se quedaron parados a ambos lados de la puerta.

"Charlie, tú tienes el rifle. Tu apunta a lo alto y yo lo haré a lo bajo. Dispárale si lo ves. Si tenemos que entrar, lo hacemos espalda con espalda para que podamos ver a nuestro alrededor," dijo Jessica.

"No me avergüenza decir que este perro me asusta, Sra. Queen. Muestra inteligencia más allá de la inteligencia de un animal normal."

Jessica asintió. "Estoy de acuerdo contigo, Charlie. Actuemos como si fuera una persona. Estate listo para cualquier cosa."

Charlie asintió.

"¿Listo?" Preguntó Jessica.

Charlie asintió de nuevo. "Hagámoslo."

Jessica se agachó, con el arma apuntando hacia arriba y tomada con ambas manos. Charlie abrió a codazos la puerta del salón de los casilleros, apuntando su rifle adentro. Jessica bajó su arma, también apuntando adentro. El mastín no estaba a la vista. Ladd yacía en el suelo aproximadamente a diez pies de ellos. Su garganta no estaba, y sus intestinos estaban regados a su alrededor. Estaba en un charco de su propia sangre.

Jessica apretó los ojos y respiró hondo, y dijo una oración silenciosa por el hombre caído. De nuevo contuvo el deseo de vomitar. Otro hombre caído por su culpa...pensaría sobre eso más tarde.

"¿Ves algo?" Le preguntó a Charlie.

"No."

Jessica se levantó. "Muy bien, Charlie. Adentro, lento y con cuidado. Mantente alerta, amigo mío."

"Usted también, señora."

Comenzaron a entrar espalda con espalda, caminando de lado.

El mastín los observaba desde su escondite. Respiraba suavemente, por su nariz, como para no delatarse. Tomaría a la mujer primero. El hombre estaría más difícil.

Mientras avanzaban con lentitud, caminando de lado y tratando de ver a todos lados al mismo tiempo, se acercaron al cuerpo de Ladd.

"Muy bien, Charlie, ¿Quién va a revisar si Ladd está aún con vida?"

"Normalmente sería el oficial superior de turno. Pero, lo haré yo."

"Gracias. *¿Dónde está ese monstruo?*"

"No lo sé, pero me estoy agachando tratando de encontrarle el pulso." Charlie sostenía el tranquilizador contra su pecho mientras se agachaba junto a Ladd.

Jessica se mantuvo parada a su lado, tratando desesperadamente de encontrar a la bestia enorme por todas partes. Se paralizó. Un ruido pequeño, casi demasiado bajo para captarlo, la hizo ver hacia arriba.

El mastín estaba sobre una fila de casilleros de ocho pies de alto. En lo que los ojos de Jessica captaron los del perro, este saltó sobre ella desde una distancia de sólo unos pies. Jessica lo evadió, rápidamente. El mastín, buscando la parte superior de su cuerpo, falló por menos de una pulgada. Salió corriendo pasando cerca de Charlie, quien aún estaba agachado al lado de Ladd, cayendo sobre el piso del salón. Al caer, patinó sobre la sangre regada y golpeó levemente los casilleros al otro lado del salón.

Jessica gritó, "¡Cuidado, Charlie! ¡Dispárale!" mientras Charlie gritaba, "¿Qué diablos?" El mastín recobró su equilibrio, pero antes de poder girar y arremeter contra ellos de nuevo, Charlie apuntó, y le disparó al animal el dardo tranquilizador. El dardo alcanzó al perro en el hombro, pero este era tan enorme, que el tranquilizador no parecía afectarlo. Jessica tenía su arma apuntada a la cabeza del perro. El perro giró, con la cabeza baja, y quedó viéndolos a ambos. Jessica notó una inteligencia grande en sus ojos.

"Ve a dormir, perro." Dijo Charlie.

"Voy a tener que dispararle, Charlie," dijo Jessica.

Charlie asintió. "Entonces mate al hijo de puta, Sra. Queen."

El perro, como si hubiera entendido las palabras, volvió su cabeza hacia Charlie, se sentó y luego saltó sobre él. En lo que el perro brincó, la puerta de entrada se abrió de repente. Burt Oakley vio a Jessica apuntando su arma hacia el mastín y gritó, "¡Noooo!". Jessica le disparó al mastín dándole entre los ojos mientras las sirenas sonaban más fuerte a la distancia.

"¿Entienden todos lo que se debe hacer?" Preguntó Fernández.

Jesús, Pablo e incluso Félix asintieron.

"Bien. He hecho llamadas. Pablo, tú y Jesús se van a encontrar con un caballero aquí en la Hollow esta mañana a las once. Él tendrá la mercadería que necesitamos. Ustedes la van a traer aquí mientras tanto." Se volvió hacia Félix. "Tú, mi amigo, te encontrarás con nuestro hombre de City Hall y recogerás los planos del centro de convención." El rostro de Fernández comenzó a ponerse como de tiburón de nuevo. "Haremos dos cosas el martes por la noche. ¡Mataremos a nuestros enemigos, y le vamos a mostrar a la ciudad lo que es tener una verdadera celebración!"

Cuando Joey llegó a la escuela secundaria, contó al menos siete autos de policiales, las luces destellaban. Se habían formado barricadas y los policías se paseaban por todos lados detrás de las barricadas. Debido a lo temprano de la hora, no había curiosos que los policías tuvieran que alejar.

Joey aparcó su auto y caminó hacia las barricadas. Le mostró su identificación al patrullero allí, y se le indicó entrar. Entró a la escuela, y vio a un policía vestido de civil que conocía. Preguntó qué dónde estaba su gente, y le dijeron que estaban en la oficina central. El policía señaló la dirección.

Al llegar a la oficina, había varios oficiales de civil parados. Charlie les mostraba el arreglo de los videos de seguridad a algunos de ellos, mientras que Jessica y el resto de los oficiales estaban alrededor de un hombre sentado. Jessica vio a Joey, y lo abrazó encarnizadamente. Él le regresó el abrazo y ella comenzó a llorar. Uno de los oficiales saludó a Joey, luego se volvió de nuevo hacia el hombre sentado.

"Sr. Oakley, ¿Puede decirnos a quien pertenece el mastín?" Preguntó el policía.

Burt Oakley estaba sentado en una silla, mirando hacia la nada. Él asintió contestando la pregunta, "A mí."

"Sr. Oakley, tiene derecho a guardar silencio. Cualquier cosa que diga puede ser usada en su contra en una corte de ley. Tiene derecho a un abogado. Si no puede pagar uno, se le asignará uno sin ningún costo para usted. Tiene derecho a tener un abogado presente durante el interrogatorio. Tiene derecho a terminar esta conversación en cualquier momento con sólo decirlo. ¿Entiende estos derechos tal y como se los he expuesto?"

Oakley asintió.

¿Contestará mis preguntas?"

De nuevo, Oakley asintió.

"¿Por qué estaba su perro aquí, Sr. Oakley?"

Oakley, aun viendo a la nada, dijo, "Lo había incluido en la exposición canina."

"¿Sabía que era agresivo?"

"No. Pensé...No."

"¿Pensó que podía volverse agresivo?"

Oakley estaba callado.

"¿Sr. Oakley? ¿Entendió la pregunta?"

Oakley asintió.

"Un hombre ha muerto, Sr. Oakley, muerto por su perro. De nuevo, ¿sabía que el perro podía volverse agresivo?"

Joey miró a Charlie, porque no sabía que alguien hubiese muerto. Charlie asintió, y articuló el nombre "Ladd" a Joey. Joey sacudió la cabeza. *Con razón Jessica está tan alterada.*

"Pensé que él era el seguro de todos," dijo Oakley.

"¿El seguro? ¿Qué significa eso?" Preguntó el policía.

Oakley no se había movido, excepto para asentir con la cabeza. Estaba desplomado en la silla, con una lágrima silenciosa bajando por su rostro. Su voz era disonante mientras hablaba. *Probablemente se da cuenta que su vida está arruinada*, pensó Joey.

Oakley comenzó a hablar.

"He estado asociado a las exposiciones caninas toda mi vida, ya sea asistiendo a ellas, u organizándola o registrando perros. Es un negocio de competencia despiadada. Los perros son engendrados simplemente para tener ganancias. Tienen que verse lo mejor posible, comportarse de la mejor manera y ser los más listos...Nunca tuve un perro que ganara algo, ¿sabe?"

El policía, percibiendo sabiamente que Oakley estaba hablando y que podría dejar de hacerlo, solamente asentía.

"Traté durante años de crear un perro que fuera lo suficientemente astuto para seguir instrucciones, que se aseara a sí mismo y que supiera comportarse. ¡No tuve suerte durante años!"

"Entonces un día, asistí a una reunión social en la casa de una matrona. Esperaba asegurar contribuciones para crear una división local de la organización nacional de criadores. Entablé una conversación con otro invitado. Resultó que era un genetista. Él dijo que la reproducción selectiva no era la respuesta. Juró que podía alterar los genes en una raza ya inteligente lo suficiente para que fuera todo lo que yo quisiera en un perro. La clave, dijo, era incrementando su inteligencia. Y tiene razón, porque entre más alta es la inteligencia del perro, mejor puede entender lo que debe hacer y por qué."

"Hice varias preguntas más y todas fueron contestadas con satisfacción. Finalmente, llegamos al precio, y la cantidad tratada estaría muy cerca de agotar los ahorros de mi vida, pero sería compensada fácilmente por el desempeño del perro. Acordamos que sería una camada de cinco cachorros de mastín bull. Escogí el mastín por su inteligencia natural. Un mastín mejorado ganaría fácilmente una competencia en la que participara. Arreglé el pago al genetista, y dijo que estaría contactándome tan pronto como hubiera terminado la tarea.

"Pasaron varios meses, y comenzaba a preocuparme mi inversión, ya que no había oído nada sobre él. Hice algunas llamadas telefónicas, pero no fueron regresadas. Finalmente, él me telefoneó. Había aislado el gen que se necesitaba con éxito e hizo funcionar su magia. Tuvimos una camada de seis cachorros mastín bull, de seis semanas de edad. El genetista conservó uno y me dio los otros cinco. Probaron ser extremadamente inteligentes. Todos aprendieron cosas rápidamente, hasta el punto de parecer que entendían las conversaciones. Todos los perros pueden entender unas cuantas palabras come, 'siéntate', 'quédate', 'juega' y hasta sus nombres. Sin embargo, todos estos cachorros ponían atención a las conversaciones... ¡Y respondían a ellas! ¡Parecía que su inteligencia había excedido mis sueños más locos!

"Entonces un día, leí que el genetista había sido atacado por su perro y estaba en condición crítica. El perro había sido sacrificado. Averigüé en qué hospital se estaba recuperando el genetista, y fui a visitarlo. Me dijo que todo estuvo bien con el perro que había conservado hasta que tuvo una conversación telefónica con un veterinario para que castrara al mastín. El perro lo atacó en cuanto colgó el teléfono. Lo único que lo salvó de morir fue el hecho que su esposa entró para ver qué sucedía, y el perro pasó corriendo cerca de ella hasta salir por la puerta trasera. Control de animales encontró al perro y lo sacrificó inmediatamente.

"El genetista me contó sobre eso y luego especuló que algo pudo haber salido mal. Temía que por haber incrementado la inteligencia, había aumentado el salvajismo del mastín."

"Recuerdo ese ataque," dijo el policía. "Cerramos el caso después que el perro había sido sacrificado. Nunca supimos lo del factor genético."

Oakley asintió. "Él no dijo nada. Tenía miedo de ser tomado como un lunático." Oakley hizo una pausa. "Conservé un mastín, y he vendido los otros."

Todos quedaron callados por un momento mientras la declaración de Oakley era digerida.

Finalmente el policía rompió el silencio. "¿Vendió esos perros *sabiendo* que podían volverse salvajes?"

Oakley tragó saliva. "No he oído que lo hayan hecho, o que lo harán."

El policía golpeó su rodilla con la mano. "¿Tiene dos ejemplos de los que sabe, y dice que aún no sabe si se volverán agresivos?"

"No lo sé. Los llevé al estacionamiento de un centro comercial, y los vendí a personas que pasaban. Me dieron trecientos dólares por cada uno."

"Oh, Dios mío," dijo Jessica. "No a niños, espero."

Oakley la miró. "Dos de los compradores eran padres."

Jessica trató de hablar pero no pudo hacerlo. Dio dos pasos, luego abofeteó a Oakley en el rostro tan fuerte como pudo. Él no lo esperaba, y su cabeza se meció por la fuerza. El policía que interrogaba a Oakley se paró rápidamente, pero Joey ya estaba ahí."

"Jess, está bien. Los policías los van a buscar y retirarán a los perros. Si ellos no pueden, lo haremos nosotros. Estará bien."

"*¡Niños* Joey! Le dijo ella a él. "¡Se los vendió a niños! ¿Qué sucederá si el gen salvaje ataca a niños?" Su furia causó que ella apretara sus puños tan fuertemente que sus nudillos se volvieron blancos. "¡Tengo que salir de aquí, o le haré tanto daño a ese bastardo que deseará que su perro monstruo lo hubiera matado!"

Joey miró al policía. "Detective, ¿podemos yo y mi gente hablar con usted en el pasillo?"

"Seguro."

Joey le hizo un gesto a Charlie para que los siguiera. Tomó a Jessica por los hombros y la condujo al pasillo. El policía también los siguió.

"¿Aún necesita a mi gente aquí?" Preguntó Joey al policía.

El policía lo pensó por un momento. "Bueno, necesitaremos declaraciones. Y las grabaciones de las cámaras de seguridad."

Joey se volvió hacia Charlie. "¿Puedes hacer copias rápidamente de las grabaciones de seguridad para nuestros archivos?"

"Sí, señor, fácilmente," contestó Charlie.

"Entonces, hazlo." Volviéndose al policía, Joey dijo, "Ellos estarán disponibles cuando necesite declaraciones, Detective. Me gustaría mucho alejarme de aquí, si no le importa."

"Está bien por mí, Justice. Las grabaciones harán todo mucho más fácil para nosotros. Oakley será acusado por homicidio culposo, con seguridad. Ya sea voluntario o involuntario, eso quedará a juicio del Fiscal de Distrito. ¿Puede darnos el nombre de algún familiar de su hombre?"

Jessica comenzó de nuevo a llorar en silencio. Charlie tomó su mano.

"Señora Queen, por favor no derrame una lágrima por Ladd," le dijo. "Si me perdona el lenguaje, Ladd era una cagada desde el principio. La única razón por la que lo traje conmigo fue porque era el único tipo que pude encontrar que no estuviera haciendo nada en el momento. He trabajado con él antes, y siempre se quejaba por algo. Su radio no estaba funcionando, y no se molestó en decírnoslo a ninguno de los dos. Su muerte es por su propia culpa…o por la de ese bastardo Oakley. Usted no pudo haberlo evitado. Y salvó mi vida. Él apretó su mano. "Gracias. Me enorgullece trabajar a su lado, en todo momento, y en cualquier situación."

Jessica brilló visiblemente por las palabras de Charlie. Joey lo notó. Realmente parecía sentirse mejor.

Joey le dijo a Charlie, "Gracias por terminar, Charlie. Voy a llevar a Jessica de regreso en mi auto. ¿Puedes hacer que alguien recoja su auto?"

Charlie asintió.

"Entonces, nos vamos de aquí. Hasta luego, Detective."

"Sra. Queen," dijo el policía, "quiero secundar lo que dijo su hombre. La muerte de Ladd fue inevitable bajo las circunstancias. Usted hizo un buen trabajo esta noche. Debería estar orgullosa. Estaré en contacto, Justice."

Afuera, el amanecer comenzaba. Jessica se detuvo al lado del auto de Joey, y simplemente se quedó observando el comienzo de una hermosa mañana de domingo. Joey hizo una pausa al lado de ella, también observando el amanecer.

"La parte más triste, Joey, es que Ladd no verá otro amanecer. No puedo evitar culparme a mí misma por su muerte."

Joey se quedó callado por un momento. "Entra al auto, Jessica, y compartiré una historia contigo."

Él abrió la puerta del auto, hizo que Jessica se acomodara, luego dio la vuelta y se montó también. Encendió el vehículo, y comenzó a conducir de regreso a la oficina.

"Hace varios años, antes de que comenzaras con nosotros, estábamos en uno de nuestros primeros trabajos con el gobierno. Se había llevado a cabo el robo a un banco en la ciudad, y Marcus nos llamó para que nos encargáramos. No quería a la policía involucrada, no recuerdo por qué, y no había suficientes agentes del FBI para suavizar la situación…Creo que habían sido llamados a algún tipo de entrenamiento terrorista en Quántico. Louie estaba afuera en algún lugar con una asignación, y Misty estaba haciéndose cargo de un turno secretarial, así que eso nos dejó a mí y a Dexter para que nos ocupáramos del trabajo." Se quedó callado por un momento. "Teníamos un total de diez personas trabajando para nosotros en ese tiempo. Cada uno de nosotros nos hicimos cargo de un equipo de tres personas." Lentamente, él sacudió la cabeza. "Dexter y yo les pedimos a nuestros hombres que tomaran posiciones alrededor del banco y que se prepararan a entrar a nuestra señal. La gente de Dexter hizo lo que él les pidió. La mía, en cambio no lo hizo." Hizo una pausa por un minuto mientras conducía. "Yo le había dicho a mi grupo que tomara posiciones en la entrada trasera, pero no entraran hasta que yo así se los hiciera saber. El líder del grupo era una celebridad de nombre Greg James. Greg pensó que él sabía todo mejor que yo, y a menudo había desobedecido mis órdenes. Esa vez fue la última vez que él desobedeció mis instrucciones. Cuando su grupo estaba en posición, se dio cuenta que la puerta trasera estaba sin llave...los roba bancos la iban a usar como ruta de escape. En lugar de esperar y organizar una emboscada, él entró. La puerta estaba vigilada por dos de los ladrones, y el grupo de Greg fue atrapado en un fuego cruzado. Nunca supieron lo que los atacó." Miró a Jessica. "Él desobedeció órdenes y actuó sin pensar en su seguridad. Lo pagó con su vida. Ladd hizo lo mismo."

Jessica estuvo callada por un momento, luego habló, "Pero no puedo evitar sentirme culpable por ello, Joey. Él murió en mi asignación."

Joey giró para tomar la calle hacia la compañía, luego giró para tomar el acceso vehicular que llevaba al garaje subterráneo. Cuando las puertas se abrieron, dos guardias armados salieron de la compañía. Joey hizo una señal con la mano indicando que todo estaba bien, y los guardias se apartaron mientras Joey entraba y se aparcaba. Se volvió hacia Jessica.

"Cada día ponemos a las personas en situaciones peligrosas, Jess. Ese es nuestro trabajo. Sí, Ladd murió en tu asignación. Greg James murió en la mía. En ambas situaciones, la gente pudo haber muerto aun cuando hubieran seguido instrucciones. Pero no escogieron seguirlas. Dexter, filósofo como es, puso eso en perspectiva ese día de hace mucho. Él dijo, 'Joey, tú sólo puedes aconsejar a las personas. Lo que ellos escojan hacer no es tu responsabilidad.' He vivido en base a eso desde entonces. Ladd no se molestó en decirte que su radio no funcionaba. Aun cuando este hubiera estado funcionando, él podría haber muerto. Pero no lo estaba, *y no te lo dijo*. Sin saber eso, no podías haber tomado alguna otra decisión. La culpa de su propia muerte estriba en su propia arrogancia. No es tu culpa."

Jessica se dio cuenta que se sentía un poco mejor. Miró a Joey.

"¿Alguna vez se vuelve más fácil? Quiero decir, ¿perder a gente bajo tu mando?" Preguntó ella.

Joey negó con la cabeza. "No. Todo lo que puedes hacer es apenarte por la muerte y seguir adelante. Y encontrar una manera de aceptarlo."

Jessica miró hacia abajo de nuevo, absorta en sus pensamientos. Finalmente, como si tomara una decisión, asintió y luego miró a Joey de nuevo.

"Gracias," dijo tranquilamente.

"No hay por qué, Jess," contestó él. "Son las siete en punto...la reunión de socios es dentro de dos horas. Podríamos mantenernos despiertos hasta entonces. Podríamos ver algo sobre el entrenamiento de Patti."

"¿Ella tomó mi posición anterior?"

"Con entusiasmo."

"Bueno. Ella será grandiosa, mientras sepa cómo tratar con tanta gente inmadura."

"Eso te cubre a ti, pero, ¿qué tal tratar con el resto de nosotros?"

El equipo forense del FBI aún estaba haciendo una lista en el sitio de la granja. Escudriñar los restos del granero y de la casa principal, era la tarea más grande, y el forense a cargo, el Dr. Brent Holland, había escogido abordarlos primero.

Cuando el equipo había llegado al sótano, los restos de los agentes de la DEA que Fernández había matado de manera tan espeluznante, había provocado nauseas a los miembros menos experimentados del equipo. Los restos habían sido metidos en bolsas plásticas grandes sin distinción de que partes del cuerpo pertenecían a que agente. Clasificar las partes sería la pesadilla de un forense. Los servicios fúnebres serían definitivamente hechos con ataúdes sellados.

Hasta ahora, el equipo del Dr. Holland había documentado las muertes de trece personas de Fernández y de los dos agentes de la DEA. El siguiente punto a examinar, la limusina conteniendo los cuerpos de Fernández y de Juárez, estaba a punto de ser abierta después de ser fotografiada detalladamente.

Una vez que el fotógrafo había completado las fotografías de la limusina quemada desde cada ángulo concebible, el Dr. Holland movió la cabeza dando su autorización para abrir la puerta trasera al lado del conductor. Cuando lo hizo, Holland simplemente miró adentro del interior vacío y ligeramente carbonizado. Su rostro palideció al darse cuenta de lo que significaba el vacío.

"Oh Dios mío," se susurró a sí mismo, mientras sacaba su teléfono celular. "¡Alguien está totalmente *jodido*!"

La reunión regular de los socios a las nueve en punto en Justice Security a menudo se saltaba los domingos, pero esta vez era diferente. Los socios tenían asuntos que discutir.

De nuevo Dexter fue el último en llegar. Se veía extremadamente cansado cuando tomó una taza de café y una rosquilla de jalea.

"Bueno, la reunión de hoy será corta y dulce, puesto que Louie tiene que entrenar para el martes en la noche, y todos los demás están exhaustos," dijo Joey. "Por favor, noten que Jessica está aquí, Dexter. Finalmente aceptó la sociedad que le habíamos ofrecido."

Dexter asintió, luego rio. "Louie me lo dijo anoche. Ya era hora, Jessica."

Louie gruñó. "Si, es mejor que seas amable con ella, amiguito. Casi la matan encargándose de tus asuntos anoche."

Dexter lucía perplejo. "¿En la exposición canina?" Preguntó incrédulamente.

Joey asintió. "Cuéntale, Jess."

Jessica le dijo todo lo que había sucedido, incluyendo la muerte de Ladd y la historia de Joey sobre el robo al banco. Los ojos de Dexter se ensancharon con cada parte de la historia. Cuando Jessica terminó, bajó su café y se volvió hacia ella.

"Lo siento tanto, Jess. No lo sabía. De haberlo sabido, habría ido allá."

Jessica sacudió la cabeza. "No podías saberlo, Dexter. Tenías que estar con Megan."

"Siento interrumpir, pero tenemos más asuntos sobre los que necesitamos votar," dijo Joey. "Sugiero que también le ofrezcamos una sociedad a Megan. Ella ha estado con nosotros por algún tiempo, es tan buena como Dexter en asignaciones de tecnología de la información, y puede encargarse de otras asignaciones de campo. A decir verdad, gente, creo que necesitamos la ayuda. Ella lo ha demostrado una y otra vez. ¿Alguien más quiere discutirlo?" No hubo comentarios de los otros socios. "Una simple muestra de las manos, reglas de la mayoría. Aquellos que estén a favor de ofrecerle a Megan una sociedad, levanten la mano." Joey levantó la suya, seguido por Misty.

Dexter miró a sus amigos. "Muchachos, yo no puedo votar en esto. Soy muy cercano a ella. Me voy a abstener, pero iré con la mayoría. Si hay empate, entonces votaré."

Louie levantó la mirada, pero hacia nadie en particular. "Yo voto que no. No puedo evitarlo – sólo creo que ella no está lista. No quiero regalar una sociedad sólo por simpatía, y me temo que eso sería esto. Ella es buena, pero necesita un poco más de experiencia." Se volvió hacia Dexter. "No pretendo ofender, amiguito."

Dexter sacudió la cabeza. "No lo haces. Yo estoy fuera de esto, ¿recuerdas?"

Joey se volvió hacia Jessica. "Jess, tu turno. ¿Crees que ella esté lista?"

Jessica lo pensó por un momento. Asintió para sí misma y luego levantó la mano. "Está tan lista como lo estoy yo."

Joey asintió. "La moción se llevó a cabo. Megan Fisk recibirá la oferta de una sociedad completa en la compañía. Dexter, ¿Se siente ella en condición de venir aquí?"

Dexter asintió. "Quería venir conmigo ya. La llamaré."

El Dr. Holland llamó a la oficina de Marcus Moore en el edificio del FBI. Recibió el correo de voz de Marcus.

"Este es Marcus Moore. Ahora estoy lejos de mi escritorio o ando afuera de la oficina. Por favor deje su mensaje incluyendo su nombre, la hora de su llamada, un número para regresarle la llamada y un mensaje breve. Gracias."

Después del tono, el Dr. Holland habló. "Agente Moore, soy el Dr. Brent Holland. Estoy dirigiendo la investigación forense de la granja de Fernández. Acabamos de abrir la limusina, y los cuerpos de Fernández y de Juárez no estaban, repito, *no* estaban adentro. No los hemos encontrado en ningún lugar de la granja. Eso significa que los dos hombres muy probablemente sobrevivieron al ataque. Puede que usted quiera prevenir a Justice Security. Estaré disponible si usted tiene preguntas." Dejó su número de teléfono celular. "Buena suerte, Agente Moore." Colgó el teléfono, esperando haber hecho lo suficiente para salvar más vidas.

Megan entró a la sala de información con alguna agitación. Cuando Dexter la llamó, simplemente dijo, "Ven a la sala de información, ahora." No sabía que esperar, puesto que la llamada había sido tan breve y al grano.

Cinco juegos de ojos estaban sobre ella al entrar. Estaba todo muy tranquilo.

Joey señaló una silla vacía junto a Dexter, y dijo, "Toma asiento, Megan." Ella se sentó. "¿Cómo te sientes?"

"Estoy un poco rígida y adolorida, pero estoy bien," contestó ella.

Joey sonrió. "Me alegra. Todos estábamos preocupados. Y hemos experimentado algo similar, así que no estás sola." Él miró hacia toda la mesa y luego la miró a ella de nuevo. "Megan, hemos votado esta mañana. Como resultado de la votación, quisiéramos ofrecerte una sociedad completa en la compañía. ¿Estarías interesada?"

La boca de Megan se abrió, luego mostró una amplia sonrisa. Luego se lanzó sobre Dexter y lo abrazó fuertemente con su brazo libre, y gritó. "¡Yuu-JUU!" comenzó a besar el rostro de Dexter, a pesar de su desasosiego, ella dijo entre besos, "Gracias, cariño."

Dexter le regresó el abrazo y dijo, "No fui yo, linda. Fue la idea de Joey."

Megan se sentó de nuevo y mostró compostura. Todos se reían con ella.

"Tomaré eso como un sí," dijo Joey.

CAPÍTULO 10

El resto del domingo estuvo tranquilo. Joey, Misty, Louie y Dexter explicaron las reglas de la sociedad a Jessica y a Megan, y que los papeles sería entregados para firma el lunes por la mañana. Patti Hoehn fue llamada a la sala de información, y Misty comenzó a poner a Patti al corriente, puesto que nadie de los otros había dormido mucho. Joey y Jessica se fueron cada uno a su apartamento y durmieron varias horas. Louie y Dexter, con Megan siguiéndolos para observar, fueron al gimnasio para comenzar un entrenamiento intenso para la pelea del martes por la noche.

Después, esa tarde, Joey fue a la oficina de Caleb Mitchell. Después de decirle al siquiatra lo que quería, Joey tomó el elevador para bajar a las celdas.

Asintiendo a los dos hombres de turno, Joey fue a la celda que tenía al prisionero hispano de Misty. Abrió la puerta y entró. El hombre estaba sentado en su litera. Tenía un morete en su ojo izquierdo y una cortada en su mentón. Quedó viendo a Joey cautelosamente y con odio.

"*Buenos días, señor*," dijo Joey. "Mi nombre es Joey Justice."

Los ojos del hombre se ensancharon ampliamente. Luego escupió en el suelo con desprecio.

Joey se encogió de hombros y cruzó la celda para sentarse en la litera de enfrente. "¿Cuál es tu nombre?"

El hombre miró a Joey, luego habló. "Pepino García."

"Hola, Pepino. Quisiera poder decir que es un placer conocerte, pero estaría mintiendo." Joey se reclinó sobre la pared. "Mañana, te entregaré al FBI. Los *Federales*. Ellos te van a acusar de asesinato, tráfico de drogas y de otros muchos cargos. Probablemente pasarás el resto de tu vida dentro de las paredes de una prisión norteamericana." Joey quitó algunas pelusas de la almohada de la litera. "Antes que eso suceda, me gustaría escuchar respuestas a algunas preguntas."

"No te diré nada, *gringo*," dijo Pepino. "Ya he soportado la tortura antes, y sé que no diré nada." Cruzó sus brazos en forma desafiante. "Moriré primero."

Joey asintió. "No tengo planes de torturarte, *señor*. Y no vas a morir por mi mano. Ni por la mano de Esteban Fernández."

Pepino se veía confundido. "¿Entonces, lo que la *señorita* dijo es verdad? ¿Está muerto?"

"Lo rastreamos hasta la granja. Fue muerto por mi gente durante el ataque de un helicóptero anoche."

Pepino estaba visiblemente aliviado. Se persignó y dijo tranquilamente, "*Gracias*, María, Madre de Dios."

La puerta de la celda se abrió, y el Dr. Mitchell entró, portando una pequeña bolsa con cierre. Colocó la bolsa en el lavamanos pequeño de la celda y abrió la bolsa. De adentro extrajo una jeringa y un pequeño bote. Llenó la jeringa con algo del contenido del bote y luego se volvió hacia Joey y el prisionero.

"Pepino, me gustaría que conocieras al Dr. Caleb Mitchell, siquiatra de nuestro personal," dijo Joey. "La jeringa que tiene contiene pentotal de sodio. Comúnmente llamado el suero de la verdad." Joey se inclinó hacia Adelante sobre la litera mientras los ojos de Pepino se ensancharon. "Así que como ves, *contestarás* mis preguntas, y lo harás con la verdad, *señor*."

Después, mientras Caleb y Joey dejaban la celda y la aseguraban, encontraron a Misty esperándolos en el escritorio del guardia.

"¿Consiguieron algo, caballeros?" Preguntó ella a los dos hombres.

Joey negó con la cabeza. "Nada que no supiéramos, excepto la manera que Fernández entró al país sin ser detectado. Le daremos las grabaciones al FBI cuando entreguemos a Pepino mañana." Levantó el DVR portátil. "Necesito editar esto un poco para poder mostrárselos a los King y a los Gunther mañana. No puedo dejar que sepan sobre Fernández."

Misty asintió. "Al menos esto les dará una conclusión."

Los tres caminaron de regreso a los elevadores.

"¿Te gustaría que yo asistiera a la reunión mañana, Joey?" Preguntó Caleb.

Joey afirmó con la cabeza. "Por favor, Caleb. Lo apreciaría. Hasta podrías hacer planes de llevar a los clientes a tu oficina después de la reunión. Necesitarán discutir todo contigo y entre ellos."

"Tengo una sugerencia," dijo Misty.

Louie y Dexter estaban en el gimnasio de la compañía. Habían colocado en el suelo varias colchonetas para los ejercicios para formar un cuadrilátero improvisado de boxeo. Louie tenía puestos un par de guantes y calzoneta de boxeo. Dexter estaba descalzo, con pantalones para correr y estaba parado frente a Louie.

"Muy bien, Louie," dijo Dexter. "Ya has ejercitado con la bolsa, has levantado pesas, has saltado la cuerda...has hecho todo lo que puedes hacer sin un compañero de entrenamiento. Ahora, es tiempo de que practiques tus movimientos de boxeo."

Louie miró a su amigo, y dijo en forma de prueba, "¿Sólo dime quién crees que va a hacer *eso*?"

"Yo."

Louie lo miró con incredulidad. "Amiguito, no estoy listo para *sacudirte*. No te ofendas, ¡pero no quedaría nada de ti!"

Dexter sonrió. "Deja que yo me preocupe de eso, ¿está bien? ¿Recuerdas cómo es que Swanson nunca conectó un golpe? Tú tampoco lo harás. Eso es lo que voy a enseñarte a hacer ahora...como sentir de donde vendrán los golpes, y como evadirlos. Ya te he enseñado algo de eso...es hora de llevarte al siguiente nivel."

"Sólo para que sepas, no recibiré ningún golpe."

"No espero que lo hagas. Ahora, trata de golpearme, tan fuerte como puedas."

Louie se puso en posición, luego lanzó un golpe como de pistón con su puño derecho directamente a la cabeza de Dexter. El golpe era casi muy rápido para que el ojo pudiera verlo. Dexter movió su cabeza para evadir el golpe aparentemente sin esfuerzo. Louie continuó con su izquierda. Se anticipó al movimiento de Dexter cuando este evadió su derecha y dirigió su izquierda al punto al que se había movido Dexter. Para su sorpresa la cabeza de Dexter ya no estaba en ese punto. Había errado de nuevo.

"Ahora sé cómo se sintió Swanson," dijo Louie, y amagó con su izquierda, luego siguió con una derecha al cuerpo de Dexter. El golpe falló. Dexter estaba evadiendo los golpes de Louie con muy poco esfuerzo, moviéndose lo suficiente para hacer que los golpes fallaran por fracciones de pulgada.

"Hombre, ¿Cómo haces eso?" Preguntó Louie.

"¿Cómo lo haces *tú*? En serio."

Louie pensó por un minuto. "Normalmente como me lo enseñaste. Miro a los ojos del oponente. Es como si ellos me dijeran la dirección en la que viene el golpe."

Dexter asintió. "Tienes razón. Cuando sabes cuales son las señales, puedes verlas todo el tiempo." Sacó una vincha de la bolsa de sus pantalones. Tenía al menos dos pulgadas de ancho, y Dexter se la puso en su cabeza, luego sobre sus ojos. "¿Pero qué pasa si *no* puedes ver las señales?" Puso sus manos detrás de su espalda. "Ahora, Louie. Golpéame tan fuerte como puedas."

""De ninguna *manera*."

"No me vas a tocar, amigo mío. Hazlo."

Louie negaba con su cabeza mientras decía, "Dex... ¿estás seguro, hombre?"

Dexter asintió. "¿Por qué te abstienes? ¡Golpéame!"

Louie amagó con su izquierda, luego golpeó con su derecha tan fuerte como podía hacia la cabeza de su amigo. Dexter de nuevo evadió fácilmente el golpe. Louie lanzó su izquierda al estómago de Dexter, y el hombre más pequeño evadió ese golpe también. Louie lanzó sus brazos hacia arriba con ira y gritó. "¿Y cómo es que haces *eso*?"

Dexter sonrió al quitarse su venda improvisada. "Tienes que aprender a ver sin los ojos. Tienes otros cuatro sentidos. Úsalos. *Siente* los golpes que vienen. *Escucha* al viento moverse. *Huele* los movimientos de tu oponente. Y *saborea* tu victoria mientras eludes a tu oponente. Aquí." Dijo él, sosteniendo la vincha. "Deja que te ponga esto y te mostraré cómo hacerlo."

Ya avanzada esa tarde, mientras la mayoría de las personas se preparaban para dormir antes de que comenzara su lunes, el Dr. Brent Holland tomó una copia de su reporte preliminar escrito y lo colocó en la casilla de "entrada" de la oficina del Director Asistente del FBI de la ciudad, quien estaba a cargo de la sucursal de la ciudad. El reporte del Dr. Holland incluía sus conclusiones de que Esteban Fernández y Félix Juárez probablemente estaban ambos vivos.

Si alguien hubiese preguntado, el Dr. Holland estaría totalmente desconcertado al explicar su incomodidad sobre sus conclusiones. Tenía una sensación profunda que muchas vidas dependían de la gente correcta que tuviera que actuar según su reporte.

Revisó sus acciones: había llamado al agente a cargo, Marcus Moore. Hecho, había dejado un correo de voz, pero *había* llamado. Segundo, había elaborado su reporte preliminar escrito y lo había entregado a la oficina del Fiscal tan rápido como era posible.

El Dr. Holland había hecho todo lo que podía imaginarse para notificar sus conclusiones a sus superiores, basadas en las evidencias, que un hombre loco sediento de sangre aún estaba vivo, y que era una gran amenaza. Satisfecho, se aprobó a sí mismo, y se fue a casa a dormir.

El Dr. Holland no tenía manera de saber que el Director Asistente del FBI estaba de vacaciones durante la siguiente semana, y que nadie vería su reporte hasta que los eventos hubiesen tomado lugar por sí mismos.

La reunión de las nueve en punto del lunes en la mañana en la sala de información estuvo interesante. Puesto que la sociedad había aumentado hasta seis miembros, y todos los seis estaban presentes esa mañana, la sala en realidad se miraba atestada. Por supuesto, también estaba presente Patti Hoehn y tres miembros de la firma de abogados de la compañía, con papelería de sociedad para Jessica y Megan. Dexter de nuevo fue el último en llegar, con Megan detrás de él. Ambos sonreían tímidamente.

"Lo sentimos, gente," dijo Dexter, mientras ambos se dirigían a las opciones de desayuno.

"Bien, ahora que estamos todos, comencemos," dijo Joey. Se volvió hacia los representantes de la firma de abogados. "¿Hubo dificultades al elaborar los papeles de la sociedad?"

"Ninguna digna de mencionar," dijo la dama del grupo. Joey trató bastante pero no pudo recordar su nombre. Se imaginó que no importaba, puesto que de todas maneras ellos eran intercambiables.

"Grandioso," contestó Joey. "¿Quién necesita firmar y en dónde?"

La dama empujó un papel sobre la mesa para Joey. "Todos los socios necesitan firmar este," dijo ella, "y este." Empujó otro papel hacia Joey.

Cuando todos habían firmado ambos papeles, la dama sacó dos papeles más, y dijo, "Necesito que la señora Queen y la señora Fisk firmen estos, por favor."

Jessica y Megan cada una firmaron una página.

"Ahora, nosotros certificamos cada uno de los formularios," dijo la dama. Uno de los hombres que la acompañaban se inclinó hacia adelante, y firmó y certificó todos los documentos. "Eso es todo lo que necesitamos, Sr. Justice. La señora Queen y la señora Fisk son ahora socias oficiales completas de Justice Security." Metió los documentos firmados en una carpeta, y la puso en su portafolio. "¿Hay algo más que podamos hacer por usted hoy, Sr. Justice?"

Joey sonrió y negó con la cabeza. "Hoy no. Gracias por venir esta mañana."

La dama le regresó la sonrisa. "Es un placer, señor. Buena suerte." Se levantó y dejo la sala de información, con sus dos escoltas siguiéndola. Patti se fue detrás de ellos para asegurarse de que tomarían el elevador.

Después que el personal de la firma legal se hubiese ido, Joey se volvió hacia los socios. "Corto y agradable hoy, amigos. Louie, entrenamiento para ti – estás oficialmente sin compromiso hasta después del combate de boxeo."

Louie asintió. "Suena bien."

"Dexter, Megan...ustedes muchachos deben instalar el software de seguridad del banco hoy. Dex, te incluyo por la herida de Megan. Ella va a necesitar la ayuda."

Dexter asintió. "Hecho, Joey."

"Jessica," dijo Joey, "tienes que hacer un seguimiento de lo de la exposición canina con la policía. Lleva sin embargo tanto de nuestro personal como tú creas que necesites, incluyendo a Charlie Li y encuentra todos esos otros perros mastines. Esa es nuestra prioridad en ese caso."

"Seguro. Bien. Más perros inteligentes. Mi vida está completa," dijo Jessica con sarcasmo en cada palabra. Todos rieron.

"Misty y yo tenemos la reunión con los clientes hoy a las diez. Después de eso, estaremos disponibles para quien nos necesite." Joey dio una palmada en la mesa. "Tengan un buen día, todos."

Los clientes estaban justo a tiempo. Patti escoltó a los Gunther y a los King a la oficina de Joey, y les brindó asiento. Caleb Mitchell estaba presente, así como Joey y Misty.

"Gracias señores por venir," dijo Joey. "Tenemos información que nos gustaría compartir con ustedes esta mañana. Primero, permítanme presentarle al Dr. Caleb Mitchell. El Dr. Mitchell es el siquiatra de nuestro personal, y está aquí para contestar sus preguntas...o para arreglar citas, si acaso ustedes quisieran hablar con él."

Las damas miraron al Dr. Mitchell, quien las saludó con la mano, "Hola." El Sr. Gunther y el Sr. King correspondieron al saludo.

"Les pedimos que vinieran esta mañana porque tenemos una resolución de su caso," continuó Joey. "No sólo averiguamos quien asesinó a sus hijos, sino que tenemos a uno de ellos en custodia, y estaremos entregándolo al FBI dentro de media hora."

Ambas, la Sra. Gunther y la Sra. King comenzaron sollozar silenciosamente. El Sr. Gunther se veía impactado, mientras que el Sr. King dijo, "¿Ya? Apenas lo contratamos a usted."

Misty asintió. "Nosotros no perdemos tiempo en casos como este, Sr. King. Ustedes y sus familias nos necesitaban, y no queríamos dejarlos con su pena sin resolver."

"Antes de comenzar, queremos que sepan que rompimos algunas reglas revisando su caso...y algunas personas murieron," dijo Joey.

Con este énfasis, ambas parejas se mostraron sorprendidas. Joey continuó.

"¿Alguno de ustedes vio la cobertura del gran incendio en el centro de la ciudad en Servicio de Limusinas Pinky?" Preguntó él. Todos los cuatro clientes asintieron. "Eso lo hicimos nosotros. O mejor dicho, Misty y yo. Allen Pinkersley fue el responsable de la muerte de las personas en el apartamento...y, por consiguiente, de la de sus hijos. Él trataba de tomar control de un territorio en medio de una disputa de drogas. Algunas de las personas que fueron asesinadas se oponían. Pinkersley y otros cuatro los eliminaron en un esfuerzo por desanimar a la competencia. Sus hijos...todos los tres...estuvieron en el lugar equivocado a la hora equivocada."

"Por los hechos, los dos chicos – Chris y Amanda – estarían aún vivos si hubieran llegado cinco minutos más tarde," dijo Misty. "No fue más que una mala sincronización de su parte...pero ellos no sabían lo que sucedía."

Joey concordó con lo que Misty dijo. "Pinkersley y otro de los tiradores murieron en el incendio. Tenemos a uno en custodia. No hemos atrapado a los otros dos, pero no nos daremos por vencido. Los agarraremos...de un modo u otro."

El Sr. Gunther habló. "El que tienen en custodia... ¿Podremos verlo antes de que ustedes lo entreguen al FBI? ¿Podremos decir lo que necesitamos decir?" Él miró a la Sra. Gunther. "¿Podremos hacerle ver la pena que causó?"

El Dr. Mitchell contestó, "Sí, lo harán. A petición mía, Joey acordó posponer su entrega por esa misma razón. Todos ustedes tendrán la oportunidad de decir cualquier cosa que deseen."

Gunther asintió. "Ustedes son grandiosos. No hay manera de agradecerles lo suficiente por todo lo que han hecho."

Los King asintieron en aprobación, al igual que la Sra. Gunther.

"Ahora, en lo que se refiere a la captura del prisionero, esto es lo que pasó," dijo Joey. "Recibimos una pista que el hombre con la descripción que distribuimos, estaba en el bar McFeely el sábado por la noche. Misty viajó hasta el bar, y capturó al sospechoso. Determinamos ayer, con la ayuda del Dr. Mitchell, que él era en realidad uno de los que dispararon. Grabamos su confesión...que fue obtenida después que el Dr. Mitchell suministrara al sujeto, pentotal de sodio o suero de la verdad." Joey presionó un botón al lado de su escritorio. Un monitor en una de las paredes se encendió. "Lo que verán ahora es esa confesión grabada." Presionó el botón correcto para reproducir la grabación. *Editado para consumo público*, pensó Joey, mientras los clientes miraban.

Los clientes estaban embelesados en los eventos de la pantalla. Observaron como el Dr. Mitchell administró el suero de la verdad, y continuaron viendo como Joey hacía preguntas sobre el involucramiento de Pepino en la matanza, y quien lo había ordenado. Los Gunther y la Sra. King parecían sentir repulsión por lo que parecía ser una actitud casual del prisionero hacia la matanza. El Sr. King sólo se puso más enojado. En la grabación, Pepino describió detalladamente a los otros tiradores, y los nombres de los involucrados. No hubo mención de Esteban Fernández o de Félix Juárez en la versión editada, ya que su involucramiento aún estaba clasificado como "ultra secreto".

Cuando la grabación terminó, Joey presionó el botón para permitir que la pantalla se escondiera de nuevo. Se volvió hacia los clientes y preguntó, "¿Alguno de ustedes tiene preguntas?"

Todos negaron con la cabeza.

Joey dijo, "Muy bien. Si quieren seguir a Misty, podrán ver al prisionero antes de que lo transportemos al FBI. Díganle lo que quieran, pero por favor no lo toquen."

Los clientes se pararon, y Misty los condujo hasta el elevador. Todos entraron, y el elevador comenzó a moverse hasta la planta baja. El Dr. Mitchell estaba parado en la esquina trasera, observando a los clientes. Tenía una mirada meditativa en su rostro.

Al abrirse las puertas en la planta baja, dos personas de la compañía estaban paradas cerca del escritorio central. Tony Armstrong, el recepcionista del escritorio central, estaba también parado. Pepino estaba entre ellos, mirando silenciosamente al suelo.

El Sr. King fue el primero en salir del elevador. Caminó a grandes pasos rápida y firmemente hacia el escritorio central. El Dr. Mitchell trató de alcanzar al Sr. King, pero el hombre estaba fuera de alcance. Cuando King llegó al escritorio, extendió su brazo derecho hacia atrás y le dio un puñetazo en el rostro a Pepino. La nariz de Pepino explotó rociando mucha sangre y sus manos subieron a la parte frontal de su rostro. King se echó para atrás para golpear a Pepino de nuevo, pero esta vez, Joey y el Dr. Mitchell estaban ahí para detenerlo. Los dos hombres custodiando a Pepino sacaron sus armas y las apuntaron hacia el techo. Tony Armstrong puso su mano en la funda, pero no sacó su arma.

"Sr. King," dijo el Dr. Mitchell, mientras sostenía la mano del hombre en la suya. "Por favor. Esto no va a regresar a sus hijos."

King forcejeó por un momento, luego se relajó, con una mirada de impotencia y pena en su rostro. Sus ojos llenos de lágrimas al recordar a sus hijos y la felicidad que su hija compartió en su última noche de vida. Al relajarse, Tony Armstrong también lo hizo...y cruzó sus brazos.

Pepino, momentáneamente olvidado por todos, estaba aún sangrando profusamente por su nariz destrozada. Aún estaba consciente lo suficiente para darse cuenta que el arma de Armstrong estaba al alcance. Agarró el arma de Armstrong y les disparó a los dos hombres que lo custodiaban. Los hombres colapsaron, y Pepino corría a toda velocidad hacia la entrada de la compañía. Joey y Misty comenzaron a perseguir a Pepino, pero fueron forzados a buscar refugio cuando Pepino les hizo un disparo. Tony Armstrong comenzó a correr detrás del prisionero suelto, pero estaba muy lejos detrás de él como para capturarlo. El Código Azul había sido cancelado, así que no había nadie resguardando las puertas de entrada, y nadie patrullaba la acera alrededor del edificio. Cuando el muy rápido hispano llegó a la puerta frontal y abrió de un solo la puerta, todos se dieron cuenta que no sería atrapado. Era demasiado rápido y estaba muy lejos para ser sorprendido por una persecución.

Joey miró hacia los clientes, pero Caleb Mitchell había entrado en acción, y había juntado a los clientes alejándolos del peligro. Joey trató de dar algunas órdenes, pero nadie estaba cerca para ayudar. Misty estaba atendiendo a los dos hombres heridos, y llamó al Dr. Mitchell para que la ayudara. Joey miró con frustración como Tony trataba de alcanzar en vano al antes prisionero.

Pepino García se había escapado.

Marilyn Himes, la presidenta del Banco City Region, observaba de cerca cuando Dexter y Megan instalaban el nuevo software de seguridad. Diseñado para ser seguro pero no visible, el software comenzó a correr absolutamente sin ningún problema.

"Y ahí está, Sra. Himes," dijo Megan, cuando Dexter terminaba de hacer los cambios requeridos para correr el programa "en vivo". Un programa de seguridad especialmente diseñado, diseñado y programado de acuerdo a sus especificaciones. El programa almacenará cada presión de tecla de cada terminal dentro del sistema bancario por un período de un mes...y más tiempo, si el software detecta cualquier cosa que parezca inusual, o fuera de lugar. Llamará la atención por algo fuera de lo ordinario, primero a su terminal personal, luego al departamento de seguridad del banco si usted no responde dentro de veinticuatro horas. Como último recurso, el programa nos notificará en Justice Security."

"También requiere tres contraseñas para desactivarlo. La suya, la de su jefe de seguridad y la de alguien de Justice Security. No se pueden introducir remotamente...es decir, no se puede entrar a él desde una computadora doméstica. Las tres contraseñas deben ser ingresadas dentro del edificio del banco, de otra manera, sólo ignorará la orden," dijo Dexter.

La Sra. Himes asentía mientras se daban las explicaciones. Megan le mostró a la Sra. Himes como crear su contraseña, luego se alejó algunos pasos para que la presidenta del banco pudiera crearla e ingresarla. El jefe de seguridad del banco creó su contraseña y el sistema estaba creado.

Dexter le proporcionó a la Sra. Himes la factura del desarrollo del sistema, y ella le aseguró a ambos, a él y a Megan que sería pagada completamente dentro de treinta días. Se dieron las manos y los dos socios dejaron el banco.

Al caminar hacia el auto, Megan se detuvo. Dexter se detuvo después de un par de pasos y la quedó viendo. Ella tenía una mirada de asombro en su rostro.

"¿Qué sucede Megan?" Preguntó Dexter preocupado.

"Acabo de darme cuenta," contestó ella. "Esa factura que acabamos de darle a Marilyn Himes...representa ingreso tanto para la compañía como para mí personalmente."

Dexter asintió. "Así es, cariño. Paga no solo nuestros salarios, sino que los salarios de todos nuestros empleados también."

Ella miró a sus ojos. "Guau, soy responsable de eso. O al menos, parte de ello." Respiró hondo. "¡Qué responsabilidad, Dexter!"

Tony Armstrong se disculpó bastante.

Joey miró a Tony, y dijo, "No es tu culpa. Todos estábamos distraídos por el Sr. King. Al menos nadie murió." Le dio unas palmadas al hombro de Tony, luego se acercó a los hombres heridos que estaban en el suelo.

Misty asistía a Caleb, quien le habló a Joey sin levantar la mirada. "Estarán bien, Joey. Heridas limpias, muy poco pérdida de sangre y nada vital fue alcanzado. Tuvieron suerte. Presiona aquí, Misty, por favor. Recetaré antibióticos y analgésicos para ambos."

Joey miró el suelo, sacudió la cabeza, luego caminó hacia los clientes. El Sr. King tenía una mirada de conmoción en su rostro. Este miró al rostro de Joey, y comenzó a disculparse.

"¡S-Se-ñor Justice, lo siento tanto!" King tartamudeó. "¡No pretendí que esto pasara!"

Joey presionó sus labios, luego habló. "Sr. King, creo que debería llevarse a su esposa y a los Gunther e irse a casa ahora. Justice Security les ha brindado ya la información que necesitaban, a un alto precio personal para nosotros. Llévese sus respuestas y sigan adelante con sus vidas."

King miró a los ojos de Joey. Vio determinación y algo de rabia ahí. Asintió a Joey, y extendió su mano. Joey la quedó viendo y luego la estrechó.

"Gracias," dijo King.

Joey asintió a King, sus labios estaban aún presionados. Le dio la mano a la Sra. King y luego a los Gunther. Todos susurraron sus gracias y dejaron el edificio por las puertas frontales.

Joey los observó hasta que sus autos se habían alejado. Luego, se volvió hacia el grupo detrás de él y dijo, "Bueno, ya se fueron. ¡Buen trabajo, todos!"

Caleb y Misty se pararon, y extendieron sus manos para asistir a los dos hombres "heridos" a sus pies. Tony Armstrong se rio, y regresó detrás de su escritorio y encendió un monitor. Joey caminó hacia el escritorio de Tony y les hizo señas a todos para que se unieran a él ahí.

"¿Está funcionando?" Preguntó Misty.

Tony, estudiando el monitor, dijo, "¡Como un encanto!"

"¿Dónde está él?" Preguntó Joey.

Aproximadamente a cinco cuadras al oeste de aquí. Parece que se dirige a la Hollow," contestó Tony.

Joey puso su mano en la mejilla de Misty, luego la besó. "Parece que tu sugerencia está funcionando," dijo él.

Misty se encogió de hombros. "Poner un transmisor bajo la piel de García fue pan comido, si queremos rastrearlo para poder atrapar a los otros tiradores. Elaborar un escenario creíble para que pudiera escapar fue la parte difícil." Miró a Caleb. "¿Cómo supiste que King haría lo que hizo?"

Caleb se rio entre dientes y sacudió la cabeza. "No lo sabía. Sólo tuve que esperar que uno de ellos hiciera algo físico para darles a los guardias una excusa para volver la espalda a García. No sabía que sería King."

"Y tampoco estábamos seguros que García alcanzaría el arma de Tony," dijo Joey. "Si no lo hubiese hecho habríamos tenido que usar el plan B. García tenía que tener un escape creíble, o habría sabido que se tramaba algo. Sólo porque él es un traficante de droga, no significa que no sea listo. No podemos subestimar a nadie."

"Me alegra que no haya disparado más de tres veces," dijo Tony. "Esas eran todas las salvas que tenía en mano y no iba a cargar balas reales en ese revolver." Les hizo señas a los dos hombres de seguridad. "Ellos son los actores reales. Tenían que caer y pretender que estaban heridos. Un poco exagerado si me preguntan."

Todos rieron.

"Bueno," dijo Joey. "Sabemos que podemos rastrear a este sujeto. Nos preocuparemos por él después de la pelea de mañana en la noche. Tony, sólo contrólalo de vez en cuando, ¿lo harías? Asegúrate que no haya dejado la ciudad."

Tony asintió. "No hay problema, señor."

Joey dijo, "Bastante bien. Bueno, de nuevo, buena suerte, buen trabajo, gente. Esperemos que esta pequeña treta de resultado."

Ya avanzada la tarde, Jessica entró furiosa a la sala de información, acompañada por Charlie. Misty, Dexter y Megan estaban ahí, hablando con Patti.

"¡Si la gente supiera de la mente estrecha y del pleno *retardo* mental de la mayoría de las fuerzas policiales, se esconderían bajo las camas y se avergonzarían!" dijo Jessica en voz alta. "¡Y si los *criminales* lo supieran, andarían a sus anchas!" Se desplomó en una silla de la mesa. Charlie se quedó parado detrás de ella. "¡Jesús, Charlie, *siéntate*! ¿Necesitas invitación para todo?"

Charlie se sentó.

"¿Qué sucedió?" Preguntó Dexter.

Jessica respiró muy hondo. "Dimos nuestras declaraciones y las firmamos. Cuando terminamos, le preguntamos al detective que si tenía alguna idea sobre qué centro comercial podría ser el que Oakley escogió para vender esos perros monstruosos." Miró con rabia a Dexter. "Dijo que la policía no iba a buscarlos. Que nada había sucedido con esos perros para causar alarma, y que no querían utilizar los 'recursos limitados' en una cacería de brujas." Había usado gestos de comillas en el aire para enfatizar "recursos limitados". "Luego solicité hablar con Oakley, para preguntarle y al menos obtener un punto donde comenzar. El detective dijo que puesto que era una investigación en curso, el acceso a Oakley estaba restringido. No pudimos verlo. Luego preguntamos que si el detective podría hacerle preguntas por nosotros. Dijo que no lo haría. Luego sonrió y nos agradeció por haber asistido." Sacudió la cabeza. "Casi deseé que ese detective hubiese comprado uno de esos Einstein caninos."

"Jessica, siento que hayas heredado mi trabajo," dijo Dexter. "¿Te gustaría que ayudara con eso? Megan y yo probablemente podamos piratear sus computadoras y ver si ya averiguaron la información."

Jessica se iluminó. "¿Lo harías Dex? *Lo* apreciaría."

Dexter sonrió. "Hecho, socia. Damos unos cuantos minutos, ¿está bien?" Se volvió hacia una terminal y comenzó a teclear.

Mientras él trabajaba, Jessica preguntó. "Patti, ¿cómo va el entrenamiento?"

Patti asintió con entusiasmo. "Creo que va bien. Hay mucho de este trabajo que nunca supe que existiera."

"Y probablemente sea peor para ti...ahora ya tienes a Megan y a mí para que nos ocupemos, así como a los otros cuatro." Jessica pensó por un minuto, luego miró a Misty. "Tú podrías sugerirle a Joey más tarde que una segunda secretaria ejecutiva podría ser requerida, si resulta ser demasiado para una sola persona. Yo tenía las manos llenas con sólo los cuatro ustedes."

"Ya estamos trabajando en eso, Jessie," contestó Misty.

"¿Aún no has llegado ahí, querido Dexter?" Preguntó Megan. "Yo habría estado en ese sistema precario y viejo hace dos minutos."

"Sólo leo las notas del detective sobre el caso, amor mío," respondió Dexter. "Jess, ¿Le preguntaste al detective realmente si su padre le dio a su madre alguna idea sobre lo que significaba este nombre, la noche que pasó con ella?"

Jessica trató de parecer inocente. "Puede que lo haya hecho. Realmente no lo recuerdo."

"¿Logró él darse cuenta de que lo llamabas bastardo?"

Jessica rio. "Nunca lo hizo."

Todos comenzaron a reír.

"Las notas indican que el detective ha abandonado la esperanza de encontrar a los perros," dijo Dexter pensativamente. "No puede haber tantos mastín Bulls en la ciudad. Oye, Charlie, toma veinte dólares de la caja chica y pon un anuncio en los clasificados. Debe decir que si alguien ha comprado un cachorro mastín de un hombre en un centro comercial, deben llamar...y escoge uno de los números. Timbrará en el escritorio de Patti, y ella tomará el mensaje. Jessica puede investigar cualquier respuesta." Pensó por un minuto, luego dijo, "De hecho, pon un anuncio en cada periódico de compras en la ciudad. Tal vez alguno de ellos llegue a la gente esperada."

Charlie asintió, se puso de pie, y se fue.

Jessica lo miró irse. "Bueno, terminé por hoy. Tengo cosas que hacer...como mudarme aquí." También ella se puso de pie. "Tengo un pensamiento escalofriante. Había días cuando tenía el trabajo de Patti que no podía esperar para salir de aquí. Ahora, *vivo* aquí." Sacudió la cabeza mientras se iba. "Es la manera de Dios de darme por la cara y decirme '¿Adivina quién?"

CAPÍTULO 11

La pelea estaba programada para las ocho en punto del martes en la noche. A las cuatro el martes en la tarde, Louie se preparaba para salir hacia el centro de convenciones. Llevaba un bolso de lana conteniendo todo lo que podría necesitar: pantaloncillos cortos, zapatos, calcetines, guantes de boxeo, toallas, botellas de agua, alcohol para masajes y hojas de afeitar.

Dexter iba con él. Turk los encontraría en el centro.

Los otros cuatro socios se habían juntado en el área de recepción del cuarto piso para darle a Louie una despedida apropiada.

Joey le dio un apretón de manos solemne a Louie y dijo, "Estaré allí aproximadamente a las cinco treinta o algo así, Louie. Tengo que ayudar a mi amigo a impresionarlos."

Louie dijo, "No quiero impresionarlo, Joe. Sólo quiero dejarlo fuera de combate."

Joey se rio y se hizo a un lado. Misty se movió hacia Louie.

Misty se paró en las puntas de sus pies y le dio un beso a Louie en la mejilla. "Ten cuidado, Percival."

Louie se ruborizó. "Lo tendré, Misty."

Misty miró sus ojos, asintió y le dio una palmada en el pecho, luego se puso al lado de Joey.

Megan se acercó a él, trató de pensar en algo que decir y no pudo, luego lo abrazó impulsivamente con su brazo sano y se hizo para atrás.

Jessica se acercó. "Louie Washington, esta es una de las actividades descerebradas en la que te haya visto meterte, y creo que te merecerías perder esta noche." Respiró muy hondo. "Pero, puesto que estás de acuerdo en hacer esto...hazlo apropiadamente, y pelea para ganar." Extendió su mano para tomar la de él. "Y tan rápido como sea posible, por favor. No quiero pasarme la noche entera viendo un baño de sangre." Le sonrió. "La sangre del campeón, por supuesto. Lo harás apropiadamente. Tengo toda la confianza en ti."

Louie estaba sorprendido por su discurso. Con ojos ampliamente abiertos, él dijo, "Vaya, ¡gracias, Jess!"

Cuando ella se alejaba hacia la sala de información, Jessica dijo, "Porque si no ganas, me *aseguraré* de recordarte este disparate cada día del resto de tu vida natural."

Dexter miró a Louie, quien estaba mirando a Jessica con rostro atónito, y dijo, "Bueno, *esa es* una motivación si alguna vez escuché una igual."

Todos se rieron.

Misty dijo, "Louie, Joey puede que llegue a las cinco y treinta, pero nosotras las damas no llegaremos hasta después de una hora o algo así." Se arregló el cabello y dijo arrogantemente, "Después de todo, debemos vernos lo mejor, ¿no es cierto?"

Louie sacudió la cabeza riendo. "Dexter, vámonos antes de que se vuelva más profundo, hombre."

Más tarde, Misty llegó al escritorio de Patti y dijo, "*Vas* a venir con nosotros, ¿verdad?"

Patti se vio sorprendida. "¡No sabía que estaba invitada!"

Misty puso los ojos en blanco. "Bueno, ¡Por *supuesto* que estás invitada! Eres nuestra secretaria, ¿no es cierto? Vamos, vamos para que te cambies. Y trae tú cámara. ¡Nunca se sabe cuándo se presentará la oportunidad de una foto!"

Pepino García se había comunicado finalmente con Jesús y Pablo. Después de haber escapado de los *gringos*, había corrido a través de callejones y calles traseras. Se había desecho del revolver en el drenaje más cercano, y había buscado un teléfono público. Puesto que los teléfonos públicos se habían vuelto en su mayoría cosa del pasado en los Estados Unidos, no pudo encontrar uno. Finalmente convenció a un empleado hispano de una tienda de abarrotería para que le prestara su teléfono. Marcó el número de Pablo.

Pablo estaba feliz de saber de Pepino. Le dijo a Pepino que los encontrara a él y a Jesús en el centro de convenciones a las cuatro en punto del siguiente día. Tenían un trabajo que realizar. Pablo no detalló y dejó que Pepino encontrara el camino él mismo.

Pepino durmió esa noche detrás del contenedor de basura del supermercado. No durmió bien. Cuando despertó, entró y se lavó en el baño de la tienda. Le rogó al dependiente de esta que le diera una salchicha y un bizcocho, y lentamente se comió el desayuno. Hubiera deseado robarle dinero a los *gringos* que lo habían tenido prisionero.

El resto del día, Pepino mató el tiempo en el parque, mirando a mujeres jugar con niños. Las mujeres todas le rehuían y le echaban una mirada suspicaz. A menudo él les preguntaba la hora, y cuando eran las tres y treinta, dejó el parque y se dirigió al centro.

Cuando Pepino llegó a dos cuadras del centro de convenciones, comenzó a buscar por todos lados a Pablo y a Jesús. Comenzó a cruzar la última calle cuando notó que un hombre estaba parado en la esquina frente a él. Al acercarse Pepino, el hombre se dio la vuelta. ¡Era Félix Juárez!

Pepino comenzó a sudar. El *gringo* Joey Justice le había dicho que ambos, Fernández y Juárez habían muerto en el ataque a la granja. Si Juárez estaba vivo, ¿significaba eso que...?"

"¡*Señor* Juárez!" dijo Pepino. "¡Está vivo!"

Félix asintió. "¿Entonces Joey Justice piensa aún que estamos muertos?"

"*Sí, señor*," contestó Pepino. Sus ojos se ensancharon al darse cuenta lo que Félix había dicho. "¿Y...*El señor* Fernández? ¿También está vivo?"

De Nuevo, Félix asintió.

Pepino hizo un esfuerzo por sonreír. "Eso es *muy bueno, señor*."

"Nos dijeron que fuiste capturado por una mujer, Pepino."

Pepino tragó saliva. "*Sí*."

"¿Quieres redimirte?"

Pepino asintió.

Juárez sonrió. "Entonces déjame decirte los planes, amigo." Juárez describió paso a paso lo que él y Fernández habían planeado. "Tú te ubicarás al otro lado de la calle desde la entrada principal. Cuando veas a la *señorita Wilhite*, puedes intentar matarla si tienes un blanco bueno. O, puedes herirla de manera que podamos capturarla y llevárnosla cuando regresemos a casa. El *señor* Fernández preferiría que la lleváramos con nosotros, pero él entiende que no puede ser posible."

"¿Y si no tengo un blanco bueno?"

Félix se encogió de hombros respondiendo, "No importará, Pepino. De todas manera ella va a morir."

Una de las cosas que Justice Security había acordado cubrir para la pelea del campeonato, era el estacionamiento. Bo Lockhart inicialmente se había opuesto a esta sugerencia, pero había estado de acuerdo después que Louie y Joey le habían explicado que muchas amenazas de seguridad podían ser neutralizadas antes de que sucedieran si el personal de seguridad estaba en su lugar cuando los invitados llegaran. Los vehículos podían ser examinados por el "aparcacoches" mientras ubicaba el vehículo en el garaje, si el aparcacoches sentía que había una razón para hacerlo. Una vez que el razonamiento fue explicado, Lockhart estaba complacido. De hecho, estaba tan complacido, que hasta le ofreció a Louie una habitación completa donde podía vestirse y no le cobraría por ello.

Cuando Louie y Dexter llegaron al centro de convenciones, fueron recibidos en la entrada frontal por dos de sus hombres. Usando una señal de la mano, Louie les indicó que no dejaran de representar a los personajes. Tenían que actuar como aparcacoches normales.

Cuando entraron a las instalaciones, fueron recibidos por Bo Lockhart y un hombre al que no conocían. Lockhart les presentó al hombre.

"Washington, este es Randy Hooper de la Comisión de Boxeo del Estado. Él necesita ver tu licencia de boxeo." Miró a los ojos de Louie. "*Si* te acordaste de conseguirla, ¿no es cierto?"

"Lockhart, daría mi huevo izquierdo por ponerte en el cuadrilátero de boxeo por sólo cinco minutos," dijo Louie. "No caerías al suelo hasta que los cinco minutos se hubieran terminado, eso te lo prometo." Lockhart palideció un poco por la sugerencia de entrar al cuadrilátero con Louie. "*Por supuesto*, la conseguí." De hecho, *Joey* se la había conseguido...como un favor del gobernador. Se sacó la licencia de su billetera y se la dio a Hooper. Hooper se puso los anteojos y examinó la licencia de cerca, ya que podía ser falsa. Después de un par de minutos de observarla de cerca, Hooper miró a Louie.

"Debo hacer una copia de esta licencia, Sr. Washington."

"No hay problema, Sr. Hooper," contestó Louie. *Pequeño malparido metiche*, pensó él.

Marcus Moore pensó que vomitaría hasta que sus intestinos se le salieran.

Estaba camino de regreso a la ciudad en una aerolínea comercial, y volaban a través de una tormenta. La tormenta era enorme, y, de acuerdo con el capitán, no podía volar lo suficientemente alto para volar sobre ella. La razón era restringida, como lo era todo lo que el capitán decía. Marcus había vomitado tanto como para llenar dos bolsas para el mareo, y estaba usando una tercera. No le gustaba volar.

Lo único bueno sobre el vuelo era que estarían aterrizando dentro de treinta minutos. Marcus no podía esperar. Iba a ir directamente al centro de convenciones, para ver a Louie ganar la pelea.

El avión se sacudió de nuevo y bajó unos cuantos pies. Marcus sintió que su estómago se sacudía cuando el avión lo hacía, y deseaba estar en tierra.

El viaje a Washington había sido excelente. Los miembros de alto rango estuvieron muy impresionados con el video producido por Justice Security documentando la muerte de Fernández. También habían visto la grabación en internet, y el consenso general fue que la compañía de seguridad había tenido bastante justificación en sus acciones. Marcus había solicitado y había recibido aprobación para emitir un bono para la compañía por sus servicios arriba y más allá del deber. A Joey no le importaría el dinero, por supuesto, pero iba a apreciar los galardones que Marcus traía con él. Por supuesto, mucha gente en los círculos de inteligencia estaba en muchos problemas debido al hecho que Fernández estaba en el país para empezar, y nadie lo sabía. Un par de personas habían sido reasignadas a Alaska, y otras reasignadas a ciertos puntos calientes del Medio Oriente como resultado.

Marcus esperaba con ganas la pelea del campeonato de esta noche. El campeón no tenía idea lo que Louie le podía hacer. Marcus quería estar allí para verlo. Mientras tanto, Marcus vomitó una vez más...como una buena medida.

Mientras Joey dejaba el edificio, se detuvo en el escritorio de Tony en el área de recepción.

"Entonces, ¿dónde está nuestro pequeño fugitivo, Tony?" Preguntó Joey.

Tony presionó un interruptor en el monitor de su computadora y miró lo que mostraba la pantalla. "Está a dos cuadras del centro de convenciones, Joey. No se ha movido en toda una hora aproximadamente."

Joey miró al vacío, perdido en sus pensamientos. ¿Por qué estaría Pepino, supuestamente desconectado de sus amigos, en el centro de convenciones? ¿Y por qué esta noche entre otras?"

Tony interrumpió su embelesamiento. "¿Hay algo más, Joey?"

Joey negó con la cabeza. "No. Gracias Tony." Al caminar hacia las escaleras para bajar al garaje, Joey estaba aún perdido en su pensamiento. ¿Por qué allí? ¿Y por qué esta noche? No tenía mucho sentido.

Conduciendo hacia el centro, Joey activó su radio para transmitir a todos los agentes activos. "No sé si esto es algo para preocuparse o no, pero todos en el centro necesitan estar alerta sobre cualquier actividad sospechosa de cualquier individuo hispano. Sé que suena racista, pero nuestro pequeño fugitivo está aproximadamente a una cuadra del centro de convenciones, y no puedo imaginarme por qué. Un poco de alerta extra de parte de todos puede alejar la violencia de la pelea de esta noche. Por favor estén al tanto de esto. Estaré allí en poco tiempo." Regresó su radio al dispositivo de control.

Al llegar al centro, usó una señal de la mano para los "aparcacoches" para hacerles saber que no debían hacer ver que lo conocían. Cuando dio las llaves al agente de seguridad, comenzó a caminar hacia la entrada.

"¡Sr. Justice!" llamó una voz familiar. "¡Señor Justice!"

Joey se volvió para ver a Miriam Apple de las Noticias del Canal Siete corriendo para encontrarlo, con un camarógrafo moviéndose con dificultad detrás de ella. Él se detuvo. Un poco de relaciones públicas no haría daño.

"Tranquila, Sra. Apple," llamó Joey. "Esperaré por usted."

La reportera se acercó a Joey e inmediatamente comenzó a respirar pesadamente. "¡Estoy *(fiú)* tan fuera de *forma (fiú)*!" Su camarógrafo logró alcanzarla y no se veía tan jadeante. Ella lo miró mientras su respiración disminuía, sacudiendo su cabeza. "Fanfarrón," murmuró.

Joey le sonrió. ¿Por qué corría? Yo iba a esperarla."

Ella tomó un último aliento. "Soy reportera. Nunca juzgo a alguien por las apariencias." Se arregló el cabello y luego se volvió hacia el camarógrafo. "¿Listo, Steve?"

Steve asintió y levantó su cámara. Miró a través del lente, e hizo el signo de levantar los pulgares.

Miriam Apple alzó el micrófono y comenzó a hablar. "Estoy hablando con Joey Justice ahora." Se volvió hacia Joey. "Sr. Justice, ¿cuál cree usted que será el resultado de esta pelea esta noche?"

"Bueno, Miriam, esperaría que Louie ganara. Sin embargo, sea que gane o pierda, los fanáticos tendrán una pelea de la que hablarán por un buen tiempo."

"Algunos han dicho que esta pelea es simplemente un truco publicitario de Justice Security. ¿Qué dice a eso, Sr. Justice?"

"Diría que hay mucha gente que tiene mucho tiempo de sobra. Causamos un problema a nuestro cliente, y lo estamos arreglando de la mejor manera que sabemos. El hecho que esto sea un problema de muy alto perfil está más allá de nuestro control. Esta *no* es la manera en que buscamos publicidad."

"Hay rumores de que su compañía está involucrada en un caso gubernamental criminal grande en estos momentos. ¿Le importaría hacer comentarios respecto a eso?

Joey sonrió. "Justice Security tiene varios contratos gubernamentales de seguridad. Muchos de ellos son confidenciales y ultra secretos. No puedo hacer comentarios sobre ninguno de ellos, ni confirmarlos o dar detalles. Lo siento, Miriam."

Miriam le regresó la sonrisa a Joey. "También hay rumores que acaban de terminar un gran caso de drogas aquí en la ciudad. Puesto que Limusinas Pinky ha probado ser un centro de distribución para el cartel de Fernández, ¿Puede confirmarnos si su compañía estuvo involucrada en el descubrimiento del hecho?"

Joey negó con la cabeza. "¿Pinky era un distribuidor de drogas?" Joey le preguntó con incredulidad. "¡Fantástico!"

Miriam sonrió. "Esos fueron los comentarios de Joey Justice, aquí en el centro de convenciones de la ciudad."

Steve alejó la cámara de su vista, luego asintió.

Miriam se volvió hacia Joey. "Gracias, Sr. Justice." Se sonrió astutamente. "Usted *si* sabe algo sobre Pinky's. Puedo saberlo. Y su última respuesta no fue una negación o una confirmación. Fue una evasión. ¿Por qué fue así, me pregunto?"

"Miriam, todo lo que puedo decir es...disfrute la pelea," contestó Joey, mientras se abría camino alejándose de ella y entrando.

A las seis y quince, Misty, Megan y Patti estaban todas juntas en el escritorio de recepción en el recibidor. Esperaban a Jessica quien se uniría a ellas.

Patti tomó su cámara de su bolso. "Bien, damas. Es tiempo de una foto. ¡Me gustaría que las dos ustedes se juntaran y sonrieran!"

Misty se unió a Megan por el brazo sano. Pusieron sus cabezas juntas y sonrieron mientras Patti tomó la foto digital.

Jessica salió de los elevadores detrás de Patti. "Toma la foto rápido Patti...los empleados masculinos de Justice Security no podrán trabajar si permanecemos las cuatro en el vestíbulo."

Las damas se rieron mientras Tony se sonrojó. Jessica hizo un gesto hacia él. "¿Lo ven chicas? ¡El color de Tony muestra que tengo razón!"

Patti se acercó al escritorio de Tony. "Tony, ¿serías tan lindo de tomarnos una foto a las cuatro juntas?"

Tony asintió. "Seguro, Patti. Me alegraría." Tomó la cámara de ella, y ella le mostró rápidamente cómo usarla. Él escuchó atentamente mientras ella explicaba. "¿Te importaría que probara contigo primero?" preguntó él, mientras le sonreía.

Patti le regresó a la sonrisa a Tony. "Por supuesto."

Jessica codeó a Megan y a Misty, y asintió hacia las dos mientras comentaban sobre cómo tomar la foto. Las tres mujeres se sonrieron conscientes.

Jessica en cambio sintió un escalofrío a lo largo de su columna cuando escuchó a Patti decir, "No, Tony, trata de nuevo. ¡Cortaste mi cabeza!"

Joey encontró a Louie y a Dexter en el camerino de Louie. Louie estaba sobre la mesa de masajes, y Turk frotaba la espalda de Louie. Dexter miraba un video de una de las peleas anteriores del campeón.

"Hola, muchachos," dijo él.

"Hola, Joey," dijo Dexter, sin levantar la mirada. "Bienvenido al entrenamiento."

"Hola, jefe," dijo Turk.

Louie volvió la cabeza para ver a su amigo. "Conozco esa mirada, Joe. ¿Qué te molesta?" Preguntó él.

"Tal vez no sea nada, tal vez sea algo," contestó él. "Tal vez sean *dos* algos. ¿Ha hablado alguno de ustedes con Miriam Apple?"

Turk y Dexter ambos negaron con la cabeza. Louie dijo, "Yo lo hice. Fue la otra noche durante la conferencia de prensa. ¿Por qué?"

"Acaba de acorralarme allá afuera, y me dijo muy bien que sabe que de alguna manera estamos involucrados en la exposición de Pinky. Me pregunto cómo se dio cuenta de ello."

Dexter puso el video en pausa y se volvió hacia Joey. "¿Crees que sean los clientes?"

"Posiblemente," dijo Joey. "Pero también pudo haber sido sólo especulación de parte de ella."

"Como una expedición de pesca," dijo Turk. "Jefe, yo solía hacerle eso a mi Abuelita cuando quería saber cuáles eran mis regalos navideños, yo le decía que mi Abuelo me contaba cuales eran mis regalos, y yo mencionaba algo genérico...como que mi abuelo me decía que me había conseguido algunos DVDs...y ella se enojaba y decía que le iba a patear el trasero al pobre viejo chocho. Daba resultado todo el tiempo. Puede que eso sea lo que esté haciéndole a usted esa Apple – pescando información haciéndole ver a usted que ella ya sabe."

"Esa es una Buena idea, Turk," dijo Louie. "Puede que él tenga razón, Joey."

Joey asintió. "Podría ser. Ah, Bueno, no me preocuparé de ello hasta que algo suceda, creo. ¿Estás listo, Louie?"

"Tan listo como nunca lo estaré, creo," contestó Louie.

"Está listo," dijo Dexter. Miró a Louie especulativamente. "Sabes, Joey, he estado viendo viejas peleas del campeón. Creo que Louie puede vencerlo. No sólo digo eso, tampoco. Realmente pienso que puede vencerlo, y hacerlo rápido."

"Entre más rápido venza al campeón, más pronto iremos a casa," dijo Joey. "La otra cosa que quería mencionar es que nuestro pequeño fugitivo está aún dentro de un par de cuadras de este centro. No puedo imaginarme por qué."

"Umm. Podría no ser nada," dijo Louie. "Puede que esté en un contenedor. Puede que los otros tiradores lo hayan hecho carne de rata."

"No, se ha estado moviendo por todos lados," dijo Joey. "Se movía de una cuadra a dos y de nuevo estaba a una cuadra...sólo desearía saber qué es lo que trama."

"Sí, oí tu transmisión temprano," dijo Dexter. "No le dije nada a Louie para no distraerlo de la pelea."

Joey se sonrió. "Correcto. No te preocupes sobre eso, Percy, viejo. Nosotros vigilaremos a nuestro pequeño Pepino. Tú sólo encárgate del campeón."

"Ustedes amigos no están pensando," dijo Louie. "¡El campeón puede encargarse de *mí*!"

Se escuchó el rugido de un trueno.

"¿Se supone que llueva esta noche?" Preguntó Joey.

"Hay una ligera posibilidad, dijo el pronosticador del tiempo," contestó Dexter.

"Maravilloso. Lluvia. Lo que necesitábamos. ¿No es grandiosa la vida?" Dijo Joey.

Treinta mil pies arriba de sus cabezas, Marcus Moore no pensaba que la vida era grandiosa. Maldecía a los hermanos Wright, a las aerolíneas, a los pilotos en general, a los pronosticadores del tiempo y a cualquiera que se le viniera a la mente. El piloto de su vuelo les dijo que no podían aterrizar ahora, porque la tormenta en la que habían entrado los seguía hasta la ciudad. El pronóstico del tiempo actual decía que la tormenta pasaría la ciudad dentro de los próximos treinta minutos o algo así, pero, hasta que eso sucediera, tenían que permanecer en el aire.

Marcus había vomitado tanto que la turbulencia del aire ya no lo molestaba. En este punto, estaba frustrado. Quería bajar a tierra, y quería llegar al centro de convenciones para poder ver a Louie pelear con el campeón.

El avión finalmente aterrizó a las seis y treinta y cinco. Marcus usó su insignia para asegurarse de ser el primer pasajero en bajar del avión. Corrió hacia la sección de equipaje, reclamó su portafolio, y estaba de camino al centro de convenciones a las seis y cincuenta. Llegaría allí a las siete y quince, si el tráfico estaba de su lado.

A Marcus no se le ocurrió revisar su correo de voz hasta las siete en punto. Cuando escuchó sus mensajes, su rostro palideció...y pensó que podría vomitar de nuevo.

Las damas de Justice Security llegaron al centro de convenciones a las seis y cincuenta pm. Misty estaba conduciendo, y vio movimiento a su izquierda. Cuando miró en esa dirección, vio a Pepino...y no podía creer lo que veía. ¿Por qué estaba ese pequeño Mexicano en los alrededores del centro de convención?

Esperándola, por su supuesto.

Los "aparcacoches" ya habían sido instruidos de no dar a entender que ya conocían a las damas al llegar, pero Misty eliminó esas instrucciones, y consultó con su "aparcacoches" en cuanto a hallar una manera de capturar a Pepino de nuevo. Realmente, realmente quería saber por qué ese asqueroso pequeño asesino estaba en los alrededores, y por qué pensó que ella sería un blanco fácil. Necesitaba hacer una distracción, a manera de poder acercarse sigilosamente a él...pero no se le ocurrió nada que no hiciera huir al pequeño Mexicano.

Nada se le ocurrió...hasta que el Chrysler Sebring convertible blanco se aparcó detrás de ella.

Pepino no pudo imaginarse lo que tramaba la *señorita*. Ella se había aparcado en la entrada, dejó que se bajaran las otras tres *señoritas*, habló con el aparcacoches...y luego, inexplicablemente, ¡se había alejado en el auto! ¡No podía creer lo que veía! Vio, pero no registró el hecho, que el conductor del carro blanco detrás de Misty habló con el aparcacoches, miró en dirección a él, asintió al aparcacoches, y comenzó a cruzar la calle. La mente de Pepino estaba dando vueltas.

El *señor* Juárez había sido explícito: Captúrala de ser posible, mátala si no es posible. Pepino había olvidado totalmente que Félix había dicho que ella moriría de todas maneras si la oportunidad no le daba opciones. ¡Pero la puta *gringa* se había alejado! Pepino no sabía qué hacer.

Una cosa estaba clara, sin embargo. Pepino tenía que hacer *algo, o el señor* Fernández tendría una tarde de entretenimiento con él. Pero, ¿qué podría hacer él?

Antes de que Pepino siguiera teniendo ese pensamiento, sintió una palmada en su hombro

Marcus comenzó a usar habilidades aprendidas en una clase de manejo defensivo hace tiempo en Quántico. Estaba viajando a gran velocidad, con el velocímetro llegando a la zona roja arriba de ochenta y cinco. Con su mano derecha, desconectó su teléfono del correo de voz y comenzó a buscar en su libro de direcciones, buscando el número de celular de Joey. Mantuvo un ojo en la pista y también miraba su teléfono. Cuando estaba mirando su teléfono, la pantalla comenzó a destellar. *¡Oh Dios mío!* Pensó. *¡No he cambiado la maldita cosa desde que salí para Washington!*

"¡MIERDA!" gritó, con una disculpa silenciosa a la hija de Nicholas Turner. Soltó el teléfono y comenzó a concentrarse en como colarse entre el tráfico.

Eran las siete y diez pm.

Pepino, perdido en sus pensamientos, se volvió para ver quien había palmeado su hombro. Tuvo que levantar la mirada para poder ver el rostro del hombre.

"Hola," dijo el hombre a Pepino. "Mi nombre es Jim Dandy. ¿Cuál es el tuyo?"

Pepino contestó antes de pensar. "Pepino García."

Jim extendió su mano derecha para dársela. "Me alegra conocerte, Pepino. ¡Ponla aquí!"

Pepino le dio la mano al *gringo*. Jim no soltaba la mano de Pepino.

"Tengo una pregunta para ti, Pepino," dijo Jim.

"*Sí, señor*." Contestó Pepino. "¿Cuál es?"

"¿Qué se sintió ser atrapado por una mujer?"

Los ojos de Pepino se ensancharon, y comenzó a tratar de soltar su mano de la de Jim, pero no tenía la fuerza. Sintió una palmada en su hombro derecho, y se volvió para ver quién era.

Misty dijo, "Hola, de nuevo, pequeña mierda." Luego le dio un golpe a la sien derecha de Pepino con el talón de la mano derecha. Los ojos de Pepino giraron hacia arriba, y se desplomó sobre los brazos de Jim. Inconsciente.

"¿Qué hago con él Misty?" Preguntó Jim.

Misty suspiró. "¿Puedes traerlo al centro, Jim?"

"Seguro."

Ella sacudió la cabeza al cruzar la calle, cada uno de ellos sosteniendo un lado de Pepino. "No sé qué va a molestar a Joey más...ver a Pepino o verte a ti."

Marcus recibió una infracción por correr.

El policía motorizado que hizo que se detuviera miró su insignia, escuchó su historia y dijo, "Licencia y boleta de revisión, por favor."

Marcus quedó viendo al policía boquiabierto y con ojos bien abiertos. No podía creerlo. Silenciosamente, entregó su licencia y boleta de revisión.

El policía silenciosamente emitió la infracción, la desprendió y se la dio a Marcus. "Maneje más despacio y tenga un buen día, señor."

Marcus tomó la infracción, la quedó viendo, y luego dijo, "¿Podría darme su nombre y número de placa? Quiero asegurarme absolutamente que tengo a la persona correcta asignada a un territorio en Hooker Hollow."

Joey tiró de golpe a Pepino en una de las sillas plegables metálicas. Aún estaba inconsciente, pero lentamente estaba despertando. Joey buscó y encontró cinta de embalar. Se la lanzó a Dexter y dijo, "¿Podrías por favor asegurar a ese hijo de puta a la silla, Dex? Luego se volvió a Misty y a Jim y dijo, "¿Por qué tenemos la gracia de tener a este pequeño idiota de nuevo?"

Jim levantó sus manos en un gesto de "espera un minuto". "Todo lo que hice fue ayudar a cargarlo. ¿Qué sucede?"

"Tienes razón, Jim," dijo Joey. "Te mereces una explicación sobre todo esto, creo. "Joey le explicó la situación completa a él. Le dijo sobre el predicamento de Louie, la exposición canina y sobre Fernández. Le explicó a Jim sobre el escape de Pepino, y sobre el dispositivo de rastreo que él y Caleb Mitchell habían implantado bajo la piel de Pepino, y que Pepino había estado rondando el centro todo el día.

"Estoy de acuerdo contigo, Joey," dijo Jim. "Este sujeto anda tras algo. Misty tuvo razón de traerlo acá."

Joey asintió. "Lo sé. Sólo que odio ver a este pequeño asesino de nuevo."

Dexter le regresó la cinta a Joey. "Está tan atado como se puede, Joey. Puede que necesites tenerla a mano para su boca, a menos que quieras que hable."

Joey se rio. "Que hable es lo que quiero."

"Sé una cosa," dijo Misty. "Va a estar furioso conmigo." Ella se rio. "Apuesto a que acabo de dañar su ego."

Jessica, Megan y Patti habían llegado al camerino. Con ocho personas en la habitación, esta se había vuelto definitivamente atestada.

"Guau," dijo Megan. "Sí que vimos a Misty cargando a este pelagatos, ¿no es cierto?"

"Hola, james," dijo Jessica a Jim Dandy.

Jim la saludó con la cabeza. "Jess. ¿Cómo estás?"

"Una socia completa ahora, junto con Megan."

"Guau, parece que Joey dejó afuera a un montón," dijo Jim.

"Funcionamiento interno, Jim. Nada de tu interés," dijo Joey.

"Joey, son las siete treinta y cinco," dijo Dexter. "Louie y yo debemos ir al área de montaje. Vamos al cuadrilátero en quince minutos."

Joey movió la mano a los dos ellos. "Váyanse. Averiguaremos lo que está sucediendo y estaremos allá dentro de poco. Noquéalo Louie. No te andes con tonteras. Quiero irme a casa."

Louie y Dexter dejaron la habitación. Megan se fue con ellos. Cuando la puerta se cerró detrás de ellos, Pepino gimió y abrió los ojos. Miró a los rostros que lo rodeaban.

"*Madre de Dios*, murmuró para sí mismo.

"Pepino," dijo Joey. "Dime por qué no debo matarte ahora mismo."

Antes de que Pepino pudiera contestar, la puerta se abrió de un solo y Marcus entró a toda prisa.

"Tenemos grandes problemas," dijo. "¡Fernández está aún con vida!"

CAPÍTULO 12

La habitación estaba en silencio. Los únicos sonidos que podían oírse vagamente eran los gritos de la gente al fondo. Todos los ojos estaban sobre Marcus.

"Marcus," dijo Joey lentamente, "si esto es una broma, no es divertida."

"No es broma, Joey," contestó Marcus. "Quisiera que lo fuera."

Los ojos de Joey se volvieron hacia Pepino. "Ahora hay una explicación para tu presencia aquí. ¿Qué hace Fernández aquí?"

Marcus miró al pequeño hispano atado a la silla con cinta adhesiva. "¿Quién es este?"

"Su nombre es Pepino García," contestó Joey. "Él fue uno de los tiradores de Pinkersley. Ayudó a matar a la gente de la masacre en la Cuarta Calle. Misty lo atrapó el sábado por la noche en McFeelme's y lo dejamos escapar el lunes por la mañana, con un implante bajo su piel para rastrearlo. Esperábamos que pudiera conducirnos hacia los otros tiradores. No sabíamos que nos conduciría hacia Fernández."

"Ah, ya veo," dijo Marcus.

Los ojos de Joey no habían dejado de ver a Pepino. Miraba fijamente al pequeño hombre hispano de forma muy intensa, calculadora y fría. "Marcus, ¿puedes decirnos como sobrevivió Fernández?"

"Aparentemente, de acuerdo al reporte forense del Dr. Holland, Fernández y Félix Juárez estaban dentro de la limusina cuando un RPG la alcanzó," contestó Marcus. "Exámenes posteriores revelaron que la limusina estaba blindada. Las pruebas demostraron que los hombres sólo sufrieron la inhalación de un poco de humo y tal vez se ensuciaron ligeramente." Sacudió su cabeza. "Pero sobrevivieron lo suficiente para escapar de la granja. Esa es la parte espeluznante."

"Eso significa que él realmente está enojado con nosotros ahora," dijo Jessica.

"No sólo eso," dijo Misty. "Vendrá contra nosotros con todo lo que tiene."

"Y será un contraataque público, para mitigar su reputación dañada," agregó Megan.

"Público," dijo Joey, con una voz apenas audible. "Algún lugar al que *todos* nosotros con seguridad iremos…como la pelea por el premio." Él aún miraba a Pepino. "De repente te has vuelto el centro de mi atención, pequeña mierda miserable." Joey se rompía los nudillos. "Jim," le dijo a Jim Dandy, "¿me harías un favor?"

Jim asintió, "Por supuesto, Joey."

"¿Te quedarías afuera por unos momentos con Marcus?"

Jim Dandy le echó una mirada significativa a Pepino, quien comenzó a sudar profusamente. "Me encantaría, ¿Marcus? ¿Saldrías al pasillo conmigo?"

Marcus miró a Joey, quien echaba una mirada a los gabinetes y gavetas en el área de los casilleros. "¿Está bien, Joey?"

"Sí, Marcus."

Marcus miró a Pepino, luego a Joey de nuevo. "No lo mates."

"Te escucho."

Marcus puso más énfasis en la oración al repetir, "*No lo mates*."

Joey giró bruscamente hacia Marcus. "Dije que te escucho, Marcus. Ahora, ¿podrías por favor salir?"

Jim Dandy ya había cruzado hacia la puerta del área de los casilleros y la abrió, manteniéndola abierta para Marcus.

Marcus miró profundamente a los ojos de Joey, asintió, y salió a zancadas de la habitación. Jim salió detrás de él, cerrando la puerta con fuerza detrás de sí.

Joey volvió su atención hacia Pepino, cuyos ojos se habían ensanchado. El hombre aún sudaba a cántaros.

"Patti," dijo Joey.

"Sí, señor," contestó Patti.

"Me gustaría que tomaras tu cámara afuera del centro de convenciones. Usa tu lente para teleobjetivo. Mira cuidadosamente a todos los edificios de alrededor. Si ves a Fernández con tu lente, toma la fotografía. Luego ven a buscar a cualquiera de nosotros."

Patti miró a Joey como si nunca lo hubiera visto antes. Se miraba como si un velo negro se hubiera colocado en sus ojos y en su cabeza. La mirada en sus ojos no era la mirada de un propietario de negocio benefactor. Sus ojos se habían vuelto crueles y calculadores. Ella no se había movido.

"¿Patti? El tiempo es esencial aquí, por favor," dijo Joey.

Ella saltó. "Sí, señor. Voy de camino." Patti dejó la habitación.

"Misty, me gustaría que tú, Jessica y Megan mantuvieran a nuestro pequeño invitado en su lugar, por favor," dijo Joey. Las damas obedecieron, cada una estaba parada de manera que pudieran estabilizar cualquier extremidad que necesitara estabilizarse. Joey continuó con su mirada hacia Pepino. "Tienes una última oportunidad de hablar, García. ¿Dónde está Fernández y qué trama él?"

"No te diré nada, *gringo*," contestó Pepino. Su voz estaba muy temblorosa.

Joey movió la cabeza asintiendo, y sostuvo un par de tenazas que encontró en el gabinete. "Como quieras. Tienes dos testículos, García. En un momento, tendrás solo uno. El conservarlo depende de si me dices lo que quiero saber."

Marcus cerró los ojos fuertemente al oír los gritos desde adentro del área de los casilleros. No podía aprobar lo que Joey estaba haciendo, pero lo entendía. Fernández tenía algo planeado para esta noche, y su blanco era Justice Security. Tenían que descubrir qué era lo que planeaban y tratar de detenerlo antes que murieran personas. Al pedirle a él que dejara la habitación, Joey salvaba la reputación de Marcus.

De la manera en que estaban las cosas, Marcus deseaba estar en cualquiera otra parte.

Marcus echó una mirada rápida a Jim Dandy. Su rostro estaba serio, casi estoico. Al apartar la mirada, podía oír voces adentro del área de los casilleros. Joey estaba gritando, Misty estaba gritando y el pequeño hispano hablaba con voz temblorosa. Marcus no pudo entender lo que se decía.

De pronto, la puerta de la habitación de los casilleros se abrió de un solo, y Joey salió, seguido por las damas. El rostro de Jessica estaba blanco, Misty estaba impasible y Megan tenía una sonrisa en su rostro. *Jesucristo, ¿acaso disfrutó lo que Joey hizo?* Pensó Marcus.

Joey miró a Jim y a Marcus. "Fernández ha puesto explosivos en todo el centro de convenciones. Va a demoler todo el lugar y a matar a todas las personas adentro tan pronto como se anuncie el ganador de la pelea. ¡Tengo que llegar a Louie *rápido*!"

Arriba, en el piso principal del centro de convenciones, Louie acababa de ser presentado a través de los parlantes, y cerca de la mitad de las personas comenzaron a aplaudir, a gritar y a abuchear. Se abrió paso hacia el cuadrilátero, con Dexter y Turk caminando detrás de él. Aunque estaba bastante tentado, resistió el deseo de levantar sus brazos para hacer el saludo de victoria, y danzar en el pasillo en lugar de caminar.

Cuando llegó a su esquina en el cuadrilátero, Turk atravesó las cuerdas, y colocó un banco de peso ligero y alto en la esquina. Dexter levantó las cuerdas para que Louie pudiera agacharse y entrar al cuadrilátero. Dexter siguió a su amigo hasta ahí.

Tan pronto como los tres habían llegado a la esquina asignada, el anunciante comenzó la letanía sobre el campeón.

"Y ahora, sin más demora, aquí está él. ¡Pesando 254 libras, es el campeón de peso pesado del mundo! Damas y caballeros, ¡Walter Pyle!"

El campeón no tenía reparos en presumirle a la multitud. En medio de los aplausos tumultuosos, Pyle danzó por todo el pasillo hacia el cuadrilátero, con ambos brazos en el aire, lanzando puñetazos hacia el techo. Sus acompañantes lo siguieron, con grandes sonrisas en sus rostros y con grandes cheques de paga en sus sueños. Pyle zigzagueaba una y otra vez por todo el pasillo mientras danzaba, dándole un gran abrazo a una fanática. Cruzó el pasillo y se encorvó de lleno sobre otra fanática. A la audiencia aparentemente le gustaban las payasadas de Pyle, porque aplaudían aún más fuerte por eso.

Louie miró con ojos casi cerrados. Era la única expresión en su rostro. Le hizo un gesto a Dexter para que se acercara más a él. "¡Voy a patear su trasero sólo por la manera en que actúa!" le dijo a Dexter en la oreja.

Dexter se rio, y lo repitió para Turk. Aquel también se rio.

Finalmente, el campeón se había movido a su esquina en el cuadrilátero. Se sentó en el banco y miró a Louie al otro lado del cuadrilátero.

El aplauso había comenzado a disminuir cuando el árbitro subió al cuadrilátero. Luego comenzó de nuevo, aunque no tan estrepitosamente. Algunos búuu y abucheos se podían oír bien. El árbitro se movió al centro del cuadrilátero. Les hizo señas a Louie y al campeón para que fueran al centro con él. Ambos obedecieron. Cuando se movieron hacia el árbitro, este presionó un botón en un micrófono inalámbrico en su camisa.

"Pyle, Washington, quiero una pelea buena y limpia. Sin golpes bajo la cintura, sin mordidas, sin atropellarse o pisarse los pies. Cuando les diga que deben separarse, háganlo, y vayan a una esquina neutral. ¿Está claro, caballeros?" Ambos hombres asintieron. "Entonces vayan a sus esquinas. ¡Cuando suene la campana, salgan a pelear!"

Pyle tenía ventaja de un par de pulgadas de altura sobre Louie. Se paró hasta que estuvo frente al rostro de Louie, "Voy a joderte, *guardia*. Luego voy a encontrar a tu novia y la voy a coger hasta que no pueda caminar. *Entonces* voy a encontrar a tu mamá y la voy a coger hasta que tampoco pueda caminar, pequeño pandillero."

Percival "King Louie" Washington entrecerró los ojos y contestó con el patrón preciso y entrecortado que usaba cuando estaba enojado en extremo. "Entonces que comience el juego. *Campeón*."

Pyle quedó viendo por un momento. Louie le regresó la mirada. Una pequeña gota de transpiración apareció en la frente del campeón y pestañeó. Louie sonrió, se volvió, y regresó a su esquina. Su sonrisa se transformó en confusión cuando vio a Joey parado junto a Turk y a Dexter.

"Joey," dijo Louie. "Le voy a devolver la cabeza de ese bromista en una bandeja, hombre."

Joey sacudió la cabeza. "No puedes, Louie. Tienes que retrasarla...darnos tiempo."

Louie le dio a su amigo una mirada desconcertada. "¿De qué hablas? ¡Venceré a este bastardo en el primer asalto, Joe!"

"Fernández está vivo todavía," contestó Joey. "Va a volar el centro de convenciones tan pronto como el ganador sea anunciado. Puesto que no sabemos dónde están ubicados los explosivos, y no tenemos tiempo de evacuar las instalaciones, tienes que darnos algún tiempo extendiendo la pelea."

Louie estaba pasmado por la información de que Fernández estaba vivo. Miró a Dexter, quien tenía una mirada aún más sorprendida en su rostro. "¿Me estás tomando el pelo, Joey? Porque si es así, este no es el momento, hombre."

Joey negó con la cabeza. "No es broma, Percy. Marcus acaba de decirnos sobre Fernández, y Pepino nos dijo lo que él trama. Jim Dandy y las muchachas están buscando en los niveles más bajos ahora, tratando de encontrar los explosivos. Tengo a todos los agentes en las instalaciones, con excepción de los guardias de la entrada, peinando junto con ellos. Me voy a llevar a Turk conmigo, también." Miró a los alrededores del local. "Hay más de treinta mil personas aquí en esta pelea...y ni siquiera saben que sus vidas dependen de que tú no noquees al campeón hasta que podamos desactivar los explosivos."

"O que el campeón no noquee a Louie," agregó Dexter.

"Eso no puede pasar, tampoco," dijo Joey.

Louie había aceptado las noticias que su amigo le había dado, pero algo más le ocurría a él. Extendió sus manos enguantadas y haló a Joey cerca de su cara. "Sabes cómo eres con cosas que explotan, Joey... ¡Prométeme que no la cagarás con esto!"

Joey miró a los ojos de su amigo. "Percy, si me das el tiempo que necesito, me aseguraré que nada vuele, te lo prometo."

Louie miró a Joey por un momento, luego lo soltó y asintió. "Bastante bien. Haré mi parte. Sólo no me vueles, hombre."

Joey le dio una palmada en el hombre de su amigo en lo que la campana sonó para el primer asalto. "Haré lo mejor. Vamos, Turk." Se fueron en una carrera rápida mientras Louie se fue para el centro del cuadrilátero para tocar la marca con la punta del pie.

Miriam Apple, sentada en la primera fila al igual que Steve, su camarógrafo, enfocaron la cámara en la pelea, notaron a Joey Justice cuando llegó a la esquina de Louie. Vio lo que parecía ser una conversación breve pero intensa. Luego observó cómo Joey corrió de regreso al pasillo con el hombre enorme que estaba en la esquina de Louie. Le echó una mirada rápida a Dexter mientras Louie se iba hacia el centro del cuadrilátero. Se veía extremadamente preocupado. Tomando una decisión basada en un presentimiento como resultado de años de experiencia, Miriam se volvió hacia Steve y dijo, "¡Al diablo con la pelea, Steve! Algo está sucediendo, ¡y apuesto a que es más grande que esta estúpida pelea! ¡Sígueme!"

Luego, seguida de su camarógrafo, Miriam corrió pasillo arriba para tratar de tener a Joey a la vista.

Marcus hizo que todos esperaran al pie de las escaleras del sótano hasta que Joey llegara a unírseles. Tenía preguntas que quería contestadas, y fue Misty hacia quien se volvió.

"Muy bien, así que no tendremos tiempo de evacuar. ¿Por qué?" Preguntó.

"Pepino le dijo a Joey que Fernández volaría el lugar luego si veía grandes cantidades de gente yéndose," contestó Misty.

"¿Por qué aquí? Quiero decir, ¿Por qué matar a toda esta gente?"

"Fernández no sólo quiere matarnos, sino que quiere que toda la gente de esta ciudad le tema. Quiere que todos tiemblen cuando oigan su nombre. Cree que si hace esto esta noche, nadie lo molestará mientras maneja su 'negocio' en la ciudad."

"Si él mata a treinta mil personas, ¡el Gobierno de los Estados Unidos irá tras él con todo! No podrá esconderse. Lo atraparíamos sin importar a donde él vaya."

"Quieres decir, ¿tal como hicimos con Bin Laden?"

Marcus estaba sin habla por la observación de Misty.

"Míralo desde su punto de vista, Marcus. Osama Bin Laden estrelló aviones contra las torres del World Trade Center y contra el Pentágono, y otro se estrelló en un campo de Pennsylvania. Probablemente estaba dirigido al Capitolio o a la Casa Blanca. Una vez que descubrimos quien estaba detrás de ello, supuestamente 'retiramos todos los bloqueos' para atrapar a Bin Laden. Todos estos años, y aún no lo hemos atrapado... *¡Y sabemos dónde está*! Fernández piensa que este país no invadiría a México porque está demasiado cerca de nosotros, y no cree que *¡Alguna vez lo encontraríamos!* ¿Y la parte triste? ¡Probablemente él tenga razón! Se necesitaría una organización privada para ir tras él, ya sea para matarlo o sacarlo y regresarlo a los Estados Unidos para que sea condenado. Una organización privada *¡Precisamente...como...nosotros!*

"Déjame asegurarte una cosa, Marcus Moore: Después de esto, Joey matará a Fernández o hará que lo maten. ¡Y todos nosotros vamos a estar justo allí, con él!

Marcus fue tomado por sorpresa por el arranque de Misty. Nunca la había visto expresarse tan vehementemente. Él la admiraba por eso pero también lo enojaba. También se dio cuenta, y de hecho estaba alterado por el hecho, que él no estaba a cargo de esta situación, y Joey si lo estaba. Lo resentía un poco, pero haría lo que fuera necesario para ayudar a evitar esta catástrofe.

Louie actuó razonablemente en el cuadrilátero, pero su mente estaba en sus amigos. Esperaba poder darles suficiente tiempo para encontrar los explosivos y desactivarlos.

Pyle lanzó un derechazo a la nariz de Louie que casi lo alcanzó. Louie lo evadió, pero estuvo cerca. Si Pyle estaba sorprendido, no lo demostraba. Después de la derecha con golpe como de pistón, continuó con un gancho de izquierda al mentón de Louie que de nuevo apenas falló. Sin embargo, el campeón mostró una brecha, y Louie la aprovechó. Golpeó a Pyle con una derecha al lado de su cabeza. Fuerte.

Pyle sacudió la cabeza. El golpe lo había sacudido y lo había lanzado al suelo. Comenzó a pensar que podría haber recibido más de lo que esperaba cuando acordó aceptar a este guardia de seguridad como sustituto del retador.

Por su parte, Louie pensaba que debería tener cuidado como daba los golpes y a donde. Si golpeaba a Pyle con todo lo que tenía, la pelea estaría terminada. Si golpeaba al campeón en ciertas partes, la pelea estaría también terminada.

¡Ay, hooombre! Pensó, mientras evadía otro golpe de Pyle. *¡Esto iba a ser simple! ¡Ahora Fernández había arruinado eso también! ¡Joey, encuentra esos explosivos, hombre!*

Cuando Joey y Turk bajaron los escalones, lo primero que notó Joey fue que Marcus se veía enojado y perplejo. Sin embargo, no tenía tiempo de cuestionar al agente del FBI. Tenía que encontrar una bomba.

Misty observó a los dos hombres bajar las escaleras. Con el rabo de su ojo, ella juraría que vio algo moverse en la parte alta de las escaleras, pero cuando enfocó su atención, no había nada allí. Se dijo a sí misma que vigilaría la espalda de ellos.

"Muy bien, gente...tenemos sólo unos minutos para encontrar una bomba," dijo Joey. "Sabemos que hay suficientes explosivos C4 plantados por toda esta instalación como para tumbarla. Eso suena espeluznante, pero no lo es. El C4 no puede activarse sin un control que lo active. Esteban Fernández está aún con vida, y ha plantado estos explosivos con la intención de matarnos. No le importa que treinta mil personas mueran en el proceso. Hemos descubierto que Fernández ha plantado un dispositivo de control, enlazado a un simple teléfono celular, y que activará la explosión cuando el ganador de la pelea allá arriba sea anunciado. Louie trata de prolongar la pelea para darnos tiempo de encontrar el dispositivo. Hay cerca de veinte de nosotros. Trabajemos en parejas, y comencemos a buscar. No emitan sonido si sólo encuentran el C4...pero griten todo lo que puedan si encuentran un dispositivo electrónico. ¡Vamos, gente!" Palmoteó sus manos y todos se dispersaron.

En lo alto de las escaleras, los ojos de Miriam se ensancharon al escuchar las palabras de Joey. Estaba aterrada de saber que podía morir esta noche pero regocijada de saber que su presentimiento era correcto. ¡La simple presencia del agente del FBI, y del jefe del competidor principal de Justice Security, Jim Dandy, habría sido suficiente para disparar las alarmas de cualquier reportero!

Miró a Steve con sus cejas arqueadas y señaló el micrófono de su cámara. Él sacudió la cabeza. El hombre había estado simplemente muy lejos para que el micrófono de la cámara captara la conversación. *¡Maldición!* Pensó ella. *¿Puede alguien darme un respiro?*

Echó una Mirada hacia abajo de las escaleras. Nadie estaba a la vista al fondo. Haciéndole señas a Steve para que la siguiera, comenzó a bajar.

Al llegar abajo, ella y Steve se paralizaron cuando oyeron una voz preguntando, "Miriam, ¿por qué me está siguiendo?"

La campana sonó el final del primer asalto. El único golpe que se había conectado era el de Louie. Caminó hasta su esquina, y se sentó en el banco que Dexter había puesto ahí.

"Estás haciéndolo bien, Louie," dijo Dexter. "Vi lo sacudido que estaba con ese golpe tuyo. Estoy convencido que puedes vencer a Pyle con sólo uno o dos golpes."

"Cállate, hombre," replicó Louie. "¡Ya sé eso! Y realmente me estoy frustrando. ¡Es mejor que Joey encuentre esa bomba pronto, porque Pyle se va a agotar lanzando todos esos golpes que continúa fallando!"

"¿Te preocupa que no dure lo suficiente si comienzas ahora a golpearlo?"

"No. ¡Me preocupa que él mismo se desmaye antes de *noquearlo*!"

Félix Juárez entró a la habitación del hotel que habían rentado temprano ese día. La habitación estaba en la planta baja, directamente al otro lado del vestíbulo desde la puerta de salida que conducía al estacionamiento reservado para los huéspedes del hotel. El hotel mismo estaba a dos cuadras del centro de convenciones.

Dentro de la habitación, Esteban Fernández se sentaba en la orilla de la cama, con sus ojos fijos en la pelea de pay-per-view en el televisor de la habitación.

Félix se movió para pararse al lado de Fernández. Miró la pantalla, luego, preguntó "¿Ya ganó la pelea el campeón?"

"Bah," contestó Fernández. "Sólo bailan alrededor del uno y del otro mientras Washington evade golpes lentos." Miró al rostro de Félix. "¿Está todo listo para nuestro escape?"

"*Sí*, Esteban. Todo está listo."

"¿Qué haría yo sin ti, Félix?" Dijo Fernández jovialmente. Levantó el teléfono celular en su mano. "En unos cuantos minutos, mataré a mis enemigos y haré que esta ciudad y este país me noten. ¡Me van a temer!" Su rostro se amplió hasta convertirse una risa maléfica. Hizo un ademán con la mano que sostenía el teléfono celular. "También te agradezco por este bono que me has traído. Lo disfrutaré tremendamente," dijo él, al mirar a los ojos aterrorizados de Patti Hoehn, atada y rodeada de cinta fijamente en el piso de la habitación del hotel.

Joey estaba parado con Misty a su derecha y Marcus a su izquierda. Tenía sus brazos cruzados, y miraba con furia a Miriam Apple. Miriam y Steve regresaban la mirada.

"Aún no ha contestado mi pregunta, Miriam," dijo Joey. "¿Por qué está usted siguiéndome?"

"Sabía que esta es un historia desde el momento que lo vi dejar la pelea," dijo ella. "Si no fuera importante, usted se habría quedado allá con su socio." Ella codeó a Steve, esperando que tuviera la idea de comenzar a filmar la confrontación.

Joey sacudió la cabeza. "Buenos instintos, pero incorrecto, Miriam. No hay historia aquí."

"¿De verdad?" contestó ella. "¿Qué Esteban Fernández trate de matarlo no es noticia? ¿Una bomba en el centro de convenciones sincronizada para explotar cuando sea anunciado el ganador de la pelea arriba? ¿Deliberadamente retardar un evento deportivo para ganar tiempo? ¿Ninguna de estas es noticia, Sr. Justice?" Ella le indicó a Marcus. "¿Y por qué tiene a su agente mascota del FBI a su lado? ¿Podría ser que el Gobierno de los Estados Unidos tiene interés en Fernández? Parece que es usted el que tiene preguntas que necesitan respuestas."

Marcus comenzó a bramar. "¡Mire, Sra. Apple! Este es un asunto de Seguridad Nacional, y no permitiré...Joey tomó a Marcus por el brazo para interrumpirlo. *¿Qué*, Joey?"

"Marcus, eres un buen amigo," dijo Joey. "Especialmente de Miriam. ¡Si ella quisiera confirmación, acabas de dársela!" Él sacudió la cabeza con disgusto. "Primero Louie, ahora tú… ¿Cuándo van ustedes gentes a aprender a controlar sus temperamentos?"

"¿Qué quieres decir, Joey?" Preguntó Marcus.

"¿Has estado en el FBI todo este tiempo, y no puedes imaginártelo?" Joey sacudió la cabeza de nuevo. "Si hubiésemos cerrado el pico sin decir nada, Miriam no habría podido formular su historia. Una tan grande como esa requiere confirmación, y si no hubiésemos dicho nada, *¡No la tendría!* Ahora, porque tú sacaste la frase 'Seguridad Nacional', ella sabe que lo que tiene es real." Joey señaló con el dedo a Steve. "Y él ha estado corriendo la cámara desde que los detuvimos. Tienen la prueba de que tú lo dijiste."

"Oh," dijo Marcus humildemente.

Joey miró a Misty, quien asintió. Entonces él se volvió hacia Miriam y a hacia Steve. "Muy bien, Miriam. Este es el trato. Tú y Steve se han vuelto parte de la historia. Ustedes dos van a ayudarnos a encontrar la bomba. Una vez que la hayamos encontrado, y la hayamos desactivado, Misty y yo nos sentaremos a darles la historia completa en exclusiva. Si eso es aceptable para ustedes, comencemos. Si no lo es, Marcus puede arrestarlos por obstrucción de justicia y encerrarlos por unas horas. No tendrán la exclusiva y de hecho van a estar detrás de cualquier otro reportero en la ciudad. ¿Tenemos un trato?"

"¡Por *supuesto* que tenemos un trato!" Contestó ella.

"Entonces, usted y Steve estarán conmigo. Misty, tú toma a Marcus. Esto es esencial, gente."

Dexter le dio una palmada a Louie en el hombro cuando el segundo as alto comenzó. "Conecta un par de golpes suaves, Louie. Que se vea real. Podrías considerar que te dejes golpear un par de veces. Si crees que puedes soportarlo, por supuesto."

Louie miró sobre su hombro con furia a su amigo. Al regresar su atención al cuadrilátero, Pyle estaba ahí, y conectó un golpe directo en el lado izquierdo del rostro de Louie. Pyle siguió con golpes uno-dos a los riñones de Louie. Cuando Louie giró para ponerse de frente al Campeón, este golpeó fuertemente el lado derecho de su cabeza. Louie se tambaleó un poco, luego cayó al suelo del cuadrilátero, boca abajo y apenas consciente.

"¡Joey, aquí abajo!" gritó Jim Dandy. "¡La encontramos!"

Joey, Miriam y Steve corrieron pasillo abajo. Marcus y Misty vinieron desde la otra dirección. Joey podía oír a los demás gritándose unos a otros y dirigiéndose hacia el sonido de la proclamación de Jim Dandy. Se detuvieron frente a un closet polvoso de artículos en poco uso.

Jim estaba ligeramente pálido. "Estamos en problemas," dijo simplemente.

Joey y Marcus entraron al closet. Apenas cabían porque dentro estaban Jessica, y Jim Dandy llegó después.

El dispositivo de control era uno simple de impulso electrónico de radio, adherido a la pared por medio de súper glue. El dispositivo activaría los explosivos C4 para que todos explotaran al mismo tiempo, lo que, a su vez, haría que el edificio se derrumbara en forma pareja si los explosivos estaban colocados apropiadamente. Eso no era lo que había asustado a Jim. La parte aterradora era que la fuente de poder estaba controlada por un teléfono celular...y tenía cinco alambres saliendo de ella. Los cinco alambres estaban adheridos a otro dispositivo colocado entre el teléfono celular y el dispositivo de pulso.

"¿Ves eso?" dijo Jim, al señalar el dispositivo. "Dime si estoy equivocado, pero, ¿no es eso un seguro contra falla?"

"Lo es," dijo Marcus, con una voz muy baja.

"Discúlpame por ser lerda," dijo Jessica. "¿Qué es un seguro contra falla?"

Joey señaló el dispositivo y dijo, "Esta cosa mantiene una pequeña corriente fluyendo entre el teléfono celular y ella misma, y actúa casi como un interruptor de circuito. Cuatro de estos alambres tienen esa corriente fluyendo a través de ellos. Desconectas uno, y el dispositivo manda un pulso eléctrico al controlador, que activa la explosión de todas maneras. Sin embargo, si puedes deducir cuál es el alambre principal, puedes desconectarlo con seguridad y desarmar el dispositivo."

Marcus absorbió la lección. "El problema con este arreglo es que todos los cinco alambres son del mismo color – blanco. No podemos comenzar a adivinar cuál es el correcto."

"Lo que significa que tenemos el ochenta por ciento de estar equivocados," dijo Joey.

"Pero un veinte por ciento de estar en lo correcto," espetó Jessica. "¡No te des por vencido ahora, Joey Justice! ¡Demasiada gente depende de ti ahora!"

"Y ellos no lo saben," dijo Miriam, desde el pasillo. "Pero le prometo que ellos lo sabrán...tan pronto como mi historia salga al aire. La gente va a saber exactamente como usted los salvó."

"Ustedes están adulando, pero también lo hacen prematuramente," contestó Joey. Miró de cerca las conexiones del teléfono celular y del dispositivo. "No podemos desconectar el controlador, tampoco. Miren esto – ¡también tiene un seguro contra falla!" Señaló el controlador. Tenía un medidor de burbuja integrado, como lo vería una persona en un nivel de construcción.

Jim asintió. "Si mueves el controlador, la burbuja se desnivela..."

"Y nos vuela a venga a nos tu reino," finalizó Marcus.

"Así que todo se resume a seleccionar el alambre correcto," dijo Joey.

Megan se abrió paso hacia la puerta. "Joey, Louie ha caído... ¡Y el árbitro está contando!"

"Ah, mierda," dijo Joey, con baja respiración, sacando un desatornillador pequeño. *¿Cómo llegó hasta esto? El tiempo se acaba... ¿Cuál alambre?*

Esteban Fernández colocó su dedo sobre el botón de marcación rápida de su teléfono celular.

"Félix," dijo tranquilamente.

"*Sí*, Esteban."

"Lleva mi premio al auto, y prepárate para nuestro escape. No tardará mucho ahora."

Félix recogió a Patti del suelo y la cargó hasta el baúl que esperaba en el auto.

Cuando el árbitro llegó a tres, Louie se había empujado hacia arriba con sus manos y rodillas. Sintió que la rabia crecía dentro de él. Para cuando el árbitro contó seis, Louie se paró. Movió la cabeza al árbitro quien le indicó a Pyle que regresara a la pelea. Louie miró con odio a Pyle sin pestañear bajo sus cejas arqueadas, y dejó que su ira se encargara.

Louie amagó con una derecha, luego continuó con un golpe con fuerza de pistón al rostro con la izquierda. El campeón se agachó ligeramente, a manera de no recibir el efecto total del golpe, pero aun así sacudió a Pyle hasta el núcleo de su ser. Cuando Louie continuó con una derecha fuerte al estómago, Pyle supo que estaba a punto de perder su cinturón de campeón. Pyle se dobló ligeramente por el golpe al estómago, pero Louie no se detenía. Golpeó el mismo punto en el estómago de Pyle con su izquierda. Pyle se encorvó aún más bajo. Louie regresó con su brazo derecho, y golpeó el lado del rostro de Pyle con todo lo que tenía, tal como lo había hecho con Mike Swanson la semana pasada. El golpe de hecho levantó a Pyle del suelo, lo hizo girar, y lo envió a las cuerdas. Lentamente se deslizó de las cuerdas hacia el piso del cuadrilátero para la cuenta de diez.

Percival "King Louie" se había vuelto el Campeón de Peso Pesado del Mundo.

Y la multitud se volvió loca.

Y Louie cerró los ojos y puso sus brazos sobre su cabeza.

Esteban Fernández presionó el botón de marcación rápida en su teléfono celular- El número del teléfono en el closet de artículos del centro de convenciones comenzó a marcarse. Fernández se sonrió como si estuviera demente...

"*MUERE, JOEY JUSTICE! ¡BASTARDO, MUERE!"

Joey miraba el cuarto alambre muy de cerca. "Jim, ¿puedes entrar aquí con cuidado y darme una mano? Creo que este es el alambre que necesita ser eliminado, pero me gustaría tu opinión."

Jim empujó la puerta para cerrarla un poco para poder acercarse al dispositivo. Sacó una navaja del ejército suizo y abrió un par de tenazas que eran parte de la navaja. Le hizo señas a Joey con ella. "Nunca salgo de casa sin ella. ¿Qué alambre crees que es?"

"Creo que es el cuarto aquí... ¿Puedes mover el tercero sólo un poco?"

"Seguro." Jim sujetó el tercer alambre con las tenazas.

En lo que Jim sujetó el tercer alambre con las tenazas, Miriam Apple abrió la puerta de un solo golpe y dijo, "¡Louie acaba de ganar la pelea!" Al abrir la puerta de un solo, esta golpeó a Jim y lo empujó fuertemente. La mano que sostenía las tenazas fue empujada y accidentalmente él tiró del tercer alambre y lo sacó del celular. Todo mundo se agachó y Marcus balbuceó, "Mierda,"...

Y no sucedió nada.

El tercer alambre era el que debía ser extraído del teléfono celular.

Jim Dandy acababa de salvar la vida de todos.

Y el teléfono celular timbró. Y timbró. Y timbró.

Fernández miraba la pantalla del televisor. Escuchó esperando el masivo BUM que nunca llegó. Y escuchó. Y miró, como en pantalla, Louie gradualmente bajaba sus brazos desde su cabeza y a Dexter Beck saltar al cuadrilátero. Ambos reían y se abrazaban.

El rostro de Fernández se volvió un rictus como de tiburón de nuevo al darse cuenta que la bomba no había funcionado. Era obvio por el comportamiento de Louie y Dexter que sabían sobre la bomba, y que había sido desactivada.

Félix tocó el brazo de Fernández. "Ven, Esteban. Debemos dejar este lugar. Lo mataremos otro día."

Fernández volvió su Mirada demente hacia el único amigo que tenía en el mundo. "¡Debo matarlo, Félix! ¡Debo hacerlo sufrir, y luego debo matarlo!"

Félix Juárez asintió. "Lo mataremos Esteban. Pero hoy debemos irnos."

Joey miró a Jim Dandy con incredulidad. "No lo creo...Sólo no lo creo."

CAPÍTULO 13

La siguiente mañana, los encabezados de los periódicos de la ciudad resaltaban, "¡JIM DANDY SALVA A MILES!"

En cada historia, los reporteros habían escrito *cómo* Jim había salvado el día, y que fue una cosa accidental...pero eran los encabezados los que quedaban en las mentes de las personas.

Joey y Misty habían mantenido su palabra, y le habían dado a Miriam Apple una entrevista exclusiva. La exclusiva había quedado "exclusiva" durante aproximadamente quince minutos, gracias a una "filtración" de Marcus. Después de la "filtración", parecía que cada reportero de la ciudad venía a hacerle las mismas preguntas al personal de Justice Security, una y otra vez.

Los socios no se guardaron nada. Explicaron cómo se involucraron en el caso, comenzando con la masacre del apartamento y la preocupación del gobierno sobre Esteban Fernández. Que idearon cómo Pepino escaparía y los guiaría al descubrimiento de que Fernández había plantado explosivos por todo el centro de convenciones, intentando demolerlo con ellos adentro, y al hecho de que matar a treinta mil personas no le importaba. Marcus habló con énfasis de que Fernández era extremadamente peligroso, y que la ciudad no había oído lo último de él. Le aconsejó a cada ciudadano que se mantuvieran conscientes y alerta, y que se les debía mucha gratitud a Justice Security y a Jim Dandy.

Louie había hablado con los oficiales de boxeo, y había hecho que la pelea quedara nula y sin efecto. "No puedo de buena fe aceptar el cinturón de Peso Pesado sabiendo que estuve prolongando la pelea a propósito, independientemente de la razón para la demora," dijo en una declaración escrita.

Dexter y Megan desaparecieron después de la pelea. Llamaron más tarde y le dijeron a Louie que se habían fugado.

Y nadie pudo encontrar a Patti.

A las nueve en punto de la mañana del jueves, cuatro de los socios se reunieron en la sala de información. Dexter y Megan estaban en una luna de miel corta. El primer tema de conversación era la desaparición de Patti.

Louie dijo, "Bueno, Patti está desaparecida. ¿Significa eso que está, desaparecida, o que tal vez tuvo suerte?"

"¿Suerte?" Preguntó Misty.

"Ya sabes...*suerte*. Que tal vez se permitió irse con algún tipo que estaba en la pelea. Sólo ha estado desaparecida por un día y medio."

"Creo que ella fue abordada por un tipo, con certeza," dijo Joey pensativamente. "Creo que Fernández se la llevó."

"Ah, Joey, no," dijo Misty. "¿Por qué crees eso?"

"La envié sola afuera. Con una cámara. Se suponía que Patti no estaba para trabajo de campo."

"Joey Justice," dijo Jessica enérgicamente. "¿Recuerdas el discurso que me diste hace unos pocos días? Toma tu propio consejo. Ella es una adulta, y sabía...*sabe* los riesgos." Sacudió la cabeza. "Hasta que ella regrese, Turk la sustituirá en el escritorio."

"¡Buen día, gente! ¡Tengo noticias!" dijo Marcus, desde la puerta. Entró a la sala de información y tomó asiento. "Sólo puedo quedarme un momento – tengo reuniones fuera del yin yang hoy." Miró a Joey. "¿Qué se siente ser un millonario?"

Joey se vio confundido. "¿Qué quieres decir?"

"Se dice en la calle que Esteban Fernández ha puesto un precio de diez millones de dólares a tu cabeza. Pagará quince millones si te entregan vivo." Marcus miró alrededor de la mesa. "El resto de ustedes sólo valen cinco millones por cabeza, muertos o vivos." Miró a Misty. "Excepto tú. Sólo te quiere viva, pero pagará veinte millones."

Misty, por primera vez en tanto tiempo, se puso en realidad algo pálida. "Oh, Dios," susurró.

"Muy bien, debo decirlo," dijo Jessica. "¡Aaah!"

EL VIERNES POR LA MAÑANA, a las diez en punto, FedEx dejó un paquete de entrega inmediata a Tony Armstrong en su escritorio, dirigido a Joey Justice. Como con la mayoría de los paquetes, Tony lo pasó por el escáner de rayos X en la sección de suministros detrás de su escritorio. El escáner era como los de seguridad de una línea aérea, pero la imagen era mucho más detallada. Luego llevó personalmente el paquete arriba. Turk levantó la mirada con su porte fruncido, lo que asustaría casi a cualquiera. Sonrió cuando vio que era Tony.

"Hola, pirata informático," dijo Turk.

"Hola, hombre sandía. Tengo un paquete para Joey. Parece una cámara."

Turk tomó el paquete. "Se lo hare llegar, Tony."

"Gracias, Turk. ¿Qué tal el nuevo trabajo?"

Turk se rio. "Estaría bien si mis dedos cupieran en el teclado, hombre."

Ambos hombres rieron. El elevador se abrió y Tony entró en él.

"Hasta luego, Turk."

Turk saludó con la mano. Al cerrarse las puertas del elevador, se levantó y caminó hacia la puerta de la oficina de Joey. Tocó, luego entró.

"Tengo un FedEx para usted, jefe."

Joey leía los reportes de la noche anterior que cubrían algunos de los otros clientes de la compañía. "Gracias, Turk." Tomó el paquete. Notó que no había dirección de retorno.

"Hmmm...," dijo él. "¿Me preguntó qué es?"

"Tony dijo que parecía una cámara."

Los ojos de Joey se ensancharon. "¿Una cámara?" Comenzó a romper la caja para abrirla, preservando todas las viñetas en caso de necesitarlas después. Se detuvo cuando miró a través del material de empaque. Había un sobre sobre la cámara. Tenía su nombre. Lo levantó sacándolo de la caja y descubriendo la cámara.

Era la de Patti.

Joey abrió el sobre. La carta era corta y al grano.

Mi querido enemigo, comenzaba.

No sé cómo descubrió mi regalo del centro de convenciones. Sospecho que fue por Pepino. Pero, por favor...esté tranquilo que fue compensado con su secretaria ejecutiva. Ella estuvo muy...entretenedora.

Espero fervientemente la entrega de Misty Wilhite. Tal vez ella dure un poco más.

La carta estaba sin firma, pero no la necesitaba. Era de Fernández.

"Turk," dijo Joey. "Por favor, haz que cada socio que esté en el edificio venga a mi oficina. Y por favor llama a Marcus Moore, y dile que venga aquí enseguida. Dile por qué."

Cuando Joey y Marcus revisaron las fotos de la memoria de la cámara, ambos hombres palidecieron visiblemente. Marcus, en un momento, tuvo que alejarse para evitar vomitar.

Joey bajó la cámara lentamente. "Amigos, Patti ha muerto."

"¿Estás seguro, Joe?" Preguntó Louie.

Joey afirmó con la cabeza. "Ah, sí," dijo, con una voz muy suave.

Justo entonces, el teléfono en el escritorio de Joey timbró. Lo levantó.

"Joey," dijo él.

"Soy Tony, señor. Sería mejor que viniera aquí abajo. Acabamos de recibir otro paquete, entregado en privado. Traiga al agente Moore, también. Querrá ver esto."

El trayecto hacia abajo fue en silencio. Cada una de las cinco personas adentro estaba de luto por Patti a su propio modo. Marcus trataba de mantener su desayuno en el estómago. Todos ellos extrañaban a la dama rubia, burbujeante, sonriente y de ojos brillantes, quien hasta hace poco, había sido una joven mujer con esperanzas de construir una buena carrera.

Misty se adelantó y tomó la mano de Joey. La apretó con fuerza. Jessica se acercó y frotó el hombro de Joey. Louie extendió el brazo y le dio a Joey unas palmadas en la espalda. Cada uno le hacía saber a Joey que entendían, y que estaban detrás de él en todo el camino.

Cada socio sabía que lo que Joey y Marcus habían visto debió haber sido extremadamente depravado y perturbador, de otro modo, los dos hombres habrían pasado la cámara para que todos la vieran. La pobre Patti había muerto aparentemente de la forma más horrible. Por eso, cada socio se juró a sí mismo...o a sí misma...que Esteban Fernández moriría...o que ellos lo harían.

Cuando llegaron abajo y las puertas del elevador se abrieron, Tony se encontró con ellos. Estaba pálido.

"¿Qué sucede Tony?" Preguntó Joey.

Tony tomó aliento. "Este niño de diez años trajo este paquete. Dijo que un sujeto le había dado veinte dólares para que lo hiciera. Así que, antes que usted pregunte, dejé que el niño se fuera." Limpió su frente con un pañuelo. "Cuando lo llevé al escáner, recibí la sorpresa de mi vida." Tiró el pañuelo en un basurero. "Vi algunas cosas en la guerra del Golfo, pero esto fue totalmente inesperado." Sacudió la cabeza. "Vomité, hombre. No pude evitarlo." Hizo señas hacia el pequeño espacio trasero. "Eche una mirada, jefe. Pero prepárese."

Las cinco personas entraron al cuarto. Cuando Marcus vio lo que había en la pantalla del escáner, vomitó. A la vista, con detalle desafortunado, estaba la cabeza de Patti Hoehn en una hielera, contorsionada para siempre en un grito silencioso y con terror.

Una semana después, en la reunión diaria en la sala de información, Jessica dijo, "Dos cosas rápidas. Lo escuché de Megan. Ella y Dexter regresarán el lunes. Número dos, tengo que salir. Tengo programada una entrevista con la última familia que adoptó a uno de los cachorros mastín Bulls."

"¿En qué condición están los cachorros?" Preguntó Joey.

Jessica se miraba preocupada. "Los propietarios estaban muy perplejos. Como saben, uno de los perros había muerto después que la familia lo adoptó. Los otros tres han resultado perdidos después que pusimos esos anuncios. Todos los dueños habían llamado esperando que tuviéramos respuestas sobre el paradero de sus mascotas."

"Raro," dijo Misty.

"Está bien, ve," dijo Joey. "Mantennos informados. Y lleva a Charlie contigo, por seguridad."

Jessica dejó la reunión. Recogió a Charlie Li y sugirió que caminara las diez cuadras para encontrarse con el propietario del perro. Charlie estuvo de acuerdo, ya que era un hermoso día.

Cuando salieron de Justice Security, dos pares de ojos los observaban sin ser notados desde el desagüe al otro lado de la calle.

Al final de la reunión, Joey regresaba a su oficina cuando Turk lo detuvo.

"Tiene personas en su oficina, jefe."

Joey se detuvo. "¿De verdad? ¿Quiénes?"

"Niños."

Joey sonrió. "Bueno, ¿qué quieren estos niños, Turk?"

"Quieren contratarlo."

"¿Por qué quieren contratarme?"

Turk se movía nerviosamente en su silla. "Mejor que ellos se lo digan, jefe...si no le importa."

Joey, un poco confundido, asintió. "Está bien, Turk. Hablaré con ellos." Cruzó hacia su oficina y entró en ella.

Misty miró por la esquina desde el pasillo.

"¿Entró?" Preguntó Misty.

"Está hablando con ellos, Misty," contestó Turk.

Dentro de la oficina estaban cinco niños, tres varones y dos niñas. Andaban en las edades entre diez y dieciséis o diecisiete años. Una de las niñas y dos de los niños usaban pulseras de tobillo, y la niña tenía muletas afirmadas con correas a sus brazos, y era obvio que tenía parálisis cerebral. La otra niña estaba en una silla de ruedas, y el niño mayor se sentaba en un sofá junto a ella, meciéndose hacia atrás y hacia adelante rápidamente. Joey dedujo que el niño era autista, y la niña parecía estar cuadripléjica.

"Hola, muchachos. Soy Joey Justice, ¿Qué puedo hacer por ustedes?" Dijo Joey, cruzando para sentarse en una de las sillas suaves.

La niña en la silla de ruedas se puso de frente a él. "Sr Justice, vivimos en un hogar grupal bajo el cuidado de nuestra madre adoptiva, Jacqueline Belew. Ella no ha regresado a casa durante las últimas dos noches. Estamos muy asustados por ella...y por nosotros. Nos gustaría contratarlo a usted para que la encuentre."

El niño autista, enfatizando sus palabras al ritmo de su vaivén, dijo enérgicamente, "¡Encuentren a Jackie *Blue*! ¡Encuentren a Jackie *Blue*!

Sobre El Autor: T. M. Bilderback fue anteriormente un anunciante de radio con una variedad de ideas sobre historias moviéndose dentro de su cabeza, muchas de las cuales están basadas en canciones clásicas. El autor reside actualmente en Tennessee, y está escribiendo febrilmente para disipar estas historias de su cabeza y plasmarlas en forma de libros. T. M. tiene escritos sobre treinta novelas, y varios cuentos cortos más. Cada novela o cuento corto está basada o basado en algunas líneas de una canción clásica.

OTRAS OBRAS de T. M. Bilderback

Nicholas Turner
Si Pudieras Leer Mi Mente
Justice Security
Mamá Me Dijo Que No Fuera
Alguien Salvó Mi Vida Esta Noche
Jackie Blue
Despiértame Antes De Que Te Vayas
Sábado En El Parque
Parque MacArthur
El Niño Del Tambor
Cuentos Del Condado Sardis
No Vuelvas Por Aquí Más
La Granja de Junior
Otras Historias
El Naufragio Del Edmund Fitzgerald
Oro
Chico Sensual En La Ciudad
El León Duerme Esta Noche

Don't miss out!

Visit the website below and you can sign up to receive emails whenever T. M. Bilderback publishes a new book. There's no charge and no obligation.

https://books2read.com/r/B-A-KAW-QPZCC

BOOKS 2 READ

Connecting independent readers to independent writers.

Also by T. M. Bilderback

Colonel Abernathy's Tales
The Lion Sleeps Tonight - A Short Story
Le Lion Est Mort Ce Soir - Une Nouvelle
El León Duerme Esta Noche - Un Cuento
Leul Doarme În Noaptea Aceasta - O Povestire
Quem Dorme É O Leão - Um Conto
Il Leone Dorme Stanotte - Un Racconto Breve
Heart Of Glass - A Short Story

Justice Security
Mama Told Me Not To Come - A Justice Security Novel
Mamá Me Dijo Que No Fuera - Una Novela De Justice Security
Someone Saved My Life Tonight - A Justice Security Short Story
Alguém Salvou Minha Vida Esta Noite - Um Conto da Cia. Justo de
Segurança
Anoche, Alguien Me Salvó La Vida - Un Cuento Sobre Un Guardia De Justice
Security
Stanotte Qualcuno Mi Ha Salvato La Vita - Un Racconto Da Justice Security
Quelqu'un M'a Sauve La Vie Ce Soir - Une Nouvelle De Justice Security
Jackie Blue - A Justice Security Novel
Wake Me Up Before You Go-Go - A Justice Security Novel
Saturday In The Park - A Justice Security Short Story
Sábado En El Parque - Un Cuento Sobre Un Guardia de Justice Security
Sabato Al Parco – Un Racconto Della Justice Security

Sábado no Parque - Um Conto da Cia. Justo de Segurança
MacArthur Park - A Justice Security Short Story
Parque MacArthur – Un Cuento Sobre Un Guardia de Justice Security
MacArthur Park – Un Racconto Della Justice Security
Parque MacArthur - Um Conto da Cia. Justo de Segurança
Parc MacArthur - Une histoire courte de Justice Security
The Little Drummer Boy - A Justice Security Short Story
Il Piccolo Tamburino - Un Racconto Della Justice Security
El Pequeño Tamborilero - Un Relato De Justice Security
O Pequeno Baterista - Um Conto Da CIA. Justo De Segurança
L'enfant Au Tambour - Une Nouvelle De Justice Security
The Night Chicago Died - A Justice Security Novel
Jim Dandy - A Justice Security Novel
Cow Patty - A Justice Security Novel
Hell's Bells - A Justice Security Novel
Black Dog - A Justice Security Novel
Lido Shuffle - A Justice Security Novel

Tales Of Sardis County
Don't Come Around Here No More - A Tale Of Sardis County
Non Fatevi Vedere Mai Piu' - Un Racconto Della Contea Di Sardis
Não Apareçam Mais Aqui - Uma História do Município de Sardis
No Vuelvas Nunca Más – Una Historia Del Condado De Sardis
Junior's Farm - A Tale Of Sardis County
A Fazenda Do Junior - Um Conto Sobre O Condado de Sardis
The Devil's In The Details - A Tale Of Sardis County
I'm Your Boogie Man - A Tale Of Sardis County

Standalone
Greatest Hits
If You Could Read My Mind - A Nicholas Turner Novel
The Wreck Of The Edmund Fitzgerald - A Short Story

Eli's Coming - A Short Story
Empty Eyes
Gold - A Short Story
Hot Child In The City - A Short Story
Oro - Un Racconto Breve
Chica Sexy En La Ciudad - Un Cuento
Greatest Hits
Oro - Un Cuento
Ouro - Um Conto
Se Você Pudesse Ler Minha Mente - Um Romance De Nicholas Turner
Naufragiul Lui Edmund Fitzgerald - O Povestire
Uma Garota Selvagem - Um Conto
Aur - O Povestire
Olhos Vazios
Il Naufragio Di Edmund Fitzgerald - Un Racconto Breve
El Naufragio Del Edmund Fitzgerald - Relato Corto
Una Ragazza Sexy In Città - Un Racconto Breve
Occhi Vuoti
Heißes Kind in der Stadt - Eine Kurzgeschichte
Or - Une Nouvelle
Se Tu Potessi Leggermi Dentro - Un Romanzo Su Nicholas Turner
Ochi Goi
Os Melhores Hits
Ojos Vacíos